ORLANDO

Uma Biografia

Título original: *Orlando, A Biography*

Direção Editorial *Ethel Santaella*

REALIZAÇÃO

GrandeUrsa Comunicação

Direção *Denise Gianoglio*
Tradução *Otavio Albano*
Revisão *Luciana Maria Sanches*
Capa, Projeto Gráfico e Diagramação *Idée Arte e Comunicação*

Dados Internacionais de Catalogação na Publicação (CIP)
(eDOC BRASIL, Belo Horizonte/MG)

W913o

Woolf, Virginia.
Orlando: uma biografia / Virginia Woolf; tradução Otavio Albano. – São Paulo, SP: Lafonte, 2025.
240 p. : 15,5 x 23 cm

Título original: Orlando, a Biography
ISBN 978-65-5870-610-6 (Capa A)
ISBN 978-65-5870-609-0 (Capa B)

1. Ficção inglesa. 2. Literatura inglesa – Romance. I. Albano, Otavio. II. Título.

CDD 823

Elaborado por Maurício Amormino Júnior – CRB6/2422

Impressão e Acabamento:
Gráfica Oceano

Editora Lafonte

Av. Profª Ida Kolb, 551, Casa Verde, CEP 02518-000, São Paulo-SP, Brasil – Tel.: (+55) 11 3855-2100
Atendimento ao leitor (+55) 11 3855-2216 / 11 3855-2213 – atendimento@editoralafonte.com.br
Venda de livros avulsos (+55) 11 3855-2216 – vendas@editoralafonte.com.br
Venda de livros no atacado (+55) 11 3855-2275 – atacado@escala.com.br

VIRGINIA WOOLF

ORLANDO

Uma Biografia

Tradução
Otavio Albano

Brasil, 2025

Lafonte

A
V. Sackville-West

Prefácio

Muitos amigos me ajudaram a escrever este livro. Alguns estão mortos e são tão ilustres, que mal ouso nomeá-los, mas ninguém pode ler ou escrever sem ter uma eterna dívida para com Defoe, *sir* Thomas Browne, Sterne, *sir* Walter Scott, Lorde Macaulay, Emily Brontë, De Quincey e Walter Pater — para mencionar os primeiros que me veem à mente. Outros estão vivos e — embora talvez igualmente ilustres à própria maneira — acabam por parecer menos formidáveis justamente por isso. Sinto-me especialmente grata ao sr. C. P. Sanger, sem cujo conhecimento acerca da legislação imobiliária, este livro nunca poderia ter sido escrito. A enorme e peculiar erudição do sr. Sydney-Turner me impediu, assim espero, de ter cometido alguns erros lamentáveis. Tive o privilégio — e só eu mesma posso avaliar o quanto me ajudou — de usufruir do entendimento de chinês do sr. Arthur Waley. Madame Lopokova (esposa de J. M. Keynes) sempre se mostrou disposta a corrigir meu russo. E devo à simpatia e à imaginação ímpares do sr. Roger Fry qualquer compreensão da arte da pintura que eu possa ter. Espero ter aproveitado das críticas especialmente perspicazes, mesmo que firmes, do meu sobrinho, o sr. Julian Bell. As incansáveis pesquisas da srta. M. K. Snowdon nos arquivos das cidades de Harrogate e Cheltenham não foram menos árduas por ter se mostrado frustradas. Outros amigos acabaram por me ajudar de maneiras variadas demais para especificá-las. Devo me contentar em mencionar o sr. Angus Davidson; a sra. Cartwright; a srta. Janet Case; o lorde Berners (cujo conhecimento de música elisabetana se revelou inestimável); o sr. Francis Birrell; meu irmão, o dr. Adrian Stephen; o sr. F. L. Lucas; o sr. Desmond MacCarthy e sua esposa; o mais animador dos críticos, meu cunhado, o sr. Clive Bell; o sr. G. H. Rylands; a *lady* Colefax; a srta. Nellie Boxall; o sr. J. M. Keynes; o sr. Hugh Walpole; a srta. Violet Dickinson; o exmo. sr. Edward Sackville-West; o sr. St. John Hutchinson e sua esposa; o sr. Duncan Grant; o sr. Stephen Tomlin e sua esposa; o sr. Ottoline Morrell e a *lady* Ottoline Morrell; a minha sogra, a sra. Sidney Woolf; o sr. Osbert Sitwell; a madame Jacques Raverat; o coronel Cory Bell; a srta. Valerie Taylor; o sr. J. T. Sheppard; o sr. T. S. Eliot e sua esposa; a srta. Ethel Sands; a srta. Nan Hudson; meu sobrinho, o sr. Quentin Bell (um antigo e valioso colaborador em obras de ficção); o sr. Raymond Mortimer; a *lady* Gerald Wellesley; o sr. Lytton Strachey; a viscondessa Cecil; a srta. Hope Mirrlees; o sr. E. M. Forster; o exmo. Harold Nicolson; e minha irmã, Vanessa Bell — mas a lista ameaça se tornar longa demais e já se mostrou notável o bastante. Pois, mesmo que me traga as mais agradáveis recordações, inevitavelmente haverá de suscitar no leitor expectativas que o livro só pode desapontar. Por isso, concluirei agradecendo aos funcionários do Museu Britânico e do Arquivo Nacional pela habitual cortesia; à minha sobrinha, a srta. Angelica Bell, por um favor que só ela poderia ter prestado; e ao meu marido, pela paciência com que sempre me ajudou em minhas pesquisas e pelo profundo conhecimento histórico ao qual estas páginas devem o grau de precisão que possam ter alcançado. Por fim, eu agradeceria, se não tivesse perdido seu nome e endereço, ao cavalheiro nos Estados Unidos que, gratuitamente e com muita generosidade, corrigiu a pontuação, a botânica, a entomologia, a geografia e a cronologia de trabalhos anteriores de minha autoria e, espero, não deixará de fazê-lo agora.

Capítulo 1

Ele — pois não poderia haver nenhuma dúvida quanto ao seu sexo, ainda que a moda da época fizesse algo para disfarçá-lo — golpeava a cabeça de um mouro pendurada nas vigas do teto. Era da cor de uma velha bola de futebol, e com mais ou menos o mesmo formato, a não ser pela face encovada e alguns fios de cabelo crespos e secos, como os fiapos de um coco. O pai de Orlando, ou talvez o avô, tinha-a cortado do tronco de um pagão corpulento que surgira diante dele em uma noite de luar, nos campos bárbaros da África, e, agora, balançava lenta e incessantemente, em meio à brisa que nunca parava de soprar pelos cômodos do sótão da gigantesca casa do lorde que o havia assassinado.

Os antepassados de Orlando haviam cavalgado em campos de asfódelos, tomados por pedras, e em pradarias banhadas por estranhos rios, e decepado cabeças multicoloridas de muitos ombros, trazendo-as até ali para pendurá-las nas vigas. E o mesmo faria Orlando, ele costumava jurar. Mas, como tinha apenas dezesseis anos e era jovem demais para acompanhá-los nas incursões pela África, ou à França, saía às escondidas de perto da mãe e dos pavões no jardim, subindo até seu quarto no sótão, onde pulava, mergulhava e cortava o ar com golpes da sua espada. Às vezes, talhava a corda, e a cabeça tombava no chão, e ele se via obrigado a amarrá-la novamente com tamanho cavalheirismo que o inimigo lhe sorria em triunfo com os lábios ressecados e enegrecidos. O crânio balançava de um lado para o outro, porque a casa no alto da qual ele vivia era tão imensa que parecia aprisionar o próprio vento, soprando para lá e para cá, ano afora. A tapeçaria verde com as figuras dos caçadores se agitava continuamente. Seus antepassados eram nobres desde o início da sua existência. Haviam surgido das brumas do Norte já usando pequenas coroas na cabeça. Por acaso as sombras em listras e as manchas amarelas que quadriculavam o chão não eram efeito dos raios de sol ao atravessar o imenso brasão formado pelos vitrais da janela? Agora, Orlando estava de pé no meio do corpo amarelo de um aristocrático leopardo. Ao colocar a mão no peitoril da janela, para abri-la, ela se coloriu instantaneamente de vermelho, azul e amarelo, como uma asa de borboleta. Assim, aqueles que gostam de símbolos, e apreciam decifrá-los, podem observar que, embora as pernas bem torneadas, o corpo elegante e os ombros sólidos estivessem decorados com os variados tons da luz majestosa, o rosto de Orlando, ao abrir a janela, encontrava-se iluminado apenas pelo sol. Rosto mais cândido e taciturno era algo impossível de se encontrar. Feliz a mãe que gera, ainda mais feliz o biógrafo que registra a vida de tal ser! Ela nunca haverá de se aborrecer, tampouco ele terá de invocar a ajuda de alguma romancista ou poeta. De feito em feito, de glória em glória, de cargo em cargo, ele avança, com um escriba a segui-lo, até alcançar posição tão elevada quanto desejar. Bastava ver Orlando para se ter certeza de que estava fadado a ter uma carreira assim. O rubor de suas faces era recoberto por uma penugem de pêssego, pouca coisa mais rala do que os pelos do buço. Os lábios eram finos e ligeiramente repuxados sobre os dentes de extraordinária brancura. Nada perturbava o nariz pontiagudo em sua trajetória curta e tesa; ele tinha os cabelos pretos, as orelhas pequenas e bem juntas à cabeça. Porém, infelizmente, a listagem de sua beleza juvenil não pode findar sem a menção da testa e dos olhos. Uma pena que alguém raramente possa nascer sem os três, pois, ao vislumbrar Orlando de pé perto da janela, teríamos que admitir que ele tinha olhos como violetas encharcadas, tão grandes que a água parecia ter alcançado seu contorno e os alargado; e a testa lembrava a protuberância de uma abóbada de mármore prensada entre os dois medalhões vazios que eram suas têmporas. Assim que vemos os olhos e a testa, nós nos entusiasmamos. Assim que vemos os olhos e a testa, somos levados a admitir mil coisas desagradáveis que todo bom biógrafo deve ignorar. Certas visões o perturbavam, como a da mãe, uma bela senhora de verde indo alimentar os pavões com Twitchett, a criada, caminhando logo atrás; certas visões o extasiavam — os pássaros e as árvores; e o faziam se apaixonar pela morte — o céu do entardecer, as gralhas voltando para casa; e assim, subindo a escada em espiral até o cérebro dele — que era bem espaçoso — todas essas visões, e também os sons do jardim, o bater do martelo, o cortar da madeira, iniciavam o tumulto e a confusão de paixões e emoções que todo bom biógrafo detesta. Mas, continuemos... Lentamente, Orlando afastou a cabeça da janela, indo se sentar à mesa, e, com o ar semiconsciente de quem faz a mesma coisa todos os dias de sua vida àquela hora, abriu um caderno intitulado *Aethelbert: uma Tragédia em Cinco Atos* e mergulhou uma velha pena de ganso manchada no tinteiro.

Em pouco tempo, ele teria enchido dez páginas ou mais de poesia. Era fluente, sem dúvida, mas abstrato. Vício, Crime e Miséria eram os personagens de seu drama; havia reis e rainhas de territórios inconcebíveis; enredos horríveis os consternavam; sentimentos nobres os invadiam; não havia uma só palavra que ele diria encontrada ali, mas sua composição continha uma fluidez e uma doçura bastante notáveis, considerando-se a idade dele — nem sequer fizera dezessete anos — e o fato de que o século 16 ainda duraria alguns anos mais. Por fim, no entanto, ele fez uma pausa. Estava descrevendo, como todos os jovens poetas sempre fazem, a natureza e, para combinar o tom preciso de verde, ele olhou (e, nesse ponto, mostrou mais audácia do que a maioria) para a própria coisa, um arbusto de loureiro que, por acaso, crescia debaixo da janela. Depois disso, naturalmente, não pôde escrever mais nada. O verde na natureza é uma coisa, o verde na literatura é outra. A natureza e as letras parecem ter uma antipatia genuína; junte-as e elas haverão de mutuamente se despedaçar. O tom de verde que Orlando viu naquele momento estragou sua rima e rompeu com a métrica. Além disso, a natureza tem os próprios truques. Basta olhar através da janela, para as abelhas em meio às flores, para um cachorro bocejando, para o sol se pondo; basta que se pense "quantos outros poentes eu verei" etc. etc. (um pensamento tão conhecido que não vale a pena escrever sobre ele), para pousar a pena, pegar a capa, sair da sala a passos largos e tropeçar em um baú pintado ao fazê-lo. Uma vez que Orlando era um tanto quanto desastrado.

Ele tomou cuidado para não encontrar ninguém. Havia Stubbs, o jardineiro, se aproximando pelo caminho. Orlando se escondeu atrás de uma árvore até ele passar. Atravessou um portãozinho do muro do jardim. Evitou todos os estábulos, canis, carpintarias, lavanderias e os locais onde fabricavam a cerveja e as velas de sebo, onde matavam bois, forjavam ferraduras e costuravam gibões — já que a propriedade era um pequeno vilarejo, reverberando os ruídos dos homens trabalhando em seus diversos ofícios — e chegou à trilha de samambaias que subia a colina pelo parque sem ser visto. Talvez haja certa afinidade entre qualidades; uma arrasta a outra consigo; e, nesse momento, o biógrafo deve chamar a atenção para o fato de sua falta de jeito estar frequentemente associada ao amor pela solidão. Tendo tropeçado em um baú, Orlando naturalmente amava lugares solitários, vastas paisagens e se sentir só para todo o sempre.

Por isso, depois de um longo silêncio — Estou só — ele, por fim, exprimiu, abrindo os lábios pela primeira vez neste relato. Caminhara com muita rapidez colina acima, entre as samambaias e os arbustos espinhosos, espantando cervos e pássaros selvagens, até um local coroado por um único carvalho. Era muito alto, tão alto, na verdade, que dali se podia avistar dezenove condados ingleses; e, em um dia claro, até mesmo trinta ou quarenta, se o tempo estivesse bom o bastante. Às vezes, podia-se ver o Canal da Mancha, ondas umas sobre as outras, sem cessar. Era possível ver rios em que deslizavam barcos de passeio; galeões rumando para o alto-mar; navios de guerra com pequenas nuvens de fumaça, de onde surgia o estrondo surdo dos canhões; e fortes na costa, além de castelos em meio às campinas; aqui, uma torre de vigia, acolá, uma fortaleza; e, também, alguma vasta mansão como a do pai de Orlando, amontoada como um vilarejo vale abaixo, cercada de muralhas. A leste, via-se os pináculos de Londres e a fumaça da cidade; e, talvez, na linha do horizonte, quando o vento soprava do quadrante certo, surgiam até mesmo os cumes escarpados e o contorno serrilhado das montanhas de Snowdon[1], entre as nuvens. Por um momento, Orlando ficou ali, contando, vislumbrando, reconhecendo. Ali estava a casa do pai; aquela outra era do tio. A tia possuía os três grandes torreões entre as árvores ali. A charneca lhes pertencia, assim como a floresta, os faisões e os cervos, as raposas, os texugos e as borboletas.

Ele suspirou profundamente e se atirou-se — havia uma paixão em seus movimentos que merece essa palavra — no chão ao pé do carvalho. Ele amava, por baixo de toda essa transitoriedade do verão, sentir a coluna dorsal da terra sob si; pois era assim que via a raiz dura do carvalho; ou, já que uma imagem seguia a outra, ele montava nas costas de um grande cavalo, ou no convés de um navio em meio ao turbilhão — qualquer coisa, de fato, contanto que fosse dura, porque sentia a necessidade de algo a que pudesse prender seu coração à deriva; o coração que batia no seu peito; o coração que parecia varrido por ventos perfumados e românticos toda noite, por volta dessa hora, quando saía para caminhar. Amarrou-o ao carvalho e, deitado

1 Montanha mais alta do País de Gales. Desde 2022, passou a ser chamada pelo nome galês, *Yr Wyddfa*. (N. do T.)

ali, gradualmente o palpitar do entorno e dentro dele se acalmou; as pequenas folhas ficaram em suspenso, os cervos pararam; as pálidas nuvens de verão estagnaram; seus membros se tornaram pesados no chão; e ele ficou tão imóvel que, aos poucos, os cervos se aproximaram, as gralhas giraram em volta dele, as andorinhas mergulharam em círculos e as libélulas passaram velozes, como se toda a fertilidade e a atividade amorosa de uma noite de verão estivessem entrelaçadas como uma teia ao redor do corpo dele.

Depois de uma hora, mais ou menos — o sol se punha rapidamente, as nuvens brancas haviam se tornado vermelhas, as colinas estavam violetas, as florestas, roxas, os vales, negros — soou um clarim. Orlando se pôs de pé com um salto. O som estridente vinha do vale. De um ponto escuro lá embaixo; um ponto compacto e preciso; um labirinto; um vilarejo, mesmo que cercado por muros; vinha do coração de sua própria mansão no vale que, antes às escuras, mesmo enquanto ele a olhava e o único clarim se duplicava e reduplicava com outros sons mais agudos, perdeu sua escuridão e se viu crivada de luzes. Algumas eram luzinhas fugidias, como se os criados corressem pelos corredores para responder a inúmeros chamados; outras eram luzes altas e reluzentes, como se iluminassem salões de banquetes vazios prontos a receber convidados que não haviam chegado; e outras mergulhavam, acenavam, afundavam e subiam, como se estivessem nas mãos de tropas de criados se curvando, ajoelhando-se, levantando-se, recebendo, guardando e escoltando para o interior da casa, com toda a dignidade, uma grande Princesa que descia de sua carruagem. Coches manobravam no pátio. Cavalos sacudiam as plumas. A rainha havia chegado.

Orlando parou de olhar. Ele desceu a colina correndo. Entrou por um portãozinho. Subiu apressado a escada em espiral. Chegou ao seu quarto. Jogou as meias para um lado, o gibão para o outro. Molhou a cabeça. Esfregou as mãos com força. Aparou as unhas. Com pouco mais de quinze centímetros de espelho e um par de velas usadas para ajudá-lo, vestiu os calções carmesim, o colarinho de renda, o colete de tafetá e sapatos com rosetas tão grandes quanto dálias duplas em menos de dez minutos, de acordo com o relógio do estábulo. Estava pronto. Estava corado. Estava excitado. Mas estava terrivelmente atrasado.

Pelos atalhos que conhecia, ele seguiu pela vasta quantidade de quartos e escadas até o salão de banquetes, a cinco acres de distância, do outro lado da mansão. Porém, a meio caminho, nos fundos da casa, onde viviam os criados, ele parou. A porta da sala de estar da sra. Stewkley estava aberta — ela havia partido, sem dúvida, com todas as suas chaves, para atender à patroa. Mas ali, sentado à mesa de jantar dos criados, com uma caneca ao lado e um pedaço de papel à frente, via-se um homem meio gordo e maltrapilho, com uma gola bastante suja e roupas simples de lã marrom. Ele segurava uma pena, mas não escrevia. Parecia estar rolando algum pensamento para cima e para baixo, de um lado para o outro, em sua mente, até que adquirisse uma forma ou um impulso de que gostasse. Seus olhos, redondos e turvos, como uma pedra verde de textura curiosa, estavam fixos. Ele não viu Orlando. Por mais apressado que estivesse, Orlando parou subitamente. Seria ele poeta? Estaria escrevendo poesia? "Conte-me", ele queria dizer, "tudo do mundo todo" — pois tinha as ideias mais loucas, absurdas e extravagantes sobre poetas e poesia — mas como falar com um homem que não o vê? Que vê ogros, sátiros, talvez as profundezas do mar, e não você? Por isso, Orlando ficou ali, observando enquanto o homem girava a pena entre os dedos, para um lado e para o outro; e contemplava e meditava; e então, muito rapidamente, escreveu meia dúzia de linhas e ergueu os olhos. E foi então que Orlando, dominado pela timidez, saiu correndo e chegou ao salão de banquetes apenas a tempo de se ajoelhar e, abaixando a cabeça, confuso, oferecer uma tigela de água de rosas à grande rainha em pessoa.

Tal era sua timidez que ele apenas viu as próprias mãos cheias de anéis na água; entretanto, era o suficiente. Tratava-se de uma mão memorável; uma mão fina com dedos longos, sempre se curvando como se empunhasse um orbe ou um cetro; uma mão nervosa, retorcida, doentia; uma mão imponente também; uma mão que só precisava se erguer para que uma cabeça caísse; uma mão, supôs ele, ligada a um corpo velho, que cheirava como um armário em que peles são guardadas em cânfora; e, ainda assim, um corpo adornado com todos os tipos de brocados e pedras preciosas; e que se mantinha muito ereto, embora talvez com dores no ciático; e que nunca vacilava, embora acometido por mil temores; e os olhos da rainha eram amarelo-claros. Tudo isso ele sentiu enquanto os grandes anéis brilhavam na água e, então, algo pressionou os cabelos dele — o que, talvez, explique o fato de ele não ver mais nada que pudesse ser útil a um historiador. E, na verdade, sua mente estava tão dominada por opostos — a noite e as velas acesas, o poeta maltrapilho e a grande rainha, os campos silenciosos e o barulho dos criados — que ele não conseguia ver nada; ou apenas uma mão.

De acordo com o mesmo raciocínio, a rainha também só poderia ter visto uma cabeça. Mas, se é possível, a partir de uma mão, deduzir um corpo, com todos os atributos de uma grande rainha, sua rabugice, coragem, fragilidade e terror, certamente uma cabeça pode ser igualmente fértil, vista de cima, de um trono, por uma dama cujos olhos estavam sempre, se é que podemos confiar nos bonecos de cera da abadia, bem abertos. Os longos cabelos encaracolados, a cabeça escura curvada de modo tão reverente e inocente diante dela, implicavam um par das mais belas pernas que jamais sustentaram um jovem nobre; e olhos violeta; e um coração de ouro; e lealdade e charme masculinos — todas as qualidades que a velha mulher mais amava quanto mais lhe faltavam. Pois ela estava envelhecendo e se desgastando, curvando-se antes do tempo. O som dos canhões permanecia em seus ouvidos. Sempre via a gota cintilante de veneno e o longo estilete. Enquanto se sentava à mesa, aguçava os ouvidos; escutava os canhões no canal; temia — seria aquilo uma maldição, um sussurro? A inocência e a simplicidade lhe eram ainda mais caras pelo fundo sombrio contra o qual ela as colocava. E foi naquela mesma noite, assim diz a tradição, quando Orlando se encontrava profundamente adormecido, que ela formalizou, colocando por fim a sua mão e o sinete no pergaminho, a doação ao pai de Orlando da grande casa monástica que havia sido do arcebispo e, depois, do rei.

Orlando dormiu a noite toda sem saber de nada. Fora beijado por uma rainha sem saber disso. E, talvez, já que o coração das mulheres é complicado, tivessem sido a sua ignorância e o sobressalto que deu quando seus lábios o tocaram que mantiveram viva na memória dela a lembrança do jovem primo (pois tinham sangue em comum). De qualquer forma, dois anos dessa vida tranquila no campo ainda não haviam se passado, e Orlando provavelmente não havia escrito mais do que vinte tragédias, uma dúzia de histórias e uma vintena de sonetos, quando chegou uma mensagem dizendo que ele deveria comparecer diante da rainha em Whitehall.

— Vem aí — disse ela, vendo-o avançar pela longa galeria em sua direção — o meu inocente! — (Havia sempre uma serenidade ao seu redor, dando-lhe um aspecto de inocência, mesmo quando, tecnicamente, a palavra já não se aplicava à sua pessoa.)

— Venha! — disse ela. Sentava-se ereta junto ao fogo. E o manteve a um passo de distância, examinando-o de cima a baixo. Estaria ela comparando as próprias especulações da outra noite com a realidade agora visível? Justificavam-se suas suposições? Olhos, boca, nariz, peito, quadris, mãos — ela os percorreu um a um; seus lábios se contraíram visivelmente enquanto olhava; no entanto, ao ver as pernas dele, riu alto. Ele era a própria imagem de um nobre cavalheiro. Mas, e por dentro? Lançou-lhe os olhos amarelos de falcão como se fosse atravessar sua alma. O jovem sustentou o olhar, apenas corando com um tom rosa adamascado, que lhe caía bem. Força, graça, romantismo, tolice, poesia, juventude — ela o leu como uma página. Imediatamente, retirou um anel do dedo (a articulação estava um pouco inchada) e, ao ajustá-lo ao dele, nomeou-o seu Tesoureiro e Intendente; em seguida, pendurou os cordões do ofício no pescoço dele; e, ordenando-lhe que dobrasse o joelho, amarrou em torno da parte mais fina a Ordem da Jarreteira, adornada de pedras preciosas. Nada mais lhe foi negado depois disso. Sempre que ela desfilava, ele seguia ao lado da portinhola da carruagem. Ele foi enviado à Escócia em uma triste missão, com a infeliz rainha. Estava prestes a embarcar para as guerras polonesas quando ela o chamou de volta. Pois como ela poderia suportar a ideia daquele corpo delicado ser dilacerado e aquela cabeça encaracolada rolando na terra? Ela o manteve consigo. No auge de seu triunfo, quando os canhões retumbavam na torre, o ar estava tão denso de pólvora a ponto de provocar espirros e os vivas do povo ecoavam sob as janelas, ela o puxou para o meio das almofadas em que suas damas de companhia a haviam deitado (estava tão cansada e velha) e fez com que ele enterrasse o rosto naquele traje surpreendente — fazia um mês que ela não trocava de roupa — que cheirava, recordava-se ele, evocando as memórias de menino, como um velho armário da sua casa em que guardavam as peles da mãe. Ele se pôs de pé, quase sufocado pelo abraço. — Esta — suspirou ela — é a minha vitória! — no exato momento em que um foguete subia aos estrondos e tingia suas faces de escarlate.

Porque a velha mulher o amava. E a rainha, que sabia reconhecer um homem de verdade quando o via — embora, segundo dizem, não da maneira usual — planejou para ele uma carreira ambiciosa e esplêndida. Terras lhe foram dadas, casas lhe foram designadas. Ele seria o filho de sua velhice; o apoio na sua enfermidade; o carvalho sobre o qual ela se apoiaria na degradação. Ela balbuciou essas promessas com uma afeição estranhamente autoritária (encontravam-se em Richmond[2] agora), sentada, ereta e vestindo seus rígidos brocados, perto do fogo, que, por mais alto que estivesse, nunca a aquecia.

Enquanto isso, os longos meses de inverno se arrastavam. Cada árvore no parque estava forrada de gelo. O rio corria lentamente. Certo dia, quando a neve cobria o chão, os quartos recobertos por lambris escuros se encontravam dominados pelas sombras e os veados bramiam no parque, ela viu no espelho, que tinha sempre consigo por medo de espiões, através da porta, que deixava sempre aberta por medo de assassinos, um rapaz — seria Orlando? — beijando uma moça — quem diabos era aquela sem-vergonha? Agarrando sua espada de punho dourado, ela golpeou violentamente o espelho. O vidro quebrou; muitas pessoas correram; levantaram-na e a colocaram novamente na cadeira; mas ela não se recuperou depois disso e, à medida que seus dias se aproximavam do fim, lamentava-se com amargor da traição dos homens.

Talvez tivesse sido culpa de Orlando; ainda assim, afinal de contas, devemos responsabilizá-lo? Estávamos na época elisabetana; seus costumes não eram os nossos; nem seus poetas; nem seu clima; nem mesmo seus vegetais. Tudo era diferente. O clima em si — o calor e o frio do verão e do inverno — era, pode-se crer, de uma natureza totalmente diversa. Os dias brilhantes e amorosos eram claramente distintos da noite, assim como a terra da água. Os poentes eram mais vermelhos e intensos; as alvoradas, mais brancas e radiantes. Eles não conheciam nossas meias-luzes crepusculares e nossas penumbras duradouras. A chuva caía com veemência, ou simplesmente não caía. O sol brilhava ou fazia escuridão. Traduzindo isso para as regiões espirituais, como era seu costume, os poetas cantavam lindamente como as rosas murcham e as pétalas caem. O momento é breve,

2 Referência ao Palácio de Richmond, residência real utilizada por diversos monarcas ingleses. (N. do T.)

entoavam eles; o momento passou; então todos dormirão uma longa noite. Quanto a usar os artifícios da estufa para prolongar ou preservar os cravos e rosas frescos, esse não era o modo como faziam as coisas. As complicações e ambiguidades ressequidas de nossa época mais gradual e duvidosa eram desconhecidas deles. A violência era tudo. A flor florescia e murchava. O sol nascia e se punha. O amante amava e partia. E o que os poetas diziam em rima os jovens traduziam na prática. As moças eram rosas, e suas estações eram curtas como as das flores. Deviam ser colhidas antes de a noite cair; pois o dia era breve, e o dia era tudo. Assim, se Orlando seguiu a orientação do clima, dos poetas, da própria época, e colheu a sua flor na janela, mesmo com a neve no chão e a rainha vigilante no corredor, mal conseguimos culpá-lo. Ele era jovem, infantil; apenas fez o que a natureza lhe ordenara. Quanto à moça, sabemos seu nome tanto quanto a própria Rainha Elizabeth. Poderia ser Doris, Chloris, Delia ou Diana, já que ele fez rimas para cada uma delas; igualmente, poderia ser uma dama da corte ou alguma criada. Pois o gosto de Orlando era amplo; ele não amava apenas as flores do jardim; até mesmo as plantas silvestres e as ervas daninhas exerciam fascínio sobre ele.

Aqui, de fato, expomos de maneira rude, como um biógrafo pode fazer, característica curiosa nele, que talvez possa ser explicada pelo fato de determinada avó de Orlando ter usado avental e carregado baldes de leite. Alguns grãos da terra de Kent ou de Sussex estavam misturados com o fluido fino e delicado que lhe viera da Normandia. Ele acreditava que a mescla de terra marrom e sangue azul era uma boa combinação. O certo é que ele sempre teve predileção por companhias humildes, especialmente de pessoas letradas, cuja inteligência frequentemente as mantém em uma posição inferior, como se houvesse uma afinidade de sangue entre elas. Nessa altura da vida, quando sua cabeça transbordava de rimas e ele nunca ia para a cama sem criar algum capricho verbal, o rosto da filha de um taberneiro parecia mais fresca, e as tiradas da sobrinha de um guarda-caças pareciam mais brilhantes do que as das damas da corte. Por isso, ele começou a frequentar o Wapping Old Stairs[3] e as cervejarias à noite, envolto em uma capa cinza para esconder a estrela pendurada no pescoço e a liga no joelho. Lá, com uma caneca diante de si, entre os becos de chão de areia e os gramados onde se jogava boliche e toda a arquitetura simples daqueles lugares, ele ouvia as histórias dos marinheiros sobre as dificuldades, os horrores e as crueldades nas costas espanholas, como alguns haviam perdido os dedos dos pés e, outros, o nariz — pois a história falada nunca era tão redonda ou finamente colorida quanto a escrita. Ele adorava ouvir, especialmente, quando eles entoavam a plenos pulmões suas canções sobre os Açores, enquanto os periquitos que haviam trazido daquelas terras bicavam os brincos em suas orelhas, tocavam com os bicos duros e gananciosos as esmeraldas em seus dedos e blasfemavam de modo tão vil quanto os mestres. As mulheres se comportavam com quase a mesma ousadia no linguajar e liberdade no comportamento quanto os pássaros. Elas se empoleiravam nos joelhos dele, jogavam os braços ao redor de seu pescoço e, adivinhando que algo fora do comum se ocultava sob a capa de lã grossa, mostravam-se tão ansiosas para descobrir a verdade quanto Orlando.

E não faltavam oportunidades. Cedo ou tarde, o rio se agitava com barcaças, botes a remo e embarcações de todo gênero. Todos os dias, algum belo navio com destino às Índias partia para o mar; de vez em quando, uma embarcação enegrecida e esfarrapada, com homens cabeludos a bordo, arrastava-se dolorosamente, em busca de um lugar para ancorar. Ninguém sentia falta de um rapaz ou de uma moça se eles se demorassem um pouco mais a bordo depois do pôr do sol, ou erguia uma sobrancelha se algum fofoqueiro os visse dormindo profundamente entre os sacos

3 Pub histórico de Londres, inaugurado no século 16. (N. do T.)

cheios de tesouros, nos braços um do outro. Foi isso, de fato, o que aconteceu com Orlando, Sukey e o Conde de Cumberland. O dia estava quente, haviam feito amor intensamente, e acabaram adormecidos entre as esmeraldas. Tarde da noite, o conde, cuja fortuna tinha forte ligação com as empreitadas espanholas, veio inspecionar o butim sozinho, com uma lanterna. Iluminou um barril. Recuou então, proferindo um palavrão. Agarrados ao barril, dois espíritos dormiam. Supersticioso por natureza, e com a consciência pesada em decorrência de inúmeros crimes, o conde tomou o casal — estavam enrolados em um manto vermelho, e os seios de Sukey eram quase tão brancos quanto as neves eternas da poesia de Orlando — por um fantasma saído das tumbas de marinheiros afogados, vindo repreendê-lo. Fez o sinal da cruz. Jurou penitência. A fileira de casas de caridade ainda de pé na Sheen Road é o fruto visível do pânico daquele momento. Doze velhas pobres da paróquia hoje tomam chá e, à noite, dão graças à sua Senhoria por ter um teto sobre a cabeça; de modo que o amor ilícito em um navio carregado de tesouros... A lição de moral é dispensável.

No entanto, Orlando logo se cansou, não apenas do desconforto desse estilo de vida e das ruas tortuosas da vizinhança, como também dos modos primitivos das pessoas. Pois, devemos nos lembrar, o crime e a pobreza não exerciam o mesmo fascínio para os elisabetanos como para nós. Eles não compartilhavam de nossa vergonha moderna do aprendizado em livros; não tinham nossa crença de que nascer filho de um açougueiro é uma bênção, e não saber ler, uma virtude; nenhuma ilusão acerca daquilo a que chamamos de “vida” e “realidade” está de alguma forma associada à ignorância e brutalidade; nem, de fato, dispunham de qualquer equivalente para essas duas palavras. Não foi em busca de “vida” que Orlando se misturou a eles; não foi em busca de “realidade” que os abandonou. Mas, depois de ouvir uma dezena de vezes como Jakes havia perdido o nariz e Sukey, a honra — e ambos contavam tais histórias de maneira admirável, devemos admitir — ele começou a se cansar um pouco da repetição, pois um nariz só pode ser cortado de uma forma e, a castidade, perdida de outra — ou assim lhe parecia — ao passo que as artes e ciências tinham uma diversidade que despertava sua curiosidade profundamente. Por isso, mantendo sempre boas lembranças deles, parou de frequentar as cervejarias e pistas de boliche, pendurou a capa cinza no guarda-roupa, deixou que a estrela brilhasse no pescoço e a Ordem da Jarreteira cintilasse no joelho à vista de todos, e apareceu mais uma vez na Corte do Rei Jaime. Era jovem, rico, bonito. Ninguém poderia ser recebido de modo mais caloroso do que ele.

É certo que muitas damas estavam dispostas a lhe conceder favores. Pelo menos três nomes eram frequentemente associados ao dele em termos de casamento — Clorinda, Favilla, Euphrosyne — assim ele as chamava em seus sonetos.

Tomando-as na ordem: Clorinda era uma dama de modos suficientemente doces — na verdade, Orlando ficou muito encantado com ela por seis meses e meio; mas ela tinha cílios brancos e não suportava ver sangue. Uma lebre assada à mesa do pai fez com que desmaiasse. Também era muito influenciada pelos padres e economizava nas roupas íntimas para dar aos pobres. Decidira converter Orlando para livrá-lo de seus pecados, o que lhe fez tão mal que ele acabou por desistir de se casar com ela, sem lamentar tanto assim quando ela morreu logo depois, de varíola.

Favilla, que vem a seguir, tinha uma natureza completamente diferente. Era filha de um pobre cavalheiro de Somersetshire; que, por pura tenacidade e pela beleza dos olhos, conseguira ascender à corte, em que sua habilidade na equitação, o elegante arco dos pés e a graça ao dançar conquistaram a admiração de todos. Entretanto, certa vez, ela cometeu a insensatez de açoitar um cão da raça spaniel que rasgara uma de suas meias de seda (e, para ser justo com Favilla, ela tinha poucas meias, sendo a maioria de lã) até quase matá-lo, sob a janela de Orlando.

Apaixonado que era por animais, ele notou então que os dentes dela eram tortos, com os dois da frente voltados para dentro, o que, disse, é um sinal inconfundível de um caráter perverso e cruel nas mulheres e, assim, rompeu o noivado para sempre, naquela mesma noite.

A terceira, Euphrosyne, foi de longe a mais séria de suas paixões. Era, por nascimento, pertencente à família dos Desmond da Irlanda e, portanto, tinha uma árvore genealógica própria, tão antiga e profundamente enraizada quanto a de Orlando. Era loira, corada e um pouco apática. Falava bem o italiano, tinha um conjunto de dentes superiores perfeito, embora os inferiores fossem ligeiramente desbotados. Nunca era vista sem um galgo ou spaniel ao seu lado; alimentava-os com pão branco do próprio prato; cantava suavemente para os virginais; e nunca estava arrumada antes do meio-dia, em razão do extremo cuidado que tinha com a aparência. Em suma, teria sido uma esposa perfeita para um nobre como Orlando, e os preparativos chegaram a tal ponto, que os advogados de ambos os lados começaram a se ocupar dos acordos, dotes, avenças, cessões de moradias e outros imóveis, e tudo o mais necessário antes que uma grande fortuna possa se unir a outra, quando, com a súbita e severa mudança que então caracterizava o clima inglês, veio a Grande Geada[4].

A Grande Geada foi, como nos contam os historiadores, a mais severa que já visitou estas ilhas. Pássaros congelavam em pleno voo e caíam como pedras no chão. Em Norwich, uma jovem camponesa começou a atravessar a rua gozando de excelente saúde e foi vista pelos passantes se transformar visivelmente em pó, sendo soprada por sobre os telhados, quando a glacial rajada a atingiu na esquina. A mortalidade entre ovelhas e gado foi enorme. Cadáveres congelaram e não puderam ser arrancados

4 A Grande Geada de 1683-1684 foi um fenômeno que atingiu toda a Inglaterra e, até hoje, é considerado o pior da história inglesa. (N. do T.)

dos lençóis. Não era incomum encontrar uma vara inteira de porcos congelados no meio da estrada. Os campos estavam cheios de pastores, lavradores, parelhas de cavalos e meninos espantadores de pássaros, todos paralisados em um momento qualquer, um com a mão no nariz, outro com a garrafa nos lábios, um terceiro segurando uma pedra que seria arremessada contra os corvos, que, como que empalhados, encontravam-se sobre a cerca a um metro dele. O rigor da geada foi tão extraordinário que às vezes acontecia uma espécie de petrificação; e era comum ouvirem que o grande aumento de rochas em algumas partes de Derbyshire não se devia a uma erupção — pois não houve nenhuma — e sim à solidificação de viajantes infelizes que haviam sido literalmente transformados em pedra no lugar onde se encontravam. A Igreja pouco pôde fazer a respeito e, embora alguns proprietários de terras tivessem relíquias abençoadas, a maioria preferiu usá-las como marcos, postes para as ovelhas poderem se coçar ou, quando o formato da pedra permitia, cochos para o gado, finalidade a que, na maioria das vezes, continuam a servir admiravelmente até hoje.

Mas, enquanto o povo do campo sofria uma carência extrema e o comércio do país estava paralisado, Londres desfrutava de um festival de grande brilho. A Corte estava em Greenwich, e o novo rei aproveitou a oportunidade de sua coroação para conquistar os favores dos cidadãos. Ele ordenou que o rio, congelado a uma profundidade de mais de seis metros e por pouco menos de doze quilômetros em cada margem, fosse varrido e decorado para ter a aparência de um parque de diversões, com pavilhões, labirintos, alamedas, barracas de bebidas etc. — tudo por sua conta. Para si e os cortesãos, ele reservou um espaço próprio em frente aos portões do palácio, que, separado do público apenas por uma corda de seda, tornou-se imediatamente o centro da mais cintilante sociedade da Inglaterra. Grandes estadistas, com barba e golas plissadas, tratavam de assuntos oficiais sob o dossel carmesim do Pavilhão Real. Em tendas listradas, encimadas por plumas de penas de avestruz, soldados planejavam a conquista dos mouros e a queda dos turcos. Almirantes andavam de um lado para o outro nas estreitas alamedas, copo na mão, vasculhando o horizonte e contando histórias sobre a passagem do noroeste e a Armada Espanhola. Amantes flertavam em divãs cobertos de peles de zibelina. Rosas congeladas eram lançadas sobre a rainha e suas damas de companhia quando elas saíam para passear. Balões coloridos pairavam imóveis no ar. Aqui e ali, crepitavam enormes fogueiras de cedro e carvalho, salgadas abundantemente, de modo que as chamas eram de cor verde, laranja e roxo. Mas, por mais intenso que fosse o fogo, o calor não era suficiente para derreter o gelo, que, embora de singular transparência, tinha a dureza do aço. Era tão límpido que se podia ver, congelado a certa profundidade, aqui um golfinho, ali um linguado. Cardumes de enguias jaziam imóveis em transe, mas se estavam mortas ou simplesmente em um estado de animação suspensa, que o calor poderia reviver, era algo que deixava os filósofos perplexos. Perto da Ponte de Londres, onde o rio estava congelado a uma profundidade de cerca de vinte braças, um barco naufragado era claramente visível no leito do rio, depois de haver afundado no outono anterior, sobrecarregado de maçãs. A velha dona do bote, que vendia as frutas, levando-as ao mercado na margem de Surrey, lá estava com seus trajes xadrez e suas anquinhas, o colo cheio de maçãs, como se estivesse prestes a atender um cliente, embora certa coloração azulada nos lábios indicasse a verdade. Era uma cena que o Rei Jaime gostava especialmente de ver, costumando trazer um grupo de cortesãos para contemplá-la com ele. Em suma, nada poderia exceder o brilho e a alegria da cena durante o dia. Mas era à noite que o festival se mostrava mais animado. Pois o gelo continuava imperturbável; as noites eram de perfeitíssima quietude; a lua e as estrelas brilhavam com a dureza dos diamantes; e, ao som da fina música de flautas e trombetas, os cortesãos dançavam.

Orlando, é verdade, não fazia parte daqueles que dançavam com extrema leveza a corrente e a volta; era desajeitado e um tanto quanto desatento. Certamente, preferia as danças simples da própria região, que dançava quando criança, àqueles fantásticos compassos estrangeiros. Na verdade, tinha acabado de juntar os pés, ao fim de uma quadrilha ou minueto, por volta das seis da tarde do dia 7 de janeiro, quando avistou, vindo do pavilhão da Embaixada Moscovita, uma figura que — fosse ela de rapaz ou de mulher, visto que o traje solto e as calças largas à moda russa serviam para disfarçar o sexo — lhe causou imensa curiosidade. Tal pessoa, seja lá qual fosse seu nome ou sexo, tinha estatura mediana e um corpo extremamente esguio, e vestia um traje inteiramente de veludo cor de ostra, ornamentado com uma pele esverdeada e desconhecida. Mas esses detalhes eram obscurecidos pela extraordinária sedução que emanava de todo o seu ser. Imagens e metáforas das mais extremadas e extravagantes se entrelaçaram e deram voltas na mente dele. Orlando a comparou a um melão, um abacaxi, uma oliveira, uma esmeralda e uma raposa na neve, tudo isso no espaço de três segundos; ele não sabia se a havia escutado, saboreado, visto ou tudo junto. (Pois, embora não devêssemos fazer uma pausa na narrativa, é mister notar rapidamente que todas as imagens naquele momento eram extremamente simples, a ponto de se equiparar aos seus sentidos, na maioria retiradas das coisas que lhe davam prazer quando criança. Mas, se seus sentidos eram simples, ao mesmo tempo se mostravam extremamente fortes. Porém, fazer uma pausa para buscar a razão das coisas está fora de questão...) Um melão, uma esmeralda, uma raposa na neve — tais eram seus delírios, assim ele a encarava. Quando o rapaz — pois, infelizmente, havia de ser um rapaz, nenhuma mulher seria capaz de patinar com tamanha velocidade e vigor — passou em disparada por ele, quase na ponta dos pés, Orlando estava pronto a arrancar os cabelos de frustração por ser alguém de seu próprio sexo, tornando impossíveis quaisquer carícias. Mas o patinador se aproximou. Suas pernas, mãos e postura correspondiam às de um rapaz, mas nenhum rapaz tinha uma boca como aquela; nenhum rapaz tinha aqueles seios; nenhum rapaz tinha olhos que pareciam ter sido pescados do fundo do mar. Por fim, parando e fazendo com toda a graça uma ampla reverência ao rei, que passava de braços dados com algum pajem, o patinador desconhecido parou. Encontrava-se a menos de um palmo de distância. Era uma mulher. Orlando a fitou, estremeceu, sentiu calor, sentiu frio, desejou se lançar no ar do verão, esmagar bolotas sob os pés, balançar os braços com as bétulas e os carvalhos. De fato, espichou os lábios sobre os dentes brancos e pequenos, abrindo-os talvez um centímetro e meio como se fosse morder, fechou-os como se houvesse mordido. A srta. Euphrosyne se pendurava no braço dele.

A estrangeira, ele acabou descobrindo, era a Princesa Marousha Stanilovska Dagmar Natasha Iliana Romanovitch, e viera com a comitiva do Embaixador Moscovita, que talvez fosse seu tio, ou pai, para assistir à coroação. Muito pouco se sabia a respeito dos moscovitas. Com suas longas barbas e chapéus de pele, permaneciam sentados praticamente em silêncio, bebendo algum líquido escuro que cuspiam de vez em quando sobre o gelo. Nenhum deles falava inglês, e o francês, com que alguns eram pelo menos familiarizados, era, naquela época, pouco falado na Corte Inglesa.

Foi por meio desse acaso que Orlando e a princesa se conheceram. Estavam sentados um diante do outro na grande mesa disposta sob uma enorme cobertura para o entretenimento dos nobres. A princesa fora colocada entre dois jovens cavalheiros, um, o Lorde Francis Vere e, o outro, o jovem Conde de Moray. Era engraçado ver o dilema em que ela logo os colocou, pois, embora ambos fossem rapazes admiráveis à própria maneira, um bebê antes de nascer tinha tanto conhecimento da língua francesa quanto eles. Quando, no início do jantar, a princesa se virou para o conde e disse, com uma graça que encantou o coração dele: — *Je crois avoir fait la connaissance d'un gentilhomme qui vous était apparenté en Pologne l'été dernier.*[5] — ou — *La beauté des dames de la cour d'Angleterre me met dans le ravissement. On ne peut voir une dame plus gracieuse que votre reine, ni une coiffure plus belle que la sienne*[6].— Tanto o lorde Francis como o conde se mostraram absolutamente constrangidos. O primeiro lhe serviu uma porção generosa de molho de raiz-forte, enquanto o outro assobiou para o cachorro e o fez implorar por um osso com tutano. Diante disso, a princesa não pôde mais conter o riso, e Orlando, cruzando olhares com ela entre cabeças de javali e pavões recheados, também riu. Ele riu, mas o riso nos seus lábios se congelou, admirado. Até aquele instante, quem ele amara, o que ele amara? – perguntava a si mesmo em meio a um turbilhão de emoções. Uma velha, só pele e ossos, respondeu. Prostitutas de faces avermelhadas, numerosas demais para contar. Uma freira chorosa. Uma aventureira calculista com uma boca vil. Uma sonolenta massa de rendas e cerimônias. O amor não significara nada além de serragem e cinzas. As alegrias que tirara dele eram extremamente insípidas. Maravilhava-se de ter podido passar por tudo aquilo sem bocejar. Pois, ao olhar para a princesa, seu sangue espesso se diluiu, o gelo se transformou em vinho nas suas veias, ele ouviu as águas fluindo e os pássaros cantando, a primavera irrompeu sobre a paisagem dura e invernal, sua virilidade despertou, ele empunhou uma espada e atacou um inimigo mais ousado do que qualquer polonês ou mouro, mergulhou nas águas profundas, viu a flor do perigo crescer em uma fenda, estendeu a mão — na verdade, estava compondo um

5 "Acredito ter conhecido um cavalheiro parente seu na Polônia no verão passado", em francês. (N. do T.)

6 "A beleza das damas da corte da Inglaterra me deixa em êxtase. Não se pode ver dama mais graciosa do que a sua rainha, nem um penteado mais belo do que o dela", em francês. (N. do T.)

de seus sonetos mais apaixonados quando a princesa o interrompeu: — O senhor teria a bondade de me passar o sal?

Ele corou profundamente.

— Com todo o prazer do mundo, madame — respondeu ele, falando francês com uma pronúncia perfeita. Pois, graças aos céus, ele falava a língua como se fosse a dele, a criada da mãe havia lhe ensinado. No entanto, talvez tivesse sido melhor para ele se nunca tivesse aprendido esse idioma, se nunca tivesse respondido àquela voz, nunca tivesse seguido a luz daqueles olhos...

A princesa continuou. Quem eram aqueles caipiras, ela lhe perguntou, sentados ao lado dela com modos de cavalariços? O que era aquela mistura nauseante que haviam colocado no prato? Os cães comiam à mesa com os homens na Inglaterra? Aquela figura engraçada no fim da mesa, com o cabelo arrumado como um mastro em dia de festa (*comme une grande perche mal fagotée*), era realmente a rainha? E o rei, sempre babava daquele jeito? E qual daqueles pavões era George Villiers[7]? Embora, a princípio, aquelas perguntas tivessem desconcertado Orlando, foram feitas com tamanho atrevimento e graça que ele não pôde deixar de rir; e viu, pelo rosto inexpressivo dos presentes, que ninguém havia entendido uma só palavra, respondendo-lhe então com a mesma liberdade com que ela o questionava, falando, como ela, um francês perfeito.

E assim começou uma intimidade entre os dois que prontamente se tornou o escândalo da corte.

Logo todos perceberam que Orlando dava muito mais atenção à moscovita do que exigia a mera cortesia. Ele raramente se afastava dela, e suas conversas, embora incompreensíveis aos demais, eram conduzidas com tanta animação e provocavam tantos rubores e risos, que até mesmo os mais tolos eram capazes

7 George Villiers (1592-1628), primeiro Conde de Buckingham e posteriormente Duque, foi um nobre inglês de origem normanda. (N. do T.)

de adivinhar o assunto. Além disso, a mudança em Orlando era extraordinária. Ninguém jamais o vira tão entusiasmado. Da noite para o dia, ele deixara para trás a falta de jeito juvenil, e o rapazinho carrancudo incapaz de entrar em um quarto de senhoras sem derrubar metade dos enfeites da mesa se transformou em um nobre, cheio de encanto e viril cortesia. Vê-lo ajudando a moscovita (como era chamada) a subir no trenó, oferecendo a mão para uma dança, pegando o lenço manchado que ela deixara cair, ou cumprindo qualquer outro dos múltiplos deveres que a suprema dama exige e o amante se apressa em antecipar, era uma cena capaz de reacender os olhos sem brilho da velhice e fazer o pulso já acelerado da juventude bater ainda mais forte. No entanto, sobre aquilo tudo pairava uma nuvem. Os velhos davam de ombros. Os mais jovens riam às escondidas. Todos sabiam que Orlando estava noivo de outra mulher. *Lady* Margaret O'Brien O'Dare O'Reilly Tyrconnel (pois este era o nome completo da Euphrosyne dos sonetos) usava a esplêndida safira de Orlando no anelar da mão esquerda. Era ela quem tinha o direito incontestável às suas atenções. Contudo, ela poderia derrubar todos os lenços de seu enxoval (e tinha muitas dezenas deles) sobre o gelo e Orlando jamais se curvaria para pegá-los. Ela poderia esperar vinte minutos para que ele a conduzisse ao trenó e, no fim, teria que se contentar com os serviços de seu criado africano. Quando patinava, o que ela fazia de forma um tanto quanto desajeitada, ninguém estava ao lado dela para encorajá-la e, se caísse, o que acontecia com certa frequência, ninguém a levantaria, nem limparia a neve de suas saias. Embora fosse naturalmente apática, não se ofendesse com facilidade e se mostrasse mais relutante do que a maioria em acreditar que uma mera estrangeira poderia afastá-la das afeições de Orlando, até mesmo *lady* Margaret começou a suspeitar que algo se tramava contra sua paz de espírito.

De fato, à medida que os dias passavam, Orlando se preocupava cada vez menos em esconder os sentimentos. Inventava uma desculpa ou outra e se ausentava assim que terminavam de comer, ou escapulia dos patinadores que formavam grupos para uma quadrilha. No momento seguinte, via-se que a moscovita também havia desaparecido. Mas o que mais indignava a corte, ferindo-a em seu ponto mais sensível — que é a vaidade — era que o casal muitas vezes era visto deslizando por baixo da corda de seda que separava o espaço real da parte pública do rio, misturando-se à multidão de plebeus. Pois, subitamente, a princesa batia o pé e gritava: — Leve-me embora. Detesto essa sua gente inglesa referindo-se assim à própria corte, que ela não suportava mais. Estava cheia de velhas bisbilhoteiras, dizia, que viviam a seguindo com os olhos, e jovens presunçosos, que lhe pisavam os pés. Cheiravam mal. Seus cães corriam entre as pernas dela. Era como estar em uma jaula. Na Rússia, havia rios com quinze quilômetros de largura sobre cujas águas congeladas se podia galopar com seis cavalos lado a lado o dia todo sem encontrar vivalma. Além disso, ela queria ver a Torre, a Guarda, as cabeças em Temple Bar[8] e as joalherias de Londres. E foi por isso que Orlando a levou à cidade, mostrou-lhe a Guarda e a cabeça dos rebeldes e comprou tudo o que lhe agradou na Royal Exchange[9]. Mas não foi o suficiente. Ambos desejavam cada vez mais a companhia um do outro, o dia todo e a sós, onde não houvesse ninguém para se maravilhar ou os encarar. Por isso, em vez de seguir para Londres, passaram a tomar o caminho oposto, e logo se distanciavam das multidões, entre as áreas congeladas do Tâmisa, onde não encontravam um único ser vivo — a não ser por algumas aves marinhas e uma velha camponesa que tentava cortar o gelo em uma vã tentativa de tirar um balde d'água ou juntar alguns galhos ou folhas secas para fazer fogo. Os pobres se

8 Uma das entradas da cidade de Londres, onde se pendurava a cabeça decepada dos criminosos na Idade Média e na Moderna. (N. do T.)

9 Centro de comércio de Londres do século 17 ao 19. (N. do T.)

mantinham bem perto de seu casebre, e os mais abastados, já que podiam, amontoavam-se na cidade em busca de calor e diversão.

E assim, Orlando e Sasha, como ele a chamava carinhosamente, e porque esse era o nome de uma raposa russa branca que ele tivera quando menino — uma criatura fofa como a neve, mas com dentes de aço, que o mordeu com tanta ferocidade que o pai a mandou matar — tinham o rio só para si. Aquecidos pela patinação e pelo amor, deitavam-se em algum lugar solitário, onde os salgueiros amarelados margeavam o rio e, envoltos em um grande manto de pele, Orlando a tomava nos braços, e conhecia pela primeira vez — dizia aos sussurros — os deleites do amor. Então, quando o êxtase findava e ambos se deitavam em transe sobre o gelo, ele lhe contava sobre seus outros amores, e como, comparados a ela, eram feitos simplesmente de madeira, juta e cinzas. Rindo de sua veemência, ela se aninhava novamente nos braços dele e lhe fazia mais uma carícia amorosa. Maravilhavam-se, em seguida, que o gelo não tivesse derretido com o calor deles, e sentiam pena da pobre velha que não dispunha daquele meio natural de o descongelar, sendo obrigada a cortá-lo com um machado de aço frio. E, então, envoltos em suas peles, falavam de tudo, de paisagens e viagens, de mouros e pagãos, da barba do fulano e da pele da sicrana, de um rato que comera da mão dela à mesa, da tapeçaria que sempre se movia no saguão de casa, de um rosto, de uma pena. Nada era pequeno demais em suas conversas, nada grande demais.

Então, subitamente, Orlando recaía em uma de suas crises de melancolia, talvez em consequência do olhar da velha mancando sobre o gelo, talvez por razão nenhuma; e se atirava de bruços no gelo, olhando para as águas congeladas e pensando na morte. Pois tem razão o filósofo quando diz que nada mais espesso do que a lâmina de uma faca separa a felicidade da melancolia, opinando que uma é irmã gêmea da outra, para então concluir que todos os sentimentos extremados estão ligados à loucura; e, por isso, aconselha-nos a procurar refúgio na verdadeira Igreja (na visão dele, a Anabatista), único abrigo, porto, ancoradouro etc., de acordo com ele, para os que se encontram à deriva nesse mar.

— Tudo acaba em morte — dizia Orlando, sentando-se ereto, o rosto carregado de melancolia. (Pois era dessa maneira que a mente dele funcionava então, com violentas oscilações entre a vida e a morte, sem parar em nada no meio, de tal modo que o biógrafo tampouco deve parar, voando o mais rápido que puder a fim de acompanhar as ações apaixonadas e tolas e as palavras extravagantes e repentinas a que Orlando se entregava, algo que não podemos negar, nessa fase da sua vida.)

— Tudo acaba em morte — dizia Orlando, sentado ereto sobre o gelo. Mas Sasha, que afinal não tinha sangue inglês, e sendo da Rússia, onde o pôr do sol é mais longo, a aurora menos repentina e as frases frequentemente ficam incompletas em virtude da dúvida sobre como melhor terminá-las, Sasha o fitava, talvez com certo escárnio no olhar, pois ele devia lhe parecer uma criança, e não dizia nada. Mas, por fim, o gelo esfriava debaixo deles, algo de que ela não gostava e, puxando-o para que se pusesse de pé novamente, ela lhe falava de uma maneira tão encantadora, tão espirituosa, tão sábia (mas, infelizmente, sempre em francês, o que notoriamente perde seu sabor na tradução), que ele se esquecia das águas congeladas, da noite chegando, da velha mulher, ou do que quer que fosse, e procurava lhe dizer — mergulhando e se debatendo entre mil imagens tão velhas quanto as mulheres que as haviam inspirado — como ela era. Neve, creme, mármore, cerejas, alabastro, fio de ouro? Nenhuma dessas coisas. Ela era como uma raposa, ou uma oliveira; como as ondas do mar quando vistas do alto, como uma esmeralda, como o sol em uma colina verdejante ainda encoberta pela névoa — como nada do que ele vira ou conhecera na Inglaterra. Vasculhou o idioma como pôde, mas lhe faltavam as palavras exatas. Ele queria outra paisagem, outra língua. O inglês era franco demais, sincero demais, meloso demais para Sasha. Porque, em tudo o que ela dizia, embora parecesse aberta e voluptuosa, sempre havia algo oculto; em tudo o que fazia, embora ousada, sempre havia algo velado. Assim como a chama verde parece oculta na esmeralda, ou o sol preso em uma colina. A transparência era apenas externa; por dentro, havia uma chama errante. Ia e vinha, ela nunca brilhava com a luz constante de uma inglesa — nesse ponto, no entanto, lembrando-se de *Lady* Margaret e de suas saias, Orlando entrava em delírio e a arrastava sobre o gelo, mais rápido, mais rápido, jurando que perseguiria a chama, que mergulharia em busca da pedra preciosa, e assim por diante, as palavras saindo a cada expiração com a paixão de um poeta cuja poesia é expressa por meio da dor.

Mas Sasha permanecia em silêncio. Quando Orlando terminava de lhe dizer que ela era uma raposa, uma oliveira ou o topo de uma colina verdejante, e lhe contava toda a história de sua família; como a casa dele era uma das mais antigas da Grã-Bretanha; como tinham vindo de Roma com os Césares e tinham o direito de andar pelo Corso (a principal rua de Roma) sob um palanquim com borlas, segundo ele um privilégio reservado apenas aos de sangue imperial (pois havia uma credulidade orgulhosa nele que era bastante agradável), ele fazia uma pausa e perguntava onde era a casa dela, o que fazia o pai, se tinha irmãos, por que estava ali sozinha com o tio. Então, de certo modo, embora ela respondesse prontamente, uma estranheza surgia entre eles. De início, ele suspeitara que a posição dele não fosse tão alta quanto ela gostaria; ou que ela tivesse vergonha dos modos selvagens do próprio povo, pois ouvira que as mulheres na Moscóvia usavam barba e os homens eram cobertos de pelos da cintura para baixo; que pessoas de ambos os sexos se besuntavam com sebo para se proteger do frio, rasgavam carne com os dedos e viviam em cabanas onde um nobre inglês teria receio de guardar o gado; por isso ele se abstinha de pressioná-la. Porém, depois de refletir, concluiu que o silêncio dela não poderia ser por essa razão; ela mesma estava totalmente livre de pelos no queixo; vestia-se de veludo e pérolas, e seus modos certamente não eram os de uma mulher criada em um curral.

O que, então, ela escondia dele? A dúvida subjacente à tremenda força dos sentimentos dele era como areia movediça sob um monumento, que se desloca subitamente e faz toda a estrutura tremer. A agonia o dominava de súbito. Então, ele explodia em tamanha fúria que ela não sabia como acalmá-lo. Talvez não quisesse acalmá-lo; talvez seus ataques de raiva lhe agradassem, e ela os provocasse de propósito — tal é a curiosa malícia do temperamento moscovita.

Continuemos a história... Patinando mais longe do que o habitual naquele dia, eles chegaram à parte em que os barcos ancorados haviam congelado no meio do rio. Entre eles estava o navio da Embaixada Moscovita, com sua águia negra de duas cabeças tremulando no mastro principal, recoberto de cristais de gelo de vários metros de comprimento. Sasha deixara algumas de suas roupas a bordo e, supondo que o navio estivesse vazio, eles subiram até o convés para procurá-las. Lembrando-se de certos episódios do próprio passado, Orlando não teria se surpreendido se alguns bons cidadãos tivessem procurado aquele refúgio antes deles; e foi o que aconteceu. Ainda não haviam ido longe quando um belo jovem surgiu de algum lugar atrás de um rolo de cordas e aparentemente disse (já que ele falava russo) que era membro da tripulação e ajudaria a princesa a encontrar o que procurava. Acendeu uma vela e desapareceu com ela nas entranhas do navio.

O tempo passou, e Orlando, envolto nos próprios devaneios, pensava apenas nos prazeres da vida; em sua joia; em sua raridade; nos meios de torná-la irrevogável e indissoluvelmente dele. Havia obstáculos e dificuldades a serem superados. Ela estava determinada a viver na Rússia, onde havia rios congelados, cavalos selvagens e homens, dizia ela, que cortavam a garganta uns dos outros. É verdade que uma paisagem de pinheiros e neve e hábitos de luxúria e matança não o atraíam. Tampouco estava ansioso para deixar os agradáveis costumes do campo, o plantio de árvores e os esportes; renunciar ao cargo; arruinar a carreira; caçar renas em vez de coelhos; beber vodca em vez de vinho das Canárias; e carregar uma faca na manga — para quê, ele não fazia ideia. Ainda assim, tudo isso e mais ele faria por ela. Quanto ao casamento com *lady* Margaret, marcado para a próxima semana, era algo tão evidentemente absurdo que ele mal pensava naquilo. Os parentes dela o insultariam por abandonar uma grande dama; os amigos zombariam dele por destruir a melhor carreira do mundo por uma mulher cossaca e um deserto coberto de neve — mas, posto na balança, nada se comparava à própria Sasha. Fugiriam na primeira noite escura. Embarcariam em um navio para a Rússia. Assim ele ponderava, assim ele planejava enquanto caminhava de um lado para o outro no convés.

Foi chamado de volta à realidade ao se virar para o oeste e ver o sol suspenso como uma laranja na cruz da Catedral de Saint Paul[10]. Estava vermelho como sangue e se punha rapidamente. Já devia ser quase noite. Sasha estava ausente há mais de uma hora. Imediatamente dominado pelos pressentimentos lúgubres que lançavam sombra até mesmo sobre seus pensamentos mais confiantes a respeito dela, ele seguiu pelo caminho que vira os dois percorrerem rumo ao porão do navio e, depois de tropeçar na escuridão em vários baús e barris, percebeu, em virtude de uma luz fraca a um canto, que se encontravam ali, sentados. Por um segundo, teve a visão dos dois; viu Sasha no colo do marinheiro, viu-a se curvando na direção dele e os dois abraçados antes que a luz fosse apagada pela nuvem vermelha da sua fúria. Ele explodiu em um urro de angústia que fez ecoar o navio inteiro. Sasha se atirou entre eles, senão o marinheiro teria sido

10 Catedral anglicana localizada no centro da cidade de Londres, sede da Igreja da Inglaterra. (N. do T.)

estrangulado antes de conseguir sacar a adaga. Então, Orlando foi acometido por um mal-estar quase fatal, e tiveram que deitá-lo no chão e lhe dar conhaque para que se recuperasse. Em seguida, depois que ele se recuperou, colocaram-no sobre uma pilha de sacos no convés, Sasha se inclinou sobre ele, passando suavemente diante de seus olhos turvos, sinuosa como a raposa que o mordera, ora o seduzindo, ora o repreendendo, de modo que ele acabou por duvidar do que vira. Será que a vela não havia se apagado? Acaso as sombras não se moveram? A caixa era pesada, disse ela; o homem estava a ajudando a movê-la. Orlando acreditou nela por um instante — quem poderia ter certeza de que sua raiva não havia pintado aquilo que ele mais temia encontrar? Mas, no instante seguinte, ele se tornou mais violento, revoltado com a falsidade dela. Então, a própria Sasha empalideceu, bateu com o pé no convés e disse que iria embora naquela mesma noite, invocando seus deuses para destruí-la, se acaso ela, uma Romanovitch, tivesse se deitado nos braços de um simples marinheiro. De fato, olhando para os dois juntos (o que ele mal conseguia fazer), Orlando se indignou da abjeção de sua imaginação, que fizera com que ele pintasse aquela criatura frágil nas garras daquele bruto do mar. O homem era enorme, devia medir mais de um metro e noventa com os sapatos, usava brincos de ferro nas orelhas e parecia um cavalo de carga sobre o qual pousara uma cambaxirra ou um sabiá em seu voo. Por isso, ele acabou cedendo; acreditou nela, e lhe pediu desculpas. No entanto, quando desciam pela lateral do navio, novamente enamorados, Sasha parou com a mão na escada e dirigiu ao monstro de cara larga e faces amareladas uma série de saudações, gracejos ou palavras carinhosas em russo, sem que Orlando entendesse uma só palavra do que dizia. Mas havia algo no tom dela (talvez por culpa das consoantes em russo) que fez Orlando se lembrar de uma cena algumas noites antes, quando a encontrara secretamente a um canto roendo um toco de vela que havia pegado do chão. Era verdade que se tratava de uma vela rosa e dourada, pertencente à mesa do rei, porém era feita de sebo, e ela a estava roendo. Não haveria, pensou ele, ajudando-a a andar no gelo, algo de grosseiro nela, algo de sabor ordinário, de origem camponesa? E ele a imaginou aos quarenta anos, pesada — embora fosse agora esbelta como um junco — e letárgica, embora agora se apresentasse alegre como uma cotovia. Mas, ainda outra vez, enquanto patinavam em direção a Londres, essas suspeitas se dissolveram no peito dele, e Orlando sentia como se houvesse sido fisgado pelo nariz por um grande peixe e arrastado pelas águas com relutância, ainda que com o próprio consentimento.

Fazia uma noite de beleza deslumbrante. À medida que o sol se punha, todas as cúpulas, campanários, torres e pináculos de Londres se erguiam em uma escuridão impenetrável contra as nuvens vermelhas e furiosas do entardecer. Ali estava a cruz entalhada em Charing, a cúpula de St. Paul, a massa compacta dos edifícios da Torre; acolá, como um bosque de árvores despojadas de todas as folhas, salvo um botão na ponta, estavam as cabeças nas estacas de Temple Bar. Naquele momento, as janelas da Abadia estavam acesas e ardiam como um escudo celestial e multicolorido (nas fantasias de Orlando); agora, todo o Oeste parecia uma janela dourada com tropas de anjos (mais uma vez, nas fantasias de Orlando) subindo e descendo as escadarias do céu sem parar. O tempo todo, pareciam patinar nas profundezas do ar, tão azul o gelo se tornara; e tão liso e vítreo estava, que eles deslizavam cada vez mais rápido em direção à cidade, com as gaivotas brancas circulando ao redor e acima deles, cortando o ar com as asas em movimentos tão majestosos quanto aqueles que os dois traçavam no gelo com os patins.

Sasha, como se querendo tranquilizá-lo, estava mais carinhosa do que de costume, e ainda mais encantadora. Raramente falava de seu passado, mas, agora, contou-lhe como, nos invernos da Rússia, ouvia os lobos uivando pelas estepes e, por três vezes — para lhe mostrar o que ouvia — ladrou como um lobo.

Depois, ele lhe falou dos veados na neve em casa, e como eles se perdiam no grande salão em busca de calor e eram alimentados por um velho com mingau trazido em um balde. E então ela o elogiou por seu amor para com os animais, por seus galanteios, por suas pernas. Enlevado pelos elogios e envergonhado por tê-la difamado ao imaginá-la nos joelhos de um marinheiro ordinário e ficando gorda e letárgica aos quarenta anos, ele afirmou não conseguir encontrar palavras para a enaltecer; mas, imediatamente, pensou em como ela era como a primavera, a grama verde e as águas saltitantes, e a agarrando com mais força do que nunca, fez com que ela girasse com ele, atravessando metade do rio, levando consigo as gaivotas e os cormorões também. E, por fim, parando cansado, ela disse, ofegando um pouco, que ele era como uma árvore de Natal com um milhão de velas (como as que se tem na Rússia), repleta de bolas amarelas; suficientemente incandescente para iluminar toda uma rua (se é que se poderia traduzir as palavras dele assim, pois, com as faces em brasa, os cachos escuros, a capa preta e carmesim, ele parecia estar ardendo com um brilho próprio, iluminado de dentro por alguma lâmpada acesa).

Todas as cores, a não ser o vermelho das faces de Orlando, logo desbotaram. A noite chegou. Quando a luz laranja do poente desapareceu, foi substituída pelo surpreendente brilho branco de tochas, fogueiras, candelabros e outros dispositivos com os quais o rio era iluminado, causando a mais estranha transformação. Várias igrejas e palácios de nobres, cuja fachada era de pedra branca, ganharam faixas e manchas como se estivessem flutuando no ar. Da Catedral de St. Paul, em particular, nada restava além da cruz dourada. A Abadia aparecia como o esqueleto cinza de uma folha. Tudo passava por um enfraquecimento, uma mudança. À medida que alguém se aproximasse do parque de diversões, ouviria uma nota grave, como a de um diapasão, crescendo cada vez mais, até se tornar um alvoroço. De vez em quando, um grande grito seguia um foguete subindo rumo ao céu. Gradualmente, podia-se discernir pequenas figuras se separando da vasta multidão e girando para lá e cá como mosquitos na superfície de um rio. Acima e ao redor desse círculo brilhante, como uma muralha de escuridão, pressionava o breu profundo de uma noite de inverno. E então, em meio a essas trevas, começaram a surgir, com intervalos que mantinham vivas as expectativas e abertas as bocas, foguetes em flor; meias-luas; serpentes; uma coroa. Em um único momento, as florestas e as colinas ao longe reapareciam verdes, como em um dia de verão; no instante seguinte, tudo era novamente inverno e escuridão.

A essa altura, Orlando e a princesa estavam perto da área Real e encontraram o caminho bloqueado por uma horda de plebeus, que se comprimia o mais perto possível da corda de seda. Relutante em perder a privacidade e enfrentar os olhares atentos à espreita, o casal permaneceu ali, empurrado por aprendizes, alfaiates, peixeiras, mercadores de cavalos, golpistas, estudantes famintos, criadas em seu uniforme, vendedoras de laranjas, cocheiros, cidadãos de bem, taverneiros lascivos e a turba de jovens vagabundos que vivem assombrando as margens de qualquer aglomeração, gritando e se metendo por entre as pernas das pessoas — na verdade, toda a ralé das ruas de Londres estava ali, brincando e se acotovelando, a um canto jogando dados, lendo a sorte, empurrando-se, distribuindo cutucadas e beliscões; aqui berrando, ali carrancudos; alguns de boca escancarada, outros tão indiferentes quanto as gralhas no telhado de uma casa; todos vestidos de diversas maneiras, conforme o bolso ou a posição social lhes permitisse; alguns trajando peles e lãs grossas, outros em farrapos, os pés embrulhados em trapos para protegê-los do gelo. Aparentemente, as pessoas se amontoavam principalmente diante de uma tenda ou palco parecido com aqueles em que, hoje, vemos espetáculos de marionetes. Um negro balançava os braços e vociferava. Havia uma mulher de branco deitada em uma cama. Embora o cenário fosse simples, com os atores subindo e descendo uma escada e às vezes tropeçando, a multidão batia os pés e assobiava ou, quando se entediava, acabava jogando cascas de laranja no gelo — que um cachorro logo corria para pegar; ainda assim, a surpreendente e sinuosa melodia das palavras comovia Orlando como música. Faladas com extrema rapidez e uma ousada agilidade da língua que o fazia se lembrar dos marinheiros cantando nas cervejarias de Wapping, os vocábulos, mesmo sem sentido, eram como vinho para ele. No entanto, de vez em quando, uma única frase chegava até ele por sobre o gelo, como se arrancada das profundezas de seu coração. A fúria do mouro se parecia com a sua própria, e quando o mouro sufocou a mulher na cama, era Sasha que ele matava com as próprias mãos.

Por fim, a peça acabou. Tudo ficou às escuras. As lágrimas corriam pelo seu rosto. Olhando para o céu, também nada havia além da escuridão. Ruína e morte, pensou ele, resumem tudo. A vida do homem termina no túmulo. Vermes nos devoram.

Penso que agora deveria haver um grande eclipse,
Do Sol e da Lua, e que o mundo, assustado
Deveria bocejar...[11]

Mesmo ao declamar esses versos, uma estrela de certa palidez surgiu na memória dele. A noite estava escura, negra como breu; mas era uma noite como esta que eles haviam esperado; era em uma noite como essa em que haviam planejado fugir. Lembrava-se de tudo. Era chegada a hora. Em um ímpeto de paixão, ele puxou Sasha para si e sussurrou no ouvido dela: — *Jour de ma vie*[12]! Era o sinal deles. À meia-noite se encontrariam em uma estalagem perto de Blackfriars. Os cavalos estariam à espera lá. Tudo estava

11 Excerto da cena 2 do 5º ato da peça *Otelo, o Mouro de Veneza*, de William Shakespeare (?-1616), escrita em 1603. (N. do T.)

12 "Luz da minha vida", em francês. (N. do T.)

pronto para a fuga dos dois. Então, separaram-se, ela para a tenda dela, ele para a dele. Faltava uma hora para o momento certo.

Muito antes da meia-noite, Orlando já a aguardava. A noite apresentava uma escuridão tão profunda que um homem poderia se aproximar sem ser visto, o que era muito bom, mas também havia uma quietude tão solene que se podia ouvir o casco de um cavalo ou o choro de uma criança a quase um quilômetro de distância. Muitas vezes, Orlando, andando pelo pequeno pátio, prendia a respiração ao ouvir os passos firmes de algum cavalo nas pedras, ou o farfalhar de um vestido. Mas o viajante era simplesmente algum mercador, retornando tarde para casa; ou alguma mulher da vizinhança com uma missão nada inocente. Eles passavam, e a rua ficava mais silenciosa do que antes. Então, as luzes que ardiam no térreo dos pequenos e apertados cômodos onde os pobres da cidade viviam subiam para os quartos de dormir e, em seguida, uma a uma, apagavam-se. Havia poucos lampiões de rua naqueles becos, e a negligência do vigia noturno muitas vezes fazia com que fossem apagados bem antes do amanhecer. A escuridão se tornava então ainda mais profunda. Orlando verificou os pavios da lanterna, ajustou as cintas da sela, carregou as pistolas, examinou os coldres, e fez todas essas coisas pelo menos uma dúzia de vezes, até não encontrar mais nada que exigisse sua atenção. Embora faltassem ainda uns vinte minutos para a meia-noite, ele não se decidia a entrar no saguão da estalagem, onde a anfitriã ainda servia xerez e um vinho barato das Canárias para alguns marujos que se demoravam ali, entoando canções e contando histórias de Drake, Hawkins e Grenville[13], até cair dos bancos e rolar adormecidos no chão

13 Referência a *sir* Francis Drake (c. 1540-1596), *sir* John Hawkins (1532-1595) e *sir* Richard Grenville (1542-1591), que compunham o grupo conhecido como West Country Men, o qual defendia a anexação da Irlanda à Inglaterra, ataques ao Império espanhol e a expansão do Império inglês. (N. do T.)

de areia. A escuridão era mais compassiva para com seu coração pesado e aflito. Ele ouvia cada passo, especulava a respeito de cada som. Os gritos dos bêbados e os gemidos de algum infeliz deitado na palha ou sentindo outro tipo de sofrimento cortavam seu coração, como representantes de um mau presságio para a empreitada dele. Contudo, ele não temia por Sasha. A coragem dela não dava tanta importância àquela aventura. Ela viria sozinha, com sua capa, calças e botas de homem. Mesmo naquele silêncio, seria difícil ouvir os passos dela, de tão leves que eram.

Então, ele esperou na escuridão. Subitamente, foi atingido na lateral do rosto por um golpe — suave, mas firme. Estava tão tenso com toda aquela expectativa que teve um sobressalto e levou a mão à espada. O golpe se repetiu uma dúzia de vezes, na testa e nas faces. A geada seca já durava tanto que ele levou um minuto para perceber que eram gotas d'água caindo, que os tais golpes haviam sido desferidos pela chuva. No começo, caíam lenta e deliberadamente, uma a uma. Mas não demorou muito para que as seis gotas se tornassem sessenta, depois seiscentas, juntando-se então em um fluxo constante de água. Era como se o céu duro e compactado se derramasse em profusão, como uma fonte. Em questão de cinco minutos, Orlando se viu encharcado até os ossos.

Abrigando rapidamente os cavalos, ele procurou refúgio sob o umbral da porta, de onde ainda podia observar o pátio. Agora, o ar estava mais carregado do que nunca, e um vapor e um zumbido intensos advinham da tempestade, a ponto de não se poder ouvir nenhum passo, de homem ou animal. As estradas, sempre muito esburacadas, estariam inundadas e talvez intransitáveis. Mas ele mal chegou a pensar no efeito que aquilo teria sobre sua fuga. Todos os seus sentidos estavam concentrados em olhar ao longo do caminho de paralelepípedos — brilhando à luz da lanterna — à espera da chegada de Sasha. Às vezes, na escuridão, parecia vê-la envolta pelas gotas torrenciais da chuva. Mas a ilusão logo desaparecia. De repente, com um tom terrível e sinistro, um tom cheio de horror e alarme que arrepiou a alma de Orlando, a Catedral de St. Paul soou a primeira badalada da meia-noite. Ressoou quatro vezes mais, implacável. Com a superstição de um amante, Orlando acreditava que ela chegaria na sexta badalada. Mas ela ecoou e sumiu, seguida da sétima e da oitava e, para a sua mente apreensiva, elas pareceram notas que, inicialmente, anunciavam morte e desastre, para depois proclamá-los enfim. Quando a décima segunda soou, ele teve certeza de que seu destino estava selado. De nada adiantava a parte racional tentar argumentar que ela poderia estar atrasada, que a teriam impedido de sair, que teria se perdido. O coração apaixonado e sensível de Orlando sabia a verdade. Outros relógios tocaram, tilintando um após o outro. Todo o mundo parecia ecoar a notícia da traição dela, e da humilhação dele. As antigas suspeitas que viviam no fundo de seu ser vieram à tona sem obstáculos. Ele foi picado por uma ninhada de cobras, cada uma mais venenosa do que a antecessora. Continuou parado à porta, sob a chuva torrencial, sem se mover. À medida que os minutos passavam, dobrou levemente os joelhos. O aguaceiro prosseguia. E, em meio à chuva, grandes canhões pareciam ressoar. Ouvia-se barulhos horrendos, como se estivessem derrubando e despedaçando carvalhos. E, também, gritos arrepiantes e terríveis gemidos bestiais. Mas Orlando ali permaneceu, imóvel, até que o relógio da Catedral de St. Paul bateu as duas e, então, com todos os dentes à mostra, gritando com uma ironia terrível "*Jour de ma vie*!", ele atirou a lanterna ao chão, montou seu cavalo e passou a galopar a esmo.

Algum instinto cego, já que ele se encontrava incapaz de raciocinar, deve tê-lo levado a seguir a margem do rio em direção ao mar. Pois, quando a aurora rompeu — o que aconteceu com súbita rapidez — o céu adquirindo um amarelo pálido e a chuva quase parando, ele já se encontrava às margens do Tâmisa, em Wapping. Então, uma visão extraordinária se apresentou diante de seus olhos. Onde, durante três meses ou mais, havia uma massa de gelo sólido, de tamanha espessura que parecia tão permanente quanto uma pedra, onde se erguera uma cidade inteira dedicada à diversão, via-se agora uma correnteza turbulenta de águas amareladas. O rio ganhara sua liberdade na noite anterior. Era como se uma fonte de enxofre (à qual muitos filósofos se inclinavam) tivesse se erguido das regiões vulcânicas subterrâneas e rompido o gelo com tal violência que varria para longe, com toda a fúria, enormes e pesados fragmentos. Apenas olhar para a água era suficiente para deixar qualquer um tonto. Tudo era caos e confusão. O rio estava repleto de icebergs. Alguns tão largos quanto um campo de boliche e tão altos quanto uma casa; outros, não maiores do que o chapéu de um homem, mas fantasticamente retorcidos. Ora aparecia uma verdadeira caravana de blocos de gelo, afundando tudo que estivesse no caminho. Ora, rodopiando como uma serpente torturada, o rio parecia se lançar por entre os fragmentos, jogando-os de uma margem à outra, de modo que se podia ouvir o estrondo do impacto contra pilares e embarcadouros. Mas o que era mais horrível e, ao mesmo tempo, inspirava maior terror era o espetáculo dos seres humanos que haviam ficado presos durante a noite e agora caminhavam sobre aquelas ilhas tortuosas e precárias, em um sofrimento extremo. Quer eles saltassem na corrente, quer permanecessem sobre o gelo, seu destino era certo. Às vezes, um pequeno grupo dessas pobres criaturas aparecia, algumas de joelhos, outras amamentando bebês. Um velho parecia estar lendo um livro sagrado em voz alta. Em outras ocasiões, e seu destino talvez fosse o mais terrível, um infeliz solitário entrava em sua miserável morada sozinho. À medida que eles se afastavam rumo ao mar, podia-se ouvir alguns gritando em vão por socorro, fazendo promessas desesperadas de tomar jeito, confessando pecados e prometendo altares e riquezas acaso Deus ouvisse suas preces. Outros estavam tão atordoados pelo terror, que se sentavam imóveis e em silêncio, olhando fixamente à frente. Um bando de jovens barqueiros, ou cocheiros talvez, a julgar pelos trajes, urrava as mais indecentes canções de tabernas, como se zombassem de tudo aquilo, e acabou arremessado contra uma árvore, afundando com blasfêmias nos lábios. Um velho nobre — assim proclamavam a capa de peles e a corrente de ouro — afundou não muito longe de onde Orlando estava, clamando por vingança contra os rebeldes irlandeses que, com seu último suspiro, ele anunciara terem planejado aquela perversidade. Muitos pereceram, abraçados a alguma jarra de prata ou outro tesouro, e ao menos uma dezena de infelizes se afogou em consequência da própria cobiça, jogando-se da margem na correnteza para não se separar de certo cálice de ouro ou para não assistir ao desaparecimento de algum manto de peles. Pois móveis, objetos valiosos, posses de todo gênero foram levados nos blocos de gelo. Entre outras cenas estranhas, pôde-se ver um gato amamentando seus filhotes, uma mesa fartamente posta para vinte pessoas, um casal na cama e um sem-número de utensílios de cozinha.

Atordoado e estupefato, Orlando nada pôde fazer por algum tempo, além de observar a aterradora corrida das águas revoltas à sua frente. Por fim, parecendo recuperar a consciência, esporeou o cavalo e galopou a toda velocidade pela margem do rio, em direção ao mar. Ao contornar uma curva do rio, encontrou-se diante do trecho onde, havia menos de dois dias, os navios dos Embaixadores estavam imobilizados pelo gelo. Sem se demorar, contou todos eles: o francês, o espanhol, o austríaco e o turco. Todos ainda flutuavam, embora o francês tivesse se soltado das amarras, e o navio turco tivesse aberto um grande rasgo no casco, enchendo-se rapidamente de água. Mas não se via a embarcação russa em lugar algum. Por um momento, Orlando pensou que ele tivesse afundado, mas, erguendo-se nos estribos e protegendo da luz os olhos de falcão, conseguiu distinguir a silhueta de um navio no horizonte. As águias negras tremulavam no mastro. O navio da Embaixada Moscovita se afastava rumo ao mar.

Saltando do cavalo, ele deu a impressão de que, em meio à sua fúria, enfrentaria a correnteza. De pé, com água até os joelhos, lançou à mulher infiel todas as ofensas que já haviam sido lançadas contra seu sexo. Chamou-a de desleal, inconstante, volúvel; demônio, adúltera, traidora; e as águas em turbilhão levaram as palavras dele e jogaram aos seus pés um jarro quebrado e um pouco de palha.

Capítulo 2

Agora, o biógrafo se depara com uma dificuldade que talvez seja melhor confessar do que disfarçar. Até este ponto na narrativa da vida de Orlando, documentos, tanto privados como históricos, tornaram possível cumprir o primeiro dever de um biógrafo, que é seguir, sem olhar para a direita ou a esquerda, as pegadas indeléveis da verdade; sem ser atraído pelas flores; indiferente às sombras; avançando de maneira metódica até subitamente cair na sepultura e escrever *finis*[14] na lápide acima de nossa cabeça. Mas, agora, chegamos a um episódio que se coloca bem no meio do nosso caminho, de modo que não há como ignorá-lo. No entanto, trata-se de algo sombrio, misterioso e não documentado, o que torna impossível explicá-lo. Podem escrever muitos volumes para interpretá-lo, sistemas religiosos inteiros poderiam ser fundados sobre seu significado. Nosso simples dever é relatar os fatos conforme são conhecidos, e deixar que o leitor os entenda como quiser.

No verão daquele inverno desastroso que trouxe a geada, a inundação, a morte de milhares e a completa ruína das esperanças

14 "Fim", em latim. (N. do T.)

de Orlando — pois ele foi exilado da corte, profundamente desgostoso com os mais poderosos nobres de sua época: a casa irlandesa de Desmond se enfurecera com razão, o rei já tinha problemas suficientes com os irlandeses e não queria ainda mais este — nesse verão, Orlando se retirou para sua grande casa no campo, e lá viveu em completa solidão. Numa manhã de junho — era sábado, dia 18 — ele deixou de se levantar à hora habitual e, quando seu criado foi chamá-lo, encontrou-o dormindo profundamente. Nem sequer foi possível acordá-lo. Ali permaneceu como se em transe, sem respiração perceptível; e, embora tivessem colocado cães para latir sob a janela dele, tocado incessantemente címbalos, tambores e ossos em seu quarto, colocado um ramo de urze sob o travesseiro e aplicado emplastros de mostarda nos pés, ele não acordou, não comeu e não deu qualquer sinal de vida por sete dias seguidos. No sétimo dia, ele despertou à hora de sempre (exatamente aos quinze para as oito) e expulsou do quarto todo o séquito de carpideiras e curandeiros do vilarejo, algo bastante natural. O estranho, porém, foi o fato de ele não ter demonstrado nenhuma consciência do transe em que estivera, vestindo-se e mandando que lhe trouxessem o cavalo, como se tivesse acordado de uma única noite de sono. No entanto, alguma mudança, suspeitava-se, devia ter ocorrido na mente dele, pois, embora perfeitamente racional e parecendo mais sério e sereno em seus modos do que antes, Orlando dava a impressão de não lembrar perfeitamente de sua vida passada. Ouvia as pessoas falarem da grande geada, da patinação ou do parque de diversões, mas nunca sinalizava ter presenciado aqueles eventos ele mesmo, a não ser por passar automaticamente a mão na testa, como quem afasta uma nuvem. Quando se discutiam os acontecimentos dos últimos seis meses, ele parecia mais confuso do que perturbado, como se estivesse atormentado por lembranças desconexas de algum tempo distante ou tentando recordar histórias contadas por outra pessoa. Observavam que, ao mencionarem a Rússia, princesas ou navios, ele mergulhava em uma melancolia inquieta, levantava-se para olhar pela janela, chamava um dos cães ou pegava uma faca e começava a entalhar um pedaço de cedro. Os médicos de então, entretanto, não eram mais sábios do que os de hoje e, depois de prescrever descanso e exercício, jejum e alimentação à farta, companhia e solidão, que ele ficasse na cama o dia todo e cavalgasse sessenta quilômetros entre o almoço e o jantar, além dos sedativos e estimulantes de sempre, suplementados, conforme a vontade de cada um deles, com poções de baba de lagartixa ao acordar e doses de fel de pavão ao se deitar, deixaram-no por fim a sós, diagnosticando que ele havia dormido por uma semana.

Mas, se assim fosse, não podemos deixar de perguntar de que natureza haveria sido esse sono. Tratava-se de uma medida curativa, um transe no qual as memórias mais dolorosas — eventos que parecem capazes de mutilar a vida para sempre — são tocadas por uma asa negra que suaviza tais dores — até mesmo as mais feias e vis — revestindo-as de certo brilho, certa incandescência? Acaso o dedo da morte precisa pousar sobre o tumulto da vida de tempos em tempos, para que não nos despedacemos? Será que somos feitos de tal maneira que precisamos ingerir pequenas doses de morte diariamente ou não conseguiríamos continuar a missão de viver? E, então, que estranhos poderes são esses que penetram nossos recantos mais secretos e mudam nossos bens mais preciosos sem que o queiramos? Teria Orlando, esgotado pela extrema dor, morrido por uma semana, e depois voltado à vida? E, nesse caso, que natureza tem a morte, que natureza tem a vida? Depois de esperar mais de meia hora por uma resposta a essas perguntas, e nenhuma vir, sigamos com a história.

Orlando se entregou então a uma vida de extrema solidão. A desgraça na corte e a violência de sua dor eram, em parte, motivação para isso, mas como ele não fez esforço algum para se defender e raramente convidava alguém para o visitar (embora tivesse muitos amigos que o fariam de bom grado), parecia-lhe que estar sozinho na grande casa dos antepassados combinava com seu estado de espírito. A solidão era uma escolha dele. Como passava o tempo, ninguém sabia exatamente. Os criados — que ele mantinha em grande número, mesmo que muitos de seus afazeres se resumissem a limpar salas vazias e alisar as colchas das camas que nunca eram usadas — observavam, na escuridão da noite, sentados, comendo bolos e tomando cerveja, uma luz passando pelos corredores, pelos salões de banquetes, subindo a escada, entrando nos quartos, e sabiam se tratar do patrão perambulando sozinho pela casa. Ninguém ousava segui-lo, pois a residência era assombrada por uma grande variedade de fantasmas, e sua extensão facilitava alguém se perder e cair em alguma escada oculta ou abrir uma porta que, caso o vento fechasse, trancaria a pessoa para sempre — acidentes não raros, como a frequente descoberta de esqueletos de homens e animais em posições de profunda agonia tornava evidente. A luz, então, desapareceria completamente, e a sra. Grimsditch, a governanta, diria ao sr. Dupper, o capelão, como esperava que o patrão não tivesse sofrido acidente nenhum. O sr. Dupper opinava que ele certamente estaria de joelhos entre os túmulos dos ancestrais na apela, que ficava no pavilhão do bilhar, a quase um quilômetro de distância dali, na ala sul. Isso porque ele tinha pecados na consciência, temia o sr. Dupper; ao que a sra. Grimsditch retrucava, um pouco alterada, que assim os tínhamos todos nós; e a sra. Stewkley, a sra. Field e a velha babá Carpenter erguiam a voz em louvor ao patrão; e os cocheiros e mordomos juravam ser uma pena ver um nobre tão distinto se arrastando pela casa, quando poderia estar caçando raposas ou perseguindo cervos; e até as criadas da lavanderia e da copa, as Judy e as Faith, que distribuíam as canecas de cerveja e os pedaços de bolo, davam seu testemunho acerca do galanteio do patrão, pois nunca existiu um cavalheiro mais gentil ou generoso com aquelas moedinhas de prata que servem para comprar um laço de fita ou colocar um ramalhete de flores no cabelo; até mesmo a moura, a quem chamavam de Grace Robinson — como se esse nome fizesse dela uma mulher cristã — entendia o que queriam dizer e concordava que o senhor era um cavalheiro charmoso e agradável da única maneira que sabia, ou seja, mostrando todos os dentes de uma só vez, em um largo sorriso. Em suma, todos os empregados tinham grande respeito por ele e amaldiçoavam a tal princesa estrangeira (usando, no entanto, adjetivos mais grosseiros do que este) que o levara àquele estado.

Mas, embora fosse provavelmente covardia, ou o amor por cerveja quente, que levava o sr. Dupper a imaginar que o amo estava a salvo entre os túmulos — de modo que não precisaria procurá-lo — é bem provável que ele estivesse certo. Naquela época, Orlando encontrava um estranho prazer nos pensamentos sobre a morte e a decadência e, depois de percorrer as longas galerias e os salões de baile com uma vela na mão, olhando quadro após quadro como se procurasse o retrato de alguém que não conseguia encontrar, subia até a capela da família e ficava por horas observando os estandartes tremularem e a luz da lua cintilando, na companhia de um morcego ou uma mariposa da morte. Mesmo isso não lhe era suficiente, e ele se via obrigado a descer até a cripta, onde jaziam os antepassados, onde havia caixões empilhados uns sobre os outros por dez gerações. O lugar era tão raramente visitado que os ratos haviam se refestelado das peças de chumbo e, por isso, agora um fêmur se enroscava em sua capa enquanto ele passava, ou o crânio de um velho *Sir* Malise era esmagado ao rolar sob seus pés. Era um sepulcro horripilante, escavado bem abaixo das fundações da casa, como se o primeiro lorde da família, que viera da França com o Conquistador, quisesse afirmar que toda pompa é construída sobre a deterioração, como o esqueleto se encontra sob a carne, como nós, que dançamos e cantamos lá em cima, haveremos de repousar cá embaixo; como o veludo carmesim se transforma em pó; como o anel perde seu rubi (neste momento Orlando, inclinando a lanterna, pegava um círculo de ouro, sem a pedra, que havia rolado para um canto); e o olho, que era tão lustroso, não brilha mais. — Nada resta de todos esses príncipes — disse Orlando, exagerando um pouco nos títulos de nobreza — a não ser um dedo — e ele tomava uma mão esquelética, dobrando-a de um lado para o outro. — De quem era esta mão? — perguntava então — a direita ou a esquerda? A mão de um homem ou uma mulher, de um idoso ou um jovem? Teria ela chicoteado um cavalo de guerra ou manejado uma agulha? Colhido a rosa ou empunhado o aço frio? Teria ela... — mas, nesse ponto, ou sua imaginação falhava ou, o que é mais provável, ele era dominado por tantas possibilidades do que uma mão poderia fazer que, como de costume, afastava-se da tarefa essencial da composição poética, a da exclusão, e colocava-a com os outros ossos, pensando no escritor chamado Thomas Browne[15], um professor de Norwich cujos escritos acerca de tais assuntos o fascinavam imensamente.

Assim, pegando a lanterna e verificando que os ossos estavam em ordem, pois, embora fosse um romântico, ele era particularmente metódico e detestava ver até mesmo um pedaço de barbante no chão — e menos ainda o crânio de um antepassado — Orlando voltou à curiosa e melancólica caminhada pelas galerias, procurando algo entre os quadros, até ser interrompido, finalmente, por um verdadeiro ataque de choro ao ver uma cena de neve holandesa pintada por um artista desconhecido. Pareceu-lhe, então, que não valia mais a pena viver. Esquecendo-se dos ossos dos ancestrais e de como a vida é fundada sobre um túmulo, ele ali ficou, sacudido pelos soluços, tudo pelo desejo por uma mulher em calças russas, com olhos oblíquos, lábios carnudos e pérolas penduradas no pescoço. Ela se fora. Ela o havia deixado. Ele nunca mais a veria. E, por isso, soluçava. E foi assim

15 *Sir* Thomas Browne (1605-1692) foi um polímata inglês, autor de obras em diversos campos, incluindo ciências e medicina, religião e esoterismo. (N. do T.)

que encontrou o caminho de volta para os próprios aposentos; e a sra. Grimsditch, vendo a luz na janela, afastou a caneca dos lábios e disse: — Graças a Deus, o patrão está em seu quarto novamente, são e salvo — pois ela vinha pensando, durante todo aquele tempo, que ele havia sido cruelmente assassinado.

Orlando puxou então a cadeira para perto da mesa; abriu as obras de *sir* Thomas Browne e começou a investigar a delicada articulação de uma das mais longas e maravilhosamente contorcidas reflexões do professor.

Pois, ainda que esses não sejam assuntos sobre os quais um biógrafo possa se estender de modo proveitoso, fica suficientemente claro para aqueles que cumpriram seu papel de leitores, juntando pistas deixadas aqui e ali, o perfil de uma pessoa viva; que podem ouvir, no que apenas sussurramos, uma voz viva; que podem frequentemente visualizar, mesmo quando não dizemos nada a respeito, exatamente como ele aparentava ser; saber, sem uma palavra para os guiar, precisamente o que ele pensava — e é para leitores assim que escrevemos. Fica claro então para esse leitor que Orlando era estranhamente composto de muitos estados de espírito — melancolia, indolência, paixão, amor pela solidão, sem falar em todas as contorções e sutilezas de temperamento que foram indicadas na primeira página, quando ele golpeou a cabeça de um negro morto com a espada, cortou a corda em que ela estava pendurada, amarrou-a cavalheirescamente de novo fora de seu alcance e, depois, retirou-se para o banco da janela com um livro. O gosto por livros era antigo. Quando ele era criança, às vezes um pajem o encontrava à meia-noite ainda lendo. Tiraram-lhe a vela, e ele passou a criar vaga-lumes para servir ao seu propósito. Tiraram-lhe os vaga-lumes, e ele quase incendiou a casa com uma brasa. Para resumir, deixando que o romancista suavize o cetim amassado e todas as suas implicações, ele era um nobre afligido pelo amor à literatura. Muitas pessoas da época dele, em particular aquelas de sua classe, escaparam dessa infecção e, assim, viram-se livres para correr, andar a cavalo ou fazer amor à vontade. Mas alguns foram precocemente contaminados por um germe que diziam se originar do pólen dos asfódelos, soprando da Grécia e da Itália, que era de uma natureza tão mortal que sacudiria a mão ao ser erguida para bater, embaçaria o olhar que busca sua presa e faria a língua gaguejar ao declarar seu amor. Era parte da natureza fatal dessa doença substituir a realidade pela ilusão, de tal modo que, para Orlando, a quem a fortuna dera todos os dons — pratarias, lençóis, casas, criados, tapetes, camas em abundância — bastava abrir um livro para que toda essa vasta acumulação se transformasse em névoa. Os nove acres de pedra que constituíam a casa dele desapareciam; os cento e cinquenta criados da mansão se esvaíam; os oitenta cavalos de montaria se tornavam invisíveis; levaria tempo demais para contar os tapetes, sofás, enfeites, porcelanas, baixelas de prata, galheteiros, rescaldeiros e outros objetos — muitas vezes folheados a ouro — que evaporavam como uma neblina marinha sob seu miasma. Assim era, e Orlando se sentava sozinho, lendo, um homem nu.

Então, a doença o atingiu rapidamente em sua solidão. Ele costumava ler até seis horas noite adentro e, quando vinham lhe pedir ordens acerca do abate do gado ou da colheita do trigo, ele afastava o livro e parecia não entender o que lhe diziam. Isso já era suficientemente ruim e partia o coração de Hall, o falcoeiro, de Giles, o cavalariço, da sra. Grimsditch, a governanta, e do sr. Dupper, o capelão. Um cavalheiro tão fino como aquele, diziam eles, não precisava de livros. Que os deixasse para os paralíticos ou moribundos. Mas o pior ainda estava por vir. Pois uma vez que a doença da leitura se instala no organismo, ela o enfraquece a tal ponto que ele se torna presa fácil de outro flagelo que habita no tinteiro e se desenvolve na pena. O infeliz passa a escrever. E, embora isso seja ruim o suficiente para um homem pobre, cuja única propriedade é uma cadeira e uma mesa colocadas sob um teto com goteiras — pois, afinal, ele não tem muito a perder — a situação de um homem rico, proprietário de residências e gado, criadas, burros e enxovais de linho — e que, ainda assim, escreve livros — é extremamente deplorável. O sabor de tudo acaba se esvaindo dele, ele é perfurado por ferros em brasa, roído por vermes. Ele daria cada centavo que possui (tamanha é a malignidade do germe) para escrever um livrinho e se tornar famoso; ainda assim, nem todo o ouro do Peru poderia lhe comprar o tesouro de uma frase bem-feita. E, por isso, ele definha e adoece, estoura os miolos, vira o rosto para a parede. Não importa em que posição o encontrem. Ele atravessou os portões da Morte e conheceu as chamas do Inferno.

Felizmente, Orlando tinha uma constituição forte, e a doença (por razões que serão explicadas adiante) nunca o destruiu como acabou fazendo com muitos de seus pares. Mas, como a sequência há de mostrar, foi profundamente afetado por ela. Já que, depois de ler *sir* Thomas Browne por uma hora ou mais, e tendo o bramido do cervo e o chamado do vigia noturno indicado que já era tarde da noite e que todos dormiam em segurança, ele atravessou o cômodo, pegou uma chave de prata do bolso e destrancou as portas de um grande armário entalhado que ficava a um canto. No interior, havia cerca de cinquenta gavetas de cedro, e sobre cada uma se via um rótulo cuidadosamente escrito à mão por Orlando. Ele hesitou, como se estivesse indeciso sobre qual delas abrir. Uma dizia "A Morte de Ajax", outra "O Nascimento de Píramo", outras ainda "Ifigênia em Áulis", "A Morte de Hipólito", "Meléagro", "O Retorno de Ulisses" — na verdade, praticamente não havia gavetas que deixassem de ostentar o nome de algum personagem mitológico em um momento crucial de sua jornada. Em cada uma delas se encontrava um documento de tamanho considerável, escrito com a letra de Orlando. A verdade é que Orlando já sofria assim havia muitos anos. Nunca menino nenhum pediu tantas maçãs quanto Orlando pedia papel, nem implorou por doces como ele exigia tinta. Fugindo de conversas e brincadeiras, ele se escondia atrás de cortinas, em esconderijos de padres, ou no armário atrás do quarto da mãe, que tinha um imenso buraco no chão e cheirava horrivelmente a estrume de estorninho, com um tinteiro em uma mão, uma pena na outra e um rolo de papel no colo. Assim, antes de completar vinte e cinco anos, havia escrito cerca de quarenta e sete peças de teatro, histórias, romances, poemas — alguns em prosa, outros em verso; alguns em francês, outros em italiano; todos românticos, e todos longos. Um ele havia mandado imprimir por John Ball, da firma Feathers and Coronet, em frente à St. Paul's Cross, em Cheapside; mas, ainda que a mera visão do livro lhe proporcionasse imenso prazer, ele nunca ousou mostrá-lo nem mesmo à mãe, já que escrever — e, pior ainda, publicar — ele sabia bem, era uma desgraça inexpiável para um nobre.

Agora, no entanto, como já era madrugada e ele estava sozinho, escolheu do repositório um grosso documento chamado "Xenófila, uma Tragédia" ou algum título semelhante, e um mais fino, intitulado simplesmente "O Carvalho" (o único com um nome composto por apenas um substantivo) e, então, aproximou-se do tinteiro, pegou a pena e fez outros gestos com que os viciados nesse ofício começam seus rituais. Porém hesitou.

Como essa hesitação é de extrema importância em sua história, mais até do que muitos atos que fazem os homens se ajoelharem e rios de sangue correrem, devemos perguntar por que ele hesitou; e responder, após a devida reflexão, que foi por uma razão mais ou menos como a que segue. A natureza, que tem nos pregado tantas peças, formando-nos com uma mistura bastante desigual de barro e diamantes, de arco-íris e granito, para depois nos colocar a todos dentro de uma caixa, muitas vezes das mais incongruentes, pois o poeta tem cara de açougueiro, e o açougueiro, cara de poeta; a natureza, que se deleita com o caos e o mistério, de modo que mesmo hoje (1º de novembro de 1927) não sabemos por que subimos ao andar de cima, ou por que descemos novamente, já que nossos movimentos mais banais são como a passagem de um navio por mares desconhecidos, e os marinheiros na gávea perguntam, apontando a luneta para o horizonte: — Aquilo ali é terra ou não? — ao que, caso sejamos profetas, respondemos "sim", e, se formos sinceros, dizemos "não". A natureza, que tem tanto a explicar por que, além da talvez excessiva extensão desta frase, complicou mais ainda sua tarefa e aumentou nossa confusão ao prover não apenas uma perfeita mistura de miudezas em nosso íntimo — um retalho das calças de um policial deitado lado a lado com o véu de casamento da Rainha Alexandra — como também conseguiu com que todo esse amontoado fosse habilmente costurado por um único fio. A memória é a costureira e, ainda por cima, bastante caprichosa. A memória enfia sua agulha para dentro e para fora, para cima e para baixo, de um lado para o outro. Não sabemos o que vem a seguir, ou o que virá depois. Por isso, o movimento mais comum do mundo, como se sentar à mesa e puxar para si o tinteiro, pode agitar mil fragmentos desconexos, ora brilhantes, ora apagados, balançando e estremecendo, como as roupas de baixo de uma família de catorze pessoas em um varal durante uma forte ventania. Em vez de ser algo simples e direto, de que homem nenhum deveria se envergonhar, nossos atos mais ordinários são acompanhados por um tremular e cintilar de asas, um acender e apagar de luzes. Assim foi que Orlando, mergulhando a pena no tinteiro, viu o rosto zombeteiro da princesa perdida e se fez imediatamente uma infinidade de perguntas, como flechas embebidas em fel. Onde estava ela e por que o deixara? O embaixador era seu tio ou amante? Tinham agido em conspiração? Acaso fora ela forçada? Seria casada? Estava morta? — Todas essas questões o atacavam com tamanha violência que, como se quisesse descarregar a agonia em outro lugar, ele mergulhou a pena com tanta força no tinteiro que a tinta espirrou sobre a mesa. Esse ato, seja qual for a explicação que se dê a ele (e talvez nenhuma seja possível — a memória é inexplicável), imediatamente substituiu o rosto da princesa por um rosto de natureza bem diferente. — Mas de quem era aquela face? — perguntou a si mesmo. E ele se viu obrigado a esperar talvez meio minuto contemplando a nova imagem que se sobrepunha à antiga, como um diapositivo visto parcialmente através do próximo, antes que pudesse dizer: — Esse é o rosto daquele homem meio gordo e maltrapilho que estava na sala de Twitchett muitos anos atrás, quando a velha Rainha Bess veio jantar aqui, e eu o vi — continuou Orlando, pegando outro daqueles pequenos trapos coloridos — sentado à mesa, enquanto eu espiava ao descer, e ele tinha os olhos mais incríveis que jamais havia visto, mas quem diabos era ele? — Orlando perguntou, porque nesse ponto a memória acrescentou à testa e aos olhos, primeiro, uma gola pregueada barata e manchada de gordura, depois, um gibão marrom e, por fim, um par de botas grossas, como as usadas pelos moradores de Cheapside. — Não um nobre, não um de nós — disse Orlando (o que ele não teria dito em voz alta, pois era o mais cortês dos cavalheiros; mas isso mostra o efeito que a nobreza tem sobre a mente e, incidentalmente, o quão difícil é para um nobre ser escritor) — um poeta, ouso dizer. — De acordo com todas as leis, a memória, depois de o ter perturbado o suficiente, deveria agora ter apagado tudo completamente, ou trazido a seu lugar algo tão tolo e fora de contexto — como um cachorro perseguindo um gato ou uma velha assoando o nariz em um lenço de algodão vermelho — que, desesperado por ter de obedecer aos caprichos dela, Orlando cravaria a pena no papel com vontade. (Pois, se assim decidirmos, podemos expulsar de casa essa vadia, a memória, e toda a ralé que a acompanha.) Mas Orlando hesitou. A memória ainda mantinha diante dele a imagem do homem surrado com grandes olhos brilhantes. Continuava a olhar, ainda hesitante. São essas pausas que nos levam à ruína. É então que a rebelião adentra a fortaleza, e nossas tropas se insurgem. Ele já hesitara antes, e o amor irrompera, com sua horrível derrota, suas lamentações, seus címbalos e sua cabeça decapitada com as mechas ainda ensanguentadas. Por amor, ele sofrera as torturas dos condenados. Agora, mais uma vez, ele hesitava, e no espaço criado, de um salto surgiram a ambição — uma harpia — a poesia — uma bruxa — e o desejo de fama — uma cortesã. Todas se deram as mãos e fizeram do coração dele sua pista de dança. De pé, na solidão do quarto, ele jurou que seria o poeta-mor de sua linhagem e traria glória imortal ao seu nome. Disse (recitando o nome e feitos dos ancestrais) que *sir* Boris derrotara e matara os pagãos; *sir* Gawain, os turcos; *sir* Miles, os poloneses; *sir* Andrew, os francos; *sir* Richard, os austríacos; *sir* Jordan, os franceses; e *sir* Herbert, os espanhóis. No entanto, o que havia restado de todas aquelas matanças e campanhas militares, dos excessos na bebida e no amor, das gastanças e caçadas, das cavalgadas e banquetes? Um crânio, um dedo. — Enquanto... — disse ele, voltando à página de *sir* Thomas Browne, que estava aberta sobre a mesa — e hesitou novamente. Como um encantamento vindo de todos os cantos do quarto, do vento da noite e da luz da lua, surgiu a divina melodia daquelas palavras que, para não ultrapassar esta página, deixaremos onde estão enterradas, não mortas, e sim embalsamadas, de tão viva sua cor, de tão forte seu respirar — e Orlando, comparando tal feito com os dos ancestrais, exclamou que eles e suas façanhas eram pó e cinzas, mas aquele homem e suas palavras eram imortais.

Ele logo percebeu, no entanto, que as batalhas que *sir* Miles e os outros travaram contra cavaleiros armados para conquistar um reino não eram nem de longe tão árduas quanto aquela que ele agora empreendia contra a língua inglesa para conquistar a imortalidade. Qualquer pessoa moderadamente familiarizada com as dificuldades da composição não precisará que lhe contem essa história em detalhes; como ele escrevia e aquilo lhe parecia bom; lia e achava tudo vil; corrigia e rasgava; cortava; colocava de volta; ficava em êxtase; em desespero; tinha noites boas e manhãs ruins; agarrava-se a ideias e as perdia; via seu livro claramente diante de si e ele desaparecia; encenava as falas de seus personagens enquanto comia, reproduzia suas falas enquanto caminhava; ora chorava; ora ria; vacilava entre um estilo e outro; a um momento, preferia o heroico e pomposo; em seguida, o simples e direto; agora os vales do Tempe; em seguida, os campos de Kent ou da Cornualha — e não conseguia decidir se era o mais divino dos gênios ou o maior tolo do mundo.

Foi para resolver esta última questão que, depois de muitos meses de trabalho febril, ele decidiu quebrar a solidão de vários anos e se comunicar com o mundo exterior. Tinha um amigo em Londres, certo Giles Isham, de Norfolk, que, embora de origem nobre, conhecia alguns escritores e certamente poderia colocá-lo em contato com algum membro daquela fraternidade abençoada, sagrada na verdade. Pois, para Orlando, no estado em que se encontrava, havia glória no homem que escrevesse um livro e o publicasse, uma glória que superava todas as outras em termos de sangue e posição social. Na sua imaginação, parecia que até mesmo o corpo daqueles imbuídos de pensamentos tão divinos haveria de ser transfigurado. Teriam auréolas em vez de cabelos, incenso em vez de hálito, e rosas cresciam entre os lábios — o que, certamente, não era o caso dele, ou do sr. Dupper. Ele não conseguia pensar em maior felicidade do que ser autorizado a se sentar atrás de uma cortina e os ouvir conversar. Ao imaginar aquele discurso audaz e variado, lembrou-se de como eram extremamente inferiores as conversas que tinha com seus amigos cortesãos — sobre cachorros, cavalos, mulheres e jogos de cartas. Recordou-se com orgulho de sempre o terem chamado de erudito e zombado de seu amor pela solidão e pelos livros. Nunca fora hábil em formular belas frases. Costumava ficar parado como uma estátua, corando e caminhando como um granadeiro em uma sala de estar de damas. Por pura distração, caíra duas vezes do cavalo. Certa vez, quebrou o leque de *lady* Winchilsea enquanto fazia um verso. Recordando-se com avidez dessas e de outras instâncias em que mostrara sua inadequação para a vida social, deixou-se dominar por uma esperança inefável de que toda a turbulência de sua juventude, a falta de jeito, os rubores, as longas caminhadas e o amor pela natureza davam provas de que ele próprio pertencia à raça sagrada, mais do que à nobreza — que era um escritor nato, e não um aristocrata. Pela primeira vez desde a noite da grande inundação, sentia-se feliz.

Ele então deu a incumbência ao sr. Isham, de Norfolk, de entregar ao sr. Nicholas Greene, de Clifford's Inn, um documento que expressava admiração por suas obras (pois Nick Greene era um escritor muito famoso na época) e o desejo de conhecê-lo, o que ele mal ousava pedir sem ter nada para oferecer em troca; mas, se o sr. Nicholas Greene se dignasse a visitá-lo, uma carruagem com quatro cavalos estaria na esquina de Fetter Lane na hora em que ele escolhesse, para levá-lo em segurança à casa de Orlando. Pode-se completar as frases que se seguiram, e imaginar o prazer de Orlando quando, pouco tempo depois, o sr. Greene aceitou o convite do nobre lorde, sentou-se na carruagem e foi levado até o saguão ao sul do edifício principal pontualmente às sete horas da segunda-feira, 21 de abril.

Muitos reis, rainhas e embaixadores haviam sido recebidos ali; juízes estiveram no recinto com seus trajes de arminho. As mais lindas damas do país haviam ido até lá e, também, os mais sérios guerreiros. No tal saguão se encontravam expostos os estandartes que haviam tremulado em Flodden e Agincourt. Exibiam-se os brasões pintados com seus leões, leopardos e coroas. Havia longas mesas com baixelas de ouro e prata dispostas, e enormes lareiras de mármore italiano trabalhado, em que todas as noites um carvalho inteiro, com seus milhões de folhas e ninhos de corvos e pardais, era queimado até virar cinzas. Agora, também ali se encontrava Nicholas Greene, o poeta, vestido de forma simples, com chapéu de abas moles e gibão preto, carregando uma maleta em uma das mãos.

Era inevitável que Orlando, ao se apressar para cumprimentá-lo, tivesse ficado ligeiramente desapontado. O poeta não era mais alto do que a média e tinha uma figura medíocre, era magro, um pouco encurvado e, ao tropeçar no mastim ao entrar, foi por ele mordido. Além disso, apesar do vasto conhecimento que o poeta tinha da humanidade, Orlando não sabia bem onde situá-lo. Havia algo nele que não correspondia nem a um criado, nem a um escudeiro, nem a um nobre. Sua cabeça, com a testa arredondada e o nariz adunco, era boa, mas tinha o queixo recuado. Os olhos eram brilhantes, porém os lábios pendiam frouxos e babavam. No entanto, era a expressão geral do rosto que causava inquietação. Não havia nada daquela compostura majestosa que torna os rostos da nobreza tão agradáveis de se olhar; nem tinha qualquer resquício da servilidade digna de um criado bem treinado; era apenas um rosto marcado, enrugado e murcho. Embora fosse um poeta, ele parecia mais acostumado a repreender do que elogiar; a brigar do que se mostrar afável; a se envolver em disputas do que aceitar o irremediável; a combater do que ceder; a odiar do que amar. Isso também era discernível na rapidez de seus movimentos; e por algo de belicoso e suspeito em seu olhar. Orlando ficou um tanto quanto desconcertado. Mas foram jantar.

Nesse instante, Orlando, que normalmente encarava essas coisas com confiança, pela primeira vez se sentiu inexplicavelmente envergonhado com o número de criados e a grandiosidade de sua mesa. Mais estranho ainda, lembrou-se com orgulho — pois tal memória geralmente lhe era repulsiva — da bisavó Moll, que ordenhava as vacas. Estava prestes a aludir à humilde mulher e a seus baldes de leite, quando o poeta se antecipou a ele, dizendo que era curioso, visto que o nome Greene fosse tão comum, que sua família tivesse vindo com o Conquistador e pertencesse à mais alta nobreza na França. Infelizmente, haviam caído de posição social no mundo e nada fizeram além de legar seu nome ao burgo real de Greenwich. A conversa continuou com outros comentários do gênero, sobre castelos perdidos, brasões, primos baronetes no Norte, casamentos com famílias nobres no Oeste, como alguns Green soletravam o nome com um "e" final, e outros sem, até a carne de veado ser servida. Então, Orlando conseguiu falar algo sobre a avó Moll e suas vacas, aliviando um pouco o coração de seu fardo quando trouxeram as aves selvagens para a mesa. Contudo, só depois que começaram a servir o vinho Malmsey à farta, Orlando ousou mencionar o que considerava um assunto mais importante do que os Green ou as vacas; ou seja, o sagrado tema da poesia. À primeira menção da palavra, os olhos do poeta flamejaram; ele abandonou os ares de cavalheiro fino que vinha usando, bateu com o copo na mesa e mergulhou em uma das histórias mais longas, complicadas, apaixonadas e amargas que Orlando já ouvira, à exceção daquela proferida pelos lábios de uma mulher rejeitada, acerca de uma peça de própria autoria, outro poeta e um crítico. Quanto à natureza da poesia em si, Orlando só conseguiu entender que era mais difícil de vender do que a prosa, e que, ainda que os versos fossem mais curtos, levavam mais tempo para ser escritos. E assim a conversa continuou, com ramificações intermináveis, até que Orlando ousou sugerir que ele mesmo tinha sido tão imprudente a ponto de escrever — mas, nesse instante, o poeta saltou da cadeira. Um rato chiara dentro da parede, disse ele. Na verdade, explicou, seus nervos estavam em tal estado que o chiar de um rato o abalava por duas semanas. Sem dúvida, a casa estava cheia de bichos, mas Orlando não chegava a escutá-los. O poeta contou então para Orlando todo o seu histórico de saúde dos últimos dez anos ou mais. Estava tão doente que qualquer um se surpreenderia em o ver ainda vivo. Tivera paralisia, gota, malária, hidropisia e três tipos de febre, uma depois da outra; além disso, tinha o coração dilatado, o baço aumentado e o fígado debilitado. Porém, acima de tudo, segundo disse a Orlando, estava sujeito a indescritíveis sensações na coluna vertebral. Havia um calombo por volta da terceira vértebra de cima para baixo que queimava como fogo; outro, ao redor da segunda, de baixo para cima, que era frio como gelo. Às vezes, ele acordava com o cérebro como chumbo; em outras, era como se mil velas de cera estivessem acesas e lançassem fogos de artifício dentro dele. Ele conseguia sentir uma pétala de rosa através do colchão, disse; e praticamente conhecia as ruas de Londres apenas pelo tato das pedras do calçamento. Ao todo, era uma máquina tão finamente construída e tão curiosamente montada (nesse momento, ele levantou a mão, como se não tivesse consciência de tê-lo feito, e de fato ela tinha um formato absolutamente elegante) que não conseguia entender como havia vendido apenas quinhentas cópias de seu poema; mas isso, claro, era em grande parte em virtude da conspiração contra ele. Tudo o que podia dizer, concluiu, batendo com o punho na mesa, era que a arte da poesia estava morta na Inglaterra.

Enumerando o nome de seus heróis favoritos — Shakespeare, Marlowe, Ben Jonson, Browne, Donne — todos ainda na ativa ou tendo escrito no passado, Orlando não era capaz de entender o que ele acabara de afirmar.

Greene riu ironicamente. Shakespeare, admitiu, tinha escrito algumas cenas boas, mas as copiara principalmente de Marlowe. Marlowe era um bom rapaz, porém o que se poderia dizer de um jovem que morreu antes de completar trinta anos? Quanto a Browne, ele escrevia poesia em prosa, e as pessoas logo se cansavam dessas concepções. Donne era um charlatão que disfarçava a falta de sentido com palavras difíceis. Os tolos caíam naquele truque, mas seu estilo estaria fora de moda em doze meses. Quanto a Ben Jonson, este era um de seus amigos, e ele nunca falava mal dos amigos.

Não, concluiu ele, a era de ouro da literatura, a da literatura grega, havia passado; a era elisabetana era inferior, em todos os aspectos, à grega. Naquela época, os homens cultivavam uma ambição divina que ele poderia chamar de *La Gloire* (Orlando custou a entender imediatamente o que ele queria dizer, já que a pronunciava "glór", em vez de "gluar"). Agora, todos os jovens escritores estavam sob o soldo dos livreiros e despejavam qualquer lixo que pudesse vender. Shakespeare era o principal culpado nesse sentido, e já estava pagando o preço por isso. Sua própria época, disse ele, era marcada por preciosas concepções e experimentos insensatos — nada que os gregos teriam tolerado nem por um momento. Por mais que lhe doesse ter que admitir isso — já que amava a literatura como a própria vida — ele não via nada de bom no presente e não tinha esperança no futuro. Ao que se serviu de outro copo de vinho.

Orlando ficou chocado com tais opiniões; no entanto, não pôde deixar de observar que o próprio crítico não parecia de modo algum abatido. Pelo contrário, quanto mais ele denunciava a própria época, mais complacente se tornava. Lembrava-se, disse ele, de uma noite na Cock Tavern, na Fleet Street, quando lá estavam Kit Marlowe e alguns outros. Kit estava animado, um tanto quanto bêbado — algo fácil para ele — e com disposição para dizer bobagens. Podia vê-lo agora, brandindo o copo para os presentes e balbuciando — Ora essa, Bill — dirigia-se a Shakespeare — há uma grande onda a caminho, e você está no topo dela — querendo com isso dizer, explicou Greene, que eles estavam tremendo à beira de uma grande era na literatura inglesa e que Shakespeare seria um poeta de extrema importância. Felizmente para ele mesmo, Marlowe foi morto duas noites depois, em uma briga de bêbados, e, por isso, não viveu para ver como sua previsão se concretizou. — Pobre coitado — disse Greene — falar uma besteira dessas. Uma grande era, por Deus... A era elisabetana, uma grande era!

— Por isso, meu caro lorde — continuou ele, acomodando-se confortavelmente na cadeira e esfregando o copo de vinho entre os dedos — devemos tirar o melhor proveito disso tudo, valorizar o passado e honrar aqueles escritores — ainda há alguns deles — que tomam a Antiguidade como modelo e escrevem, não por dinheiro, e sim por "glór". — (Orlando desejava que ele tivesse uma pronúncia melhor.) — A "glór"

— continuou Greene — é o estímulo das mentes nobres. Se eu tivesse uma pensão de trezentas libras anuais pagas a cada três meses, viveria apenas pela "glór". Eu ficaria na cama a manhã toda lendo Cícero. Imitaria seu estilo de tal forma que ninguém conseguiria perceber a diferença entre nós. Isso é o que eu chamo de boa escrita — disse Greene — é isso que eu chamo de "glór". Mas é preciso ter uma pensão para fazer algo assim.

A essa altura, Orlando já havia abandonado qualquer esperança de discutir o próprio trabalho com o poeta; mas isso não tinha tanta importância, porque a conversa passou então a ser sobre a vida e os personagens de Shakespeare, de Ben Jonson e dos demais, que Greene conhecera intimamente e sobre os quais tinha mil anedotas das mais engraçadas para contar. Orlando nunca rira tanto na vida. Esses, então, eram seus deuses! Metade deles era um bando de bêbados, e todos pervertidos. A maioria brigava com a esposa; nenhum estava acima de uma mentira ou intriga, por mais mesquinha que fosse. A poesia deles era rabiscada em plena rua, no verso de uma conta de lavanderia, apoiada na cabeça de algum aprendiz de tipógrafo. Foi assim que imprimiram *Hamlet*; assim, *Lear*; assim, *Otelo*. Não era de se estranhar, como dizia Greene, que essas peças mostrassem tantos defeitos. O resto do tempo era gasto em festas e banquetes nas tabernas e cervejarias, em que se diziam coisas que beiravam o inacreditável apenas para fazer graça e se faziam coisas que empalideceriam a mais extravagante farsa dos cortesãos em comparação. Tudo isso Greene contou com tamanha animação que despertou em Orlando imenso prazer. Ele tinha um poder de imitação que trazia os mortos à vida e era capaz de dizer as mais belas coisas a respeito de livros, desde que tivessem sido escritos há trezentos anos.

Assim o tempo passou, e Orlando sentiu pelo hóspede uma estranha mistura de simpatia e desprezo, admiração e pena, bem como algo por demais indefinido para ser nomeado, mas que continha um misto de medo e fascinação. Ele não parava de falar de si mesmo, porém era tão boa companhia que se podia ouvir a história de sua febre intermitente para sempre. E era também bastante espirituoso, irreverente, tomando muita liberdade no uso do nome de Deus e das mulheres; conhecia diversos ofícios estranhos e guardava uma sabedoria bastante bizarra na mente; podia preparar uma salada de trezentas maneiras diferentes; sabia tudo sobre a combinação de vinhos; tocava meia dúzia de instrumentos musicais e foi a primeira pessoa — e talvez a última — a tostar queijo na grande lareira italiana. O fato de ele não saber distinguir um gerânio de um cravo, um carvalho de um freixo, um mastim de um galgo, um cabrito de uma ovelha, trigo de cevada, terras aradas de terras em pousio; que desconhecesse a rotação de culturas; que pensasse que laranjas cresciam debaixo da terra e nabos nas árvores; que preferisse qualquer paisagem urbana às paisagens rurais — tudo isso e muito mais surpreendeu Orlando, que jamais encontrara alguém como ele. Até mesmo as criadas, que o desprezavam, riam de suas piadas, e os criados, que o odiavam, ficavam por perto para ouvir suas histórias. De fato, a casa nunca estivera tão animada quanto no tempo em que ele lá esteve — fazendo com que Orlando pensasse bastante a respeito do porquê daquilo tudo e o levasse a comparar esse modo de vida com o anterior. Lembrou-se do tipo de conversa que costumava ter, sobre a apoplexia do Rei da Espanha ou o acasalamento de uma cadela; de como passava os dias entre os estábulos e o quarto de vestir; de como os lordes roncavam sobre seu vinho e odiavam quem os acordasse. Recordou como eram ativos e valentes de corpo, e preguiçosos e tímidos de mente. Preocupado com esses pensamentos, e incapaz de encontrar um equilíbrio adequado, chegou à conclusão de que havia admitido em casa um espírito de agitação inconveniente, que nunca mais lhe permitiria dormir tranquilamente.

Ao mesmo tempo, Nick Greene chegara exatamente à conclusão oposta. Pela manhã, deitado na cama entre os mais macios travesseiros e os mais delicados lençóis, olhando pela janela do balcão para um gramado em que há séculos não se via nem dentes-de-leão nem ervas-daninhas, ele pensou que, a menos que conseguisse escapar de alguma forma, morreria sufocado. Levantando-se e ouvindo os pombos arrulharem, vestindo-se e ouvindo as fontes jorrarem, ele pensou que, a não ser que fosse capaz de escutar o ranger das carroças nos paralelepípedos de Fleet Street, nunca mais escreveria um só verso. Se isso continuar por mais tempo, pensou ele, ouvindo o criado reavivar o fogo e espalhar a prataria na mesa do cômodo ao lado, vou adormecer e (soltando um enorme bocejo) dormir até morrer.

Então, ele procurou Orlando em seu quarto e explicou que não havia conseguido dormir nem uma única noite em razão do silêncio. (De fato, a casa era cercada por um parque de quase vinte e cinco quilômetros de diâmetro e uma muralha de três metros de altura.) O silêncio, disse, era a coisa mais opressiva para seus nervos. Caso Orlando permitisse, ele daria por encerrada sua visita naquela mesma manhã. Orlando sentiu certo alívio ao ouvi-lo, mas também grande relutância em o deixar partir. A casa, pensou, pareceria muito monótona sem ele. Na hora da despedida (pois, até então, ele não havia mencionado o assunto), ele ousou entregar ao poeta sua peça sobre a Morte de Hércules e lhe pedir sua opinião a respeito. O poeta a tomou e murmurou algo sobre a "glór" e Cícero, sendo imediatamente interrompido por Orlando, que lhe prometeu pagar uma pensão trimestralmente; ao que Greene, com muitos protestos de afeição, saltou para dentro da carruagem e foi embora.

O grande saguão nunca parecera tão grande, tão esplêndido ou tão vazio como quando a carruagem se afastou. Orlando sabia que nunca teria coragem de tostar queijo na lareira italiana novamente. Nunca teria a habilidade de fazer piadas sobre quadros italianos, nem a destreza de preparar ponche como deveria ser preparado; tampouco se divertiria com mil piadas e excelentes trocadilhos. No entanto, que alívio se ver livre do som daquela voz lamuriante, que luxo estar sozinho mais uma vez, refletiu ele, enquanto soltava o mastim que ficara amarrado por seis semanas, pois nunca via o poeta sem vir mordê-lo.

Naquela mesma tarde, Nick Greene foi deixado na esquina de Fetter Lane e descobriu que as coisas continuavam praticamente como ele as deixara. Ou seja, a sra. Greene dava à luz no quarto ao lado; Tom Fletcher bebia gim no outro. Havia livros espalhados pelo chão; o jantar — se é que se podia chamar aquilo de jantar — foi servido em uma penteadeira, no mesmo lugar em que as crianças haviam feito tortinhas de lama. Mas aquela, no entender de Greene, era a atmosfera ideal para escrever — ali ele era capaz de compor versos, o que passou a fazer. Já tinha seu tema em mente. Um nobre lorde em sua morada. "Uma visita a um nobre em sua casa de campo" — o novo poema teria um título mais ou menos assim. Tomando a pena com a qual o filho estava fazendo cócegas nas orelhas do gato, e a mergulhando no suporte de ovos que lhe servia de tinteiro, Greene redigiu uma sátira muito espirituosa naquele mesmo instante. Estava tão bem-feita que ninguém haveria de duvidar de que o jovem lorde nela ridicularizado era Orlando; nela figuravam, com muita vivacidade, suas falas e ações mais privadas, seus entusiasmos e tolices, até mesmo a cor de seus cabelos e o jeito estrangeiro de rolar os "erres". E se pairasse qualquer dúvida a respeito, Greene resolveu a questão ao introduzir, com pouquíssimo disfarce, passagens daquela tragédia aristocrática, "A Morte de Hércules", que, como era de se esperar, ele achara verborrágica e bombástica ao extremo.

O panfleto, que não demorou a ser publicado em várias edições, cobrindo as despesas do décimo parto da sra. Greene, foi rapidamente enviado a Orlando pelos amigos que cuidam desse tipo de coisa. Depois de tê-lo lido, o que fez com uma calma mortal do começo ao fim, chamou o criado, entregou-lhe o documento na ponta de um tenaz e ordenou que o jogasse no meio do monte de lixo mais imundo da propriedade. Então, quando o homem estava se virando para sair, deteve-o: — Pegue o cavalo mais veloz do estábulo — disse — e cavalgue o mais rápido que puder, como se a sua vida dependesse disso, até Harwich. Lá, embarque em um navio que esteja zarpando rumo à Noruega. E compre, diretamente do canil do Rei, os melhores cães caçadores de alces da linhagem real, um macho e uma fêmea. Traga-os para mim sem demora. Pois —murmurou ele baixinho, enquanto se voltava para seus livros — não quero mais saber dos homens.

O lacaio, perfeitamente treinado em suas funções, fez uma reverência e desapareceu. Cumpriu a tarefa com tanta eficiência que voltou três semanas depois, conduzindo pela coleira um casal dos melhores cães caçadores de alces, e cuja fêmea deu à luz naquela mesma noite, sob a mesa de jantar, uma ninhada de oito lindos filhotes. Orlando os mandou levar para o seu quarto.

— Pois — disse ele— não quero mais saber dos homens.

Mesmo assim, continuou pagando a pensão trimestralmente.

E foi dessa maneira que esse jovem nobre, aos trinta anos ou por volta dessa idade, não só havia experimentado tudo o que a vida tem a oferecer, como também tinha visto sua inutilidade. Amor e ambição, mulheres e poetas — tudo era igualmente vão. A literatura era uma farsa. Depois de ler "Visita a um Nobre em Sua Casa de Campo", de Greene, ele queimou em uma grande fogueira cinquenta e sete obras poéticas, retendo apenas "O Carvalho", que representava seu sonho juvenil e era bastante curta. Agora, apenas duas coisas mereciam a confiança dele: os cães e a natureza — um caçador de alces e uma roseira. O mundo, com toda a sua variedade, e a vida, com toda a sua complexidade, foram reduzidos a isso. Cães e um arbusto eram tudo. Assim, sentindo-se livre de uma enorme montanha de ilusões e, consequentemente, bastante desnudado, ele chamou os cães e foi caminhar pelo parque.

Tão longo havia sido seu tempo de reclusão, escrevendo e lendo, que ele quase se esquecera das amenidades da natureza, que podem ser excepcionais em junho. Ao chegar ao topo daquela colina em que era possível ver, em dias claros, metade da Inglaterra e partes do País de Gales e da Escócia, ele se jogou debaixo do carvalho favorito e sentiu que nunca mais precisaria falar com outro homem ou mulher enquanto vivesse — se seus cães não desenvolvessem o dom da fala e nunca mais encontrasse um poeta ou uma princesa, poderia passar os anos de vida que lhe restavam em tolerável contentamento.

E para lá ele retornava dia após dia, semana após semana, mês após mês, ano após ano. Viu as faias se tornarem douradas e as samambaias jovens crescerem; viu a lua minguar e depois tomar a forma circular; viu — mas provavelmente o leitor pode imaginar o trecho que se segue e como cada árvore e planta nas redondezas é descrita primeiramente verde, depois dourada; como as luas surgem e os sóis se põem; como a primavera segue o inverno, e o outono segue o verão; como a noite sucede ao dia, e o dia à noite; como, depois da tempestade, vem a bonança; como as coisas permanecem praticamente iguais por duas ou três centenas de anos ou mais, a não ser por um pouco de poeira e algumas teias de aranha que uma velha qualquer pode varrer em meia hora; uma conclusão que, é impossível negar, poderia ter sido alcançada mais rapidamente com a simples afirmação de que "o tempo passou" (com a quantidade exata indicada entre parênteses) e nada de significativo aconteceu.

Mas o tempo, infelizmente, embora faça os animais e vegetais florescerem e murcharem com uma pontualidade impressionante, não exerce um efeito simples sobre a mente do homem. A mente humana, além disso, trabalha com igual estranheza sobre o corpo do tempo. Uma hora, uma vez alojada no estranho universo do espírito humano, pode se alongar por até cinquenta ou cem vezes seu comprimento real; por outro lado, uma hora pode ser precisamente representada no relógio da mente por apenas um segundo. Essa extraordinária discrepância entre o tempo do relógio e o tempo da mente é menos conhecida do que deveria, e merece uma investigação mais aprofundada. Mas o biógrafo, cujos interesses, como já dissemos, são altamente restritos, deve se limitar a uma simples declaração: quando um homem chega à idade de trinta anos, como Orlando agora, o tempo que passa imerso em pensamentos se torna extraordinariamente longo; o tempo em que age se torna extraordinariamente curto. E, assim, Orlando dava ordens e conduzia os negócios de suas vastas propriedades em um piscar de olhos; mas, tão logo se encontrava sozinho na colina, sob o carvalho, os segundos começavam a se arredondar e avolumar até parecer que nunca haveriam de passar. Além disso, preenchiam-se com a mais estranha variedade de objetos. Pois não apenas ele se viu confrontado com problemas que têm atormentado até os mais sábios dos homens — O que é o amor? E a amizade? E a verdade? — como também, assim que passou a pensar nessas coisas, seu passado inteiro, que lhe parecia extremamente longo e variado, precipitou-se para dentro do segundo que iria passar, expandindo-o por doze vezes seu tamanho natural, colorindo-o com mil tons e o abarrotando com todas as quinquilharias do universo.

Ele passou meses e anos da vida com esse tipo de pensamento (se é que podemos chamar isso de pensamento). Não seria exagero dizer que saía depois do café da manhã com trinta anos e voltava para o jantar com cinquenta e cinco, no mínimo. Algumas semanas adicionavam um século à idade dele, outras não mais do que três segundos, no máximo. De modo geral, a tarefa de estimar a duração da vida humana (não devemos nos atrever a falar sobre a dos animais) está além de nossa capacidade pois, assim que afirmamos ser extremamente longa, somos lembrados de que é mais breve do que a queda de uma pétala de rosa no chão. Das duas forças que, alternadamente e ao mesmo tempo, o que é mais confuso ainda, dominam nossa tola existência — a brevidade e a longevidade — Orlando se mostrava, às vezes, sob a influência da deusa com pés de elefante e, em outras, de um mosquito em pleno voo. A vida lhe parecia de uma duração prodigiosa. Contudo, ela passava como um relâmpago. Mesmo quando se esticava ao máximo, e os momentos se ampliavam ao máximo, e ele parecia vagar sozinho em desertos de vasta eternidade, não havia tempo para alisar e decifrar aqueles pergaminhos amassados que trinta anos em meio a homens e mulheres haviam alojado no seu coração e em seu cérebro. Muito antes de ter concluído o pensamento acerca do amor (enquanto o carvalho lançara suas folhas, sacudindo-as pelo chão uma dúzia de vezes nesse meio-tempo), a Ambição já o empurrava para o lado, sendo substituída pela Amizade ou pela Literatura. E, como a primeira questão não havia sido resolvida — O que é o amor? — ele voltaria, ao menor sinal ou mesmo sem motivo algum, e empurraria para a margem os livros, as metáforas e as razões para viver, de onde elas aguardariam a chance de voltar para o meio do campo novamente. O que tornava o processo ainda mais longo era o fato de que estava profusamente ilustrado, não só com imagens, como a da velha Rainha Elizabeth deitada em seu divã estofado com um brocado cor-de-rosa, um estojo de rapé de marfim na mão e uma espada com cabo de ouro ao lado, como também com aromas — ela estava muito perfumada — e com sons — os cervos bramiam no Parque de Richmond naquele dia de inverno. E assim, seus pensamentos acerca do amor eram todos recobertos pelo âmbar da neve e do inverno; por fogueiras ardendo; por mulheres russas, espadas de ouro, o bramido de cervos; pela baba do velho Rei Jaime e fogos de artifício e sacos de tesouro nos porões dos navios de guerra elisabetanos. Sempre que tentasse desalojar algo de seu devido lugar na mente, ele logo o encontrava ocupado com outras coisas, como um pedaço de vidro que, depois de um ano no fundo do mar, funde-se com espinhas, libélulas, moedas e os cabelos de mulheres afogadas.

— Por Júpiter, outra metáfora! — exclamaria ele ao dizer isso (o que há de mostrar o modo desordenado e tortuoso como sua mente funcionava e explicar o porquê de o carvalho florescer e murchar tantas vezes antes de ele chegar a qualquer conclusão acerca do amor). — E qual é o objetivo disso tudo? — perguntava a si mesmo. — Por que não dizer simplesmente em poucas palavras... — e tentava então pensar por meia hora — ou seriam dois anos e meio? — em como dizer de maneira simples, em poucas palavras, o que é o amor. — Uma imagem como essa é evidentemente falsa — argumentava — pois nenhuma libélula, a não ser em circunstâncias muito excepcionais, poderia viver no fundo do mar. E, se a literatura não é a noiva e a companheira da verdade, o que é? Que se dane — gritou — por que dizer companheira quando já se disse noiva? Por que não dizer simplesmente o que se quer dizer e deixar por isso mesmo?

Ele então tentou dizer "a grama é verde e o céu é azul" para apaziguar o espírito austero da poesia, a quem ainda, embora a grande distância, não podia deixar de reverenciar. — O céu é azul — disse — a grama é verde. — Olhando para cima, viu que, ao contrário, o céu é como os véus que mil Madonas deixaram cair de seus cabelos; e a grama voa e escurece como uma revoada de moças fugindo dos abraços de sátiros cabeludos de bosques encantados. — Para dizer a verdade — continuou (pois havia caído no mau hábito de falar em voz alta) — não vejo que uma seja mais verdadeira do que a outra. Ambas são completamente falsas. — E perdeu qualquer esperança de ser capaz de resolver o problema de definir o que é poesia e o que é verdade, caindo em uma profunda depressão.

E, aqui, podemos aproveitar uma pausa em seu monólogo para refletir como era estranho ver Orlando estendido ali no chão, apoiado sobre o cotovelo em um dia de junho, um belo sujeito com todas as faculdades mentais intactas e um corpo saudável — como provam suas faces e membros — um homem que nunca pensara duas vezes antes de liderar um ataque ou lutar em um duelo, como era estranho que estivesse tão dominado pela letargia do pensamento, e tão suscetível a ela que, ao chegar à questão da poesia, ou da própria competência nessa área, ele se mostrava tão tímido quanto uma garotinha atrás da porta da casa da mãe. A nosso ver, a ridicularização de sua tragédia por Greene o feriu tanto quanto a ridicularização de seu amor pela princesa. Mas, voltando ao assunto...

Orlando continuou pensando. Olhava para a grama e o céu, tentando se lembrar do que um verdadeiro poeta, que tem versos publicados em Londres, diria a respeito deles. A memória, por sua vez (cujos hábitos já foram descritos), mantinha firme diante de seus olhos o rosto de Nicholas Greene, como se aquele homem sarcástico e de lábios frouxos, traiçoeiro como havia se revelado, fosse a personificação da musa, a quem Orlando deveria prestar homenagens. Por isso, naquela manhã de verão, ele lhe ofereceu uma variedade de frases, algumas simples, outras figuradas, mas Nick Greene continuava balançando a cabeça e zombando, murmurando algo sobre a "glór" e Cícero e a morte da poesia em nosso tempo. Por fim, levantando-se (agora era inverno e fazia muito frio), Orlando fez um dos juramentos mais notáveis de sua vida, ligando-o à mais rígida das servidões. — Maldito seja — disse ele — se eu escrever outra palavra, ou tentar escrever outra palavra, para agradar a Nick Greene ou à musa. Bem, mal ou de forma medíocre, a partir de hoje, escreverei apenas para agradar a mim mesmo — e, nesse instante, fez um gesto como quem rasga um monte de papéis e os arremessa no rosto daquele homem zombeteiro de lábios frouxos. Ao que, assim como um cachorro se abaixa se você se agacha para jogar uma pedra nele, a memória abaixou a efígie de Nick Greene de sua vista, e a substituiu por... nada.

Mas Orlando, ainda assim, continuou pensando. Ele tinha, de fato, muito em que pensar. Pois, quando rasgou o pergaminho, também rasgou, de uma só vez, o documento enfeitado com brasões que havia feito em próprio favor, na solidão de seu quarto, onde se nomeava — como um rei faz ao nomear embaixadores — o poeta-mor de sua raça, o maior escritor de sua era, conferindo imortalidade à sua alma e concedendo ao corpo uma sepultura ornada de louros e estandartes intangíveis do respeito perpétuo de um povo. Por mais eloquente que fosse tal documento, ele o rasgou e atirou no lixo. — A fama — disse — é como — (e, não havendo mais Nick Greene para detê-lo, continuou a se deliciar com imagens das quais escolheremos apenas uma ou duas, das mais suaves) — um casaco trançado que dificulta os movimentos; uma jaqueta de prata que reprime o coração; um escudo pintado que cobre um espantalho — etc. etc. Na essência, suas frases afirmavam que a fama coíbe e constrange, ao passo que a obscuridade envolve o homem como uma névoa; a obscuridade é soturna, ampla e livre; a obscuridade permite que a mente siga seu caminho sem obstáculos. Sobre o homem obscuro se derrama a misericordiosa treva. Ninguém sabe para onde ele vai ou de onde vem. Ele pode buscar a verdade e dizê-la; trata-se do único homem livre; só ele é verdadeiro; só ele está em paz. E, então, Orlando recaiu em um estado de tranquilidade, sob o carvalho, cuja dureza das raízes, expostas sobre o chão, parecia-lhe mais confortável do que incômoda.

Imerso por um longo tempo em profundos pensamentos sobre o valor da obscuridade, e o prazer de não ter um nome, e sim ser como uma onda que retorna ao amplo corpo do mar; pensando como a obscuridade liberta a mente dos problemas da inveja e do rancor; como ela faz correr em suas veias as águas puras da generosidade e magnanimidade; e permite dar e receber sem agradecimentos ou louvores; o que, supunha ele, deveria ter sido o modo de viver de todos os grandes poetas (embora seu conhecimento de grego não fosse suficiente para respaldar o que imaginava), pois acreditava que Shakespeare haveria de ter escrito da mesma maneira como os construtores de igrejas, anonimamente, sem precisar de agradecimentos ou renome, apenas trabalhando durante o dia e, talvez, bebendo uma cerveja à noite... — Que vida admirável — pensou ele, esticando os membros sob o carvalho. — E por que não usufruir dela neste exato momento? — esse pensamento o atingiu como uma bala. A ambição caiu como uma âncora. Livre da mágoa do amor rejeitado, da vaidade repreendida e de todas as outras picadas e ferimentos que a cama de urtigas da vida lhe infligira quando buscava a fama, mas que não mais podiam atingir quem era indiferente à glória, ele abriu os olhos — que haviam se mantido bem abertos o tempo todo, mas que só viam pensamentos — e avistou, aninhada no vale logo abaixo, sua casa.

Lá estava ela, sob a luz suave da primavera. Parecia mais um vilarejo do que uma casa, contudo não um vilarejo construído ao acaso, como desejava este ou aquele homem, e sim com zelo, por um único arquiteto, com uma única ideia em mente. Pátios e edifícios, cinzentos, vermelhos, cor de ameixa, estavam dispostos de maneira ordenada e simétrica; os pátios, alguns retangulares e outros quadrados; em um deles se via uma fonte; em outro, uma estátua; alguns edifícios eram baixos, outros, pontiagudos; aqui, havia uma capela, ali, um campanário; espaços de grama verdíssima separavam arbustos de cedro e canteiros de flores coloridas; tudo cercado por uma grande muralha maciça — porém tão bem disposto que parecia que cada parte dispunha de espaço suficiente para se expandir comodamente — enquanto a fumaça de inúmeras chaminés subia para o ar. Essa vasta e ordenada construção, capaz de abrigar mil homens e talvez dois mil cavalos, foi erigida, pensou Orlando, por trabalhadores cujo nome era desconhecido. Aqui viveram, por mais séculos do que eu posso contar, as gerações obscuras da minha própria família obscura. Nenhum desses Richard, John, Anne, Elizabeth deixou qualquer sinal de si para trás e, ainda assim, todos, trabalhando com suas pás e suas agulhas, seus amores e suas gerações de filhos, haviam deixado aquilo.

Nunca a casa parecera tão nobre e humana.

Por que desejava, então, elevar-se acima deles? Pois parecia algo extremamente vão e arrogante tentar superar aquele trabalho anônimo de criação, os esforços daquelas mãos desaparecidas. Melhor seria morrer desconhecido e deixar para trás um arco, um galpão de jardinagem, um muro em que amadurecem os pêssegos, do que brilhar como um meteoro e não deixar nem cinzas. Pois, afinal, disse, entusiasmando-se ao olhar para a grande casa em meio à relva lá embaixo, os senhores e senhoras desconhecidos que ali viveram nunca se esqueciam de reservar algo para aqueles que viriam depois; para o telhado que há de ter goteiras; para a árvore que cairá. Sempre havia na cozinha um canto aquecido para o velho pastor, comida para os famintos, sempre poliam as taças, mesmo que se encontrassem doentes, e as janelas eram iluminadas, mesmo que estivessem morrendo. Mesmo lordes, eles aceitavam descer à obscuridade com os caçadores de toupeiras e os pedreiros. Nobres obscuros, construtores esquecidos — assim Orlando se dirigia a eles com uma ternura que contradizia totalmente os críticos que o chamavam de frio, indiferente, preguiçoso (a bem da verdade, uma qualidade muitas vezes se encontra logo do outro lado do muro no qual a procuramos) — assim ele se dirigia à sua casa e à sua gente com uma eloquência comovente, mas, chegada a hora da conclusão — e o que é a eloquência sem uma conclusão? — ele titubeou. Gostaria de ter terminado com um floreio, dizendo que seguiria os passos deles e acrescentaria uma pedra à sua construção. Contudo, como o edifício já cobria nove acres, acrescentar uma pedra que fosse parecia supérfluo. Poderia mencionar móveis em uma conclusão? Poderia falar de cadeiras e mesas e tapetes ao lado das camas? Pois, do que quer que a conclusão precisasse, era disso que a casa necessitava. Deixando o discurso incompleto por um momento, ele voltou a descer a colina, decidido a se dedicar a partir de então ao mobiliário da mansão. A notícia — de que ela se apresentasse diante dele imediatamente — fez os olhos da boa e velha sra. Grimsditch, agora bastante envelhecida, encherem-se de lágrimas. Juntos, eles percorreram a casa.

O porta-toalhas do quarto do rei (— Era do Rei Jamie, meu Senhor — disse ela, insinuando que fazia muito tempo que um rei dormira sob o teto deles; mas os odiosos dias do Parlamento haviam passado e, mais uma vez, uma Coroa governava a Inglaterra) estava sem uma perna; faltavam suportes para os jarros no pequeno cômodo que levava à sala de espera do pajem da duquesa; o sr. Greene havia deixado uma mancha no tapete com seu maldito cachimbo — mancha que ela e Judy, por mais que esfregassem, nunca conseguiram tirar. Na verdade, quando Orlando começou a calcular o quanto custaria mobiliar com cadeiras de jacarandá e armários de cedro, com bacias de prata, tigelas de porcelana e tapetes persas, cada um dos trezentos e sessenta e cinco quartos da casa, percebeu que não seria uma tarefa nada fácil; e, se ainda sobrassem alguns milhares de libras de sua herança, eles serviriam apenas para pendurar tapeçarias em algumas galerias, prover o salão de jantar de cadeiras entalhadas e fornecer espelhos de prata maciça e cadeiras do mesmo metal (pelo qual ele tinha uma paixão desmesurada) para os aposentos reais.

Pôs-se então a trabalhar seriamente, como se pode comprovar, sem quaisquer dúvidas, ao examinarmos seus livros contábeis. Vamos dar uma olhada em um inventário do que ele comprou naquela época, com as despesas somadas à margem — as quais, no entanto, vamos omitir:

"Por cinquenta pares de lençóis espanhóis, idem de cortinas de tafetá carmesim e branco; sanefas de cetim branco bordado com seda carmesim e branca...

Por setenta cadeiras de cetim amarelo e sessenta banquinhos, com entretelas apropriadas...

Por sessenta e sete mesas de nogueira...

Por dezessete dúzias de caixas contendo, cada uma, cinco dúzias de copos de Veneza...

Por cento e dois tapetes, cada um com trinta metros de comprimento...

Por noventa e sete almofadas de damasco carmesim com renda de prata e escabelos e cadeiras com forros de tecido apropriados...

Por cinquenta candeias com uma dúzia de luminárias cada..."

Já estamos começando a bocejar — esse é um efeito que as listas têm sobre nós. Mas se paramos, é apenas porque o catálogo é tedioso, não porque tenha acabado. Há noventa e nove páginas a mais, e o total gasto chegou a muitos milhares de libras — ou seja, a milhões da nossa moeda atual. E, se passava o dia cuidando de tudo isso, lorde Orlando poderia ser encontrado, à noite, calculando quanto custaria nivelar um milhão de montes de terra feitos pelas toupeiras se pagassem aos homens dez centavos por hora e quantos quilos de pregos a vinte centavos o grama seriam necessários para reparar a cerca ao redor do parque, que tinha vinte e cinco quilômetros de circunferência. E assim por diante.

A narrativa, como dissemos, é tediosa, porque um armário é muito parecido com o outro, e um monte de terra não é muito diferente de um milhão deles. Também fez algumas viagens agradáveis, e umas poucas grandes aventuras. Como quando fez uma cidade inteira de mulheres cegas perto de Bruges costurar tapeçarias para uma cama com dossel de prata; e a história de seu encontro com um mouro em Veneza, de quem comprou (mas apenas à ponta da espada) uma escrivaninha laqueada, poderia, em outras mãos, ser digna de ser contada. Nem o trabalho carecia de variedade, pois, em certo momento, vinham, puxadas por parelhas de cavalos, grandes árvores de Sussex, para serem serradas e colocadas como assoalho da galeria; e, em seguida, um baú da Pérsia, recheado de lã e serragem, do qual, finalmente, ele tiraria um único prato, ou um anel de topázio.

Por fim, no entanto, não havia espaço nas galerias para mais uma mesa; nenhum espaço nas mesas para mais um gabinete; nenhum espaço no gabinete para mais um vaso de rosas; nenhum espaço nos vasos para mais um punhado de *pot-pourri*; não havia espaço para nada em nenhum lugar — em suma, a casa estava mobiliada. No jardim, campânulas brancas, açafrões-da-primavera, jacintos, magnólias, rosas, lírios, ásteres, todas as variedades de dálias, pereiras, macieiras, cerejeiras e amoreiras, além de uma enorme quantidade de arbustos raros e floridos, de árvores perenes, cujas raízes ocupavam todo o espaço de terra, sem que houvesse uma só porção de grama sem sombra. E ele também importara aves exóticas de plumagem colorida; e dois ursos malaios, cujo comportamento selvagem ocultava, ele tinha certeza, corações confiáveis.

Agora, tudo estava pronto; e, quando chegava a noite e os inúmeros candelabros de prata eram acesos e as brisas leves que se moviam constantemente pelas galerias agitavam a tapeçaria azul e verde, dando a parecer que os caçadores estavam cavalgando e Dafne voava; quando a prata brilhava, os móveis de laca reluziam e a madeira se acendia; quando as cadeiras entalhadas estendiam os braços e os golfinhos nadavam pelas paredes com sereias nas costas; quando tudo isso e muito mais ficou pronto e ao seu gosto, Orlando caminhava pela casa com os caçadores de alces no encalço e se sentia satisfeito. Agora, pensava ele, tinha material para completar a conclusão. Talvez fosse melhor recomeçar o discurso novamente. Entretanto, enquanto desfilava pelas galerias, sentia que ainda faltava algo. Cadeiras e mesas, por mais ricamente douradas e entalhadas que fossem, sofás apoiados em patas de leão e pescoços de cisne recurvados e camas com as mais macias plumas de ganso não eram suficientes por si só. Pessoas sentadas nos sofás e deitadas nas camas os melhoravam incrivelmente. Por isso, Orlando deu início então a uma série de esplêndidas recepções para a nobreza e a alta sociedade da vizinhança. Certa vez, os trezentos e sessenta e cinco quartos foram todos ocupados por um mês inteiro. Os convidados se acotovelavam nas cinquenta e duas escadas. Trezentos criados corriam pelas despensas. Banquetes eram oferecidos quase todas as noites. Assim, em poucos anos, Orlando tinha gastado o veludo dos móveis e metade da fortuna; mas havia conquistado as boas graças dos vizinhos, ocupara uma dezena de cargos no condado e era anualmente presenteado com uma dúzia ou mais de volumes dedicados ao nome dele em termos um tanto quanto bajuladores por poetas agradecidos. Pois, embora tivesse sido cuidadoso para não se associar a escritores naquela época e se mantivesse sempre afastado de damas de sangue estrangeiro, ainda assim, era excessivamente generoso tanto com as mulheres como com os poetas, e estes o adoravam.

Mas, quando as festas estavam no auge e os convidados mais se divertiam, Orlando costumava se retirar para seu quarto, sozinho. Lá, com a porta fechada e certo de sua privacidade, ele pegava um velho caderno, cosido com seda roubada da caixa de costura da mãe e etiquetado com uma letra redonda de menino, "O Carvalho, um Poema". No tal caderno, ele escrevia até muito depois de soar meia-noite. Mas riscava tantas linhas quanto escrevia, e muitas vezes a somatória delas, no fim do ano, era bem menor do que no começo, dando a impressão de que, no processo de escrita, o poema seria completamente apagado. Pois cabe ao historiador das letras observar que ele havia mudado seu estilo de forma notável. Os floreios exagerados haviam sido moderados; a abundância, contida; a era da prosa começava a congelar aquelas fontes de águas quentes. A própria paisagem exterior parecia menos carregada de grinaldas e os próprios arbustos eram menos espinhosos e intrincados. Talvez os sentidos estivessem um pouco mais embotados, e o mel e o creme, menos sedutores ao paladar. Sem dúvida, também o fato de as ruas estarem mais bem drenadas e as casas mais iluminadas exerceu impacto sobre o estilo.

Certo dia, acrescentava uma linha ou duas com enorme esforço ao poema "O Carvalho", quando uma sombra cruzou o limite do seu campo de visão. Logo percebeu que não se tratava de uma sombra, e sim da figura de uma mulher muito alta, de capuz e manto, cruzando o pátio diante de seu quarto. Como era o pátio mais privativo da mansão e a mulher lhe era estranha, Orlando se surpreendeu de ela ter conseguido chegar até ali. Três dias depois, a mesma aparição surgiu novamente e, ao meio-dia da quarta-feira, uma terceira vez. Agora, Orlando estava determinado a segui-la, e ela aparentemente não temia ser descoberta, pois diminuiu o passo à medida que ele se aproximava e o encarou corajosamente. Qualquer outra mulher assim apanhada nos terrenos particulares de um lorde teria ficado assustada; qualquer outra mulher com aquele rosto, adereço de cabeça e aspecto teria jogado a mantilha sobre os ombros para cobrir a face. Pois essa senhora se parecia com uma lebre; uma lebre assustada, mas obstinada; uma lebre cuja timidez era superada por uma imensa e tola audácia; uma lebre que se erguia ereta e encarava o perseguidor com olhos grandes e salientes; com as orelhas em pé, porém tremendo; com o nariz apontando para a frente, mas se contraindo subitamente. Essa lebre, além disso, tinha quase dois metros de altura e usava um antiquado enfeite na cabeça, que a fazia parecer ainda mais alta. Assim confrontada, ela olhou fixamente para Orlando, com um olhar em que timidez e audácia estavam estranhamente combinadas.

Primeiro, ela lhe pediu, com uma reverência adequada, mas um tanto quanto desajeitada, que a perdoasse pela intrusão. Então, erguendo-se novamente até sua altura total, que devia ser de cerca de um metro e oitenta e oito, disse — com um acesso de riso nervoso e tanta hesitação que Orlando pensou que ela tivesse escapado de um hospício — ser a Arquiduquesa Harriet Griselda de Finster-Aarhorn e Scand-op-Boom, natural da Romênia. Desejava, acima de tudo, conhecê-lo, acrescentou ela. Havia alugado um quarto sobre uma padaria em Park Gates. Tinha visto a foto dele e notou a semelhança com uma de suas irmãs — e, nesse instante, ela soltou uma gargalhada — morta há muito tempo. Estava de visita à corte inglesa. A rainha era sua prima, o rei, um bom sujeito, mas raramente ia para a cama sóbrio. E ela riu novamente ao dizer isso. Em suma, não havia nada a fazer senão convidá-la para entrar e lhe oferecer uma taça de vinho.

Dentro de casa, suas maneiras recobraram a altivez natural de uma arquiduquesa romena; e, não tivesse ela demonstrado um conhecimento de vinhos, algo raro em uma dama, e feito algumas observações sobre armas de fogo e os costumes dos caçadores de seu país, que eram sensatas o suficiente, teria faltado espontaneidade à conversa. Por fim, levantando-se de um salto, ela anunciou que voltaria no dia seguinte, fez outra prodigiosa reverência e partiu. No outro dia, Orlando saiu para cavalgar. No seguinte, virou-lhe as costas; no terceiro, fechou as cortinas. No quarto, choveu, e como ele não poderia deixar uma dama na chuva, nem era completamente avesso a companhia, convidou-a para entrar e pediu sua opinião sobre se determinada armadura, que pertencia a um de seus ancestrais, era obra de Jacobi ou Topp[16]. Achava ser de Topp. Ela tinha outra opinião — pouco importa qual. No entanto, é de certa importância para o curso de nossa história que, ao ilustrar seu argumento, que tinha a ver com o funcionamento das peças de articulação, a Arquiduquesa Harriet tomou a caneleira dourada e a ajustou à perna de Orlando.

Já foi dito antes que ele tinha o mais belo par de pernas que até hoje proveu sustento a um nobre.

Talvez algo no modo como ela prendeu a fivela do tornozelo, ou sua postura inclinada, ou o longo isolamento de Orlando, ou a simpatia natural que existe entre os sexos, ou o vinho da Borgonha, ou o fogo — qualquer uma dessas causas pode ter

16 Hans Jacobi (1525-1590) e Andreas Topp (1540-1590) foram dois armeiros alemães. (N. do T.)

sido a responsável; pois certamente há culpa de um lado ou de outro quando um nobre da linhagem de Orlando, recebendo uma dama muito mais velha do que ele em casa, com um rosto de um metro de comprimento e olhos arregalados, e também ridiculamente vestida com um manto e capa de montaria, embora estivessem na estação quente — há culpa quando um nobre é tão súbita e violentamente dominado por uma paixão de algum tipo que precise deixar o recinto.

Mas, que tipo de paixão, pode-se muito bem perguntar, seria essa? E a resposta tem duas faces, assim como o próprio amor. Pois o Amor... Mas, deixando o amor de lado por um momento, eis o que realmente aconteceu:

Quando a Arquiduquesa Harriet Griselda se abaixou para prender a fivela, Orlando ouviu, subitamente e de modo inexplicável, ao longe, o bater das asas do amor. O distante movimento daquela plumagem macia despertou nele mil memórias de águas correndo, de beldades na neve e da infidelidade na inundação; e o som se aproximou; e ele corou e estremeceu; e foi tocado como pensou nunca mais voltar a ser tocado; e estava prestes a levantar as mãos e deixar o pássaro da beleza pousar em seus ombros, quando — que horror! — um rangido como o que as gralhas fazem ao cair sobre as árvores começou a ressoar; o ar pareceu escurecer com grosseiras asas negras; vozes grasnaram; pedaços de palha, galhos e penas caíram; e sobre os ombros dele desceu a mais pesada e imunda ave de todas — o abutre. E, por isso, ele saiu correndo para fora da sala e mandou o criado conduzir a Arquiduquesa Harriet à sua carruagem.

Porque o amor, ao qual agora podemos retornar, tem duas faces; uma branca, a outra negra; dois corpos; um liso, o outro peludo. Tem duas mãos, dois pés, duas unhas, na verdade, dois de cada membro —e cada um é o exato oposto do outro. Ainda assim, estão unidos de forma tão firme que não se pode separá-los. Neste caso, o amor de Orlando começou o voo em sua própria direção com o rosto branco voltado para ele, mostrando o corpo liso e belo. Aproximava-se cada vez mais, trazendo consigo ares de puro deleite. De repente (presumivelmente ao avistar a arquiduquesa), deu meia-volta, mostrando-lhe o outro lado, negro, peludo, bruto; e foi o abutre da luxúria, e não a ave-do-paraíso, o amor, que desabou sobre os ombros dele, sujo e repulsivo. Por isso ele fugiu, por isso chamou o criado.

Mas a harpia não é banida com tanta facilidade assim. Não só a arquiduquesa continuou hospedada em cima da padaria, como Orlando se viu assombrado noite e dia por fantasmas dos tipos mais imundos. Parecia-lhe que havia enchido a casa de pratarias e recoberto as paredes com tapeçarias em vão, já que, a qualquer momento, uma ave imunda poderia se instalar sobre sua escrivaninha. Lá estava ela, agitando-se entre as cadeiras; ele a via se arrastando desajeitadamente pelas galerias. Agora mesmo, ela empoleirava-se pesadamente sobre um guarda-fogo. Ao enxotá-la, ela voltou, bicando a vidraça até quebrá-la.

Assim, percebendo que sua casa era inabitável, e que medidas deveriam ser tomadas para acabar com a situação imediatamente, ele fez o que qualquer outro jovem teria feito no lugar dele, e pediu ao Rei Carlos para enviá-lo como Embaixador Extraordinário à Constantinopla. O rei passeava por Whitehall de braços dados com Nell Gwyn[17], que atirava avelãs sobre ele.

— É uma pena — suspirou a dama amorosa — que um par de pernas como aquelas deixe o país.

No entanto, o destino era implacável; ela só pôde lhe lançar um beijo por sobre o ombro antes de Orlando zarpar.

---

17 Eleanor Gwyn (1650-1687) foi uma atriz inglesa, famosa por ter sido amante do rei Carlos II da Inglaterra. (N. do T.)

Capítulo 3

É, de fato, bastante lamentável e desafortunado que tenhamos tão poucas informações sobre essa fase da carreira de Orlando, quando ele desempenhava um papel tão importante na vida pública do país. Sabemos que ele cumpriu com suas funções de forma admirável — como atestam a Ordem do Banho e o Ducado, que acabou recebendo. Sabemos que ele teve certo papel nas mais delicadas negociações entre o Rei Carlos e os turcos — a esse respeito, os registros do Arquivo Nacional dão seu testemunho. Mas a revolução que estourou durante seu período de serviço e o incêndio que se seguiu danificaram ou destruíram todos os documentos que continham quaisquer informações confiáveis, a tal ponto que aquilo que podemos fornecer é lamentavelmente incompleto. Frequentemente, o papel estava chamuscado de um marrom profundo no meio da sentença mais importante. Justo quando pensávamos elucidar um segredo que tem confundido os historiadores por cem anos, havia um buraco no manuscrito grande o suficiente para atravessá-lo com o dedo. Fizemos o nosso melhor para montar um parco resumo a partir dos fragmentos carbonizados que restaram, mas, muitas vezes, foi necessário especular, supor e até mesmo usar a imaginação.

Ao que parece, o dia de Orlando passava mais ou menos da seguinte maneira: por volta das sete, ele se levantava, envolvia-se em um longo manto turco, acendia um charuto e apoiava os cotovelos sobre o parapeito. Assim ficava, observando a cidade logo abaixo, aparentemente encantado. Nessa hora, a névoa se espalhava tão espessa que as cúpulas de Santa Sofia e dos outros edifícios pareciam flutuar; gradualmente, a névoa os revelava e se via que as redomas estavam fixas à terra; eis então o rio, a Ponte Gálata, peregrinos de turbante verde — sem olhos ou nariz, pedindo esmolas — cachorros abandonados comendo restos de lixo, mulheres de véu, incontáveis burros, homens a cavalo carregando longos bastões. Logo, toda a cidade estava em movimento com o estalar de chicotes, o som de tambores, os chamados para a oração, o açoitar das mulas, o barulho das rodas de bronze, enquanto odores azedos, provenientes dos pães fermentando, do incenso e das especiarias, subiam até as alturas de Pera[18] e pareciam ser a própria respiração daquela população estridente, multicolorida e bárbara.

Nada, refletiu ele, observando a vista que agora brilhava ao sol, poderia ser menos parecido com o condado de Surrey e de Kent ou com a cidade de Londres e de Tunbridge Wells. À direita e esquerda se erguiam, nuas e rochosas, as inóspitas montanhas da Ásia, onde podiam se alojar o castelo árido de um ou dois líderes dos salteadores de estradas; mas não se via nenhum presbitério, mansão, cabana, carvalho, olmo, violeta, hera ou rosa silvestre. Não havia sebes para as samambaias crescerem, nem campos para ovelhas pastarem. As casas eram brancas e desoladas como cascas de ovo. Que ele, sendo inglês até a raiz, contemplasse sem cessar aquelas passagens e picos distantes, planejando excursões ali sozinho, a pé — onde apenas a cabra e o pastor haviam ido antes — que sentisse uma verdadeira paixão pelas flores brilhantes sem estação definida, que amasse os vira-latas sujos mais do que seus próprios caçadores de alces e exalasse com entusiasmo o cheiro acre e cortante das ruas — aquilo o surpreendia. Ele se perguntava se, na época das Cruzadas, algum de seus ancestrais havia se envolvido com uma camponesa circassiana; achava aquilo possível; imaginava certa escuridão em seu tom de pele; e, adentrando novamente a casa, retirava-se para o banho.

Uma hora mais tarde, devidamente perfumado, com os cachos penteados e a pele ungida, recebia a visita de secretários e

18 Distrito de Istambul. (N. do T.)

outros altos funcionários que traziam, um após o outro, caixas vermelhas abertas com sua própria chave dourada. Dentro delas havia papéis da mais alta importância, dos quais sobraram apenas fragmentos, aqui um ornato, ali um selo firmemente afixado a um pedaço de seda queimada. Do conteúdo, então, não podemos falar, restando-nos somente atestar que Orlando se mantinha ocupado com a cera e os sinetes, as várias fitas coloridas que precisavam ser amarradas de diferentes formas, o traçado mais grosso dos títulos e o embelezamento das letras capitulares, até a hora do almoço — uma esplêndida refeição que poderia chegar a ter até trinta pratos.

Depois do almoço, lacaios anunciavam que sua carruagem puxada por seis cavalos estava à porta e, precedido por janízaros[19] de uniformes roxos que corriam a pé agitando grandes abanos de penas de avestruz sobre a cabeça, ele saía para visitar outros embaixadores ou dignatários locais. A cerimônia era sempre a mesma. Chegando ao pátio, os janízaros batiam com abanos na porta principal, que se abria imediatamente, revelando um grande aposento excepcionalmente mobiliado. Via-se então duas figuras sentadas, geralmente de ambos os sexos. Trocavam-se profundas reverências e cortesias. Na primeira sala, só era permitido falar do clima. Depois de dizer que fazia sol ou chovia, que estava quente ou frio, o embaixador passava para o cômodo seguinte, onde, mais uma vez, duas pessoas se levantavam para cumprimentá-lo. Ali só se podia comparar Constantinopla a Londres como lugar de residência: naturalmente, o embaixador dizia que preferia Constantinopla, ao passo que os anfitriões afirmavam preferir Londres, mesmo que nunca houvessem lá estado. No recinto posterior, a saúde do Rei Carlos e a do sultão deveriam ser discutidas em detalhes. No próximo, falava-se da saúde do embaixador e da esposa do anfitrião, com mais brevidade. No

19 Soldados de elite do exército otomano. (N. do T.)

cômodo seguinte, o embaixador elogiava a mobília do anfitrião, e o anfitrião elogiava os trajes do embaixador. Mais adiante, eram servidos doces, e o anfitrião se queixava de sua má qualidade, com o embaixador louvando sua excelência. Ao fim de toda essa cerimônia, fumava-se um narguilé e bebia-se uma xícara de café, mas, embora os gestos relacionados ao fumar e ao beber fossem seguidos pontualmente, não havia tabaco no cachimbo nem café na xícara, pois, caso contrário, o corpo humano sucumbiria ao excesso. Já que, tão logo o embaixador terminasse uma dessas visitas, haveria de fazer outra. Observava-se o mesmo ritual, precisamente na mesma ordem, seis ou sete vezes na residência de outros funcionários importantes, de modo que, com frequência, só tarde da noite, o embaixador voltava para casa. Apesar de ele executar essas tarefas de maneira admirável e jamais negar que talvez fossem a parte mais importante dos deveres de um diplomata, elas sem dúvida o exauriam e costumavam deprimi-lo tanto que Orlando preferia jantar sozinho, apenas na companhia dos cachorros. Com eles, de fato, falava na própria língua. E, às vezes, segundo consta, atravessava os portões de casa tarde da noite tão bem disfarçado que nem mesmo os sentinelas o reconheciam. Misturava-se então com a multidão na Ponte Gálata ou vagava pelos bazares; ou tirava os sapatos e se juntava aos fiéis nas mesquitas. Certa vez, quando divulgaram que ele estava doente e com febre, pastores, trazendo suas cabras para o mercado, relataram que haviam encontrado um lorde inglês no topo da montanha rezando para seu Deus. Pensou-se ser o próprio Orlando, e sua oração constituía, sem dúvida, um poema dito em voz alta, pois sabia-se que ele ainda carregava consigo, sob o manto junto ao peito, um manuscrito bastante rabiscado; e os servos, espreitando à porta, ouviam o Embaixador cantando algo em uma voz melodiosa e estranha quando estava sozinho.

É com fragmentos como esses que devemos fazer o nosso melhor para compor uma imagem da vida e do caráter de

Orlando nesse momento. Existem, até hoje, rumores, lendas, anedotas vagas e não confirmadas acerca da vida de Orlando em Constantinopla (citamos apenas algumas delas) que comprovam que ele possuía, agora que estava na flor da idade, o poder de despertar a imaginação e prender o olhar, mantendo fresca uma recordação muito tempo depois que se tivesse sido esquecido tudo aquilo que as mais duradouras qualidades podem contribuir para preservá-la. Tal poder é misterioso, composto de beleza, berço e algum dom mais raro, que podemos simplesmente chamar de charme. — Milhões de velas — como teria dito Sasha, ardiam nele sem que se desse ao trabalho de acender uma única delas. Movia-se como um cervo, sem qualquer necessidade de pensar nas próprias pernas. Falava com sua voz natural, e o eco era mais forte do que um gongo de prata. Por isso, rumores se formavam ao seu redor. Era adorado por muitas mulheres e alguns homens. Não era necessário que falassem com ele ou mesmo que o vissem; eles conjuravam diante de si, especialmente quando a paisagem era romântica ou o sol estava se pondo, a figura de um nobre cavalheiro em meias de seda. Ele exercia o mesmo poder tanto sobre os pobres e ignorantes como sobre os ricos. Pastores, ciganos e tropeiros cantam até hoje músicas sobre o lorde inglês "que jogou suas esmeraldas no poço", sem dúvida se referindo a Orlando, que, dada vez, em um momento de raiva ou embriaguez, parece ter arrancado suas joias e as atirado em uma fonte — de onde foram pescadas por um pajem. Mas esse poder romântico, como se sabe bem, é frequentemente associado a uma natureza extremamente reservada. Orlando parece não ter feito nenhum amigo. Até onde sabemos, ele não desenvolveu nenhuma relação. Certa dama, bastante importante, veio da distante Inglaterra para ficar perto dele, e o importunou com suas atenções, mas ele continuou a cumprir seus deveres com tanto afinco que, antes de completar dois anos e meio como Embaixador do Chifre da África, o Rei Carlos manifestou a intenção de lhe conceder o mais alto título de nobreza. Os invejosos diziam que se tratava de uma homenagem de Nell Gwyn à recordação de seu par de pernas. Mas, como ela o tinha visto apenas uma vez — e naquela ocasião estava ocupada demais atirando avelãs em seu senhor real — é provável que tenha sido pelos próprios méritos que Orlando tenha conquistado o título de duque, e não pelas panturrilhas.

Agora, devemos fazer uma pausa, pois chegamos a um momento de grande importância em sua carreira. A concessão do ducado foi ocasião de um incidente muito famoso, e de fato muito discutido, que devemos agora descrever, abrindo caminho entre papéis queimados e pedacinhos de fita, tanto quanto pudermos. Foi no fim do grande jejum do Ramadã que a Ordem do Banho e a patente de nobreza chegaram em uma fragata comandada por *sir* Adrian Scrope; e Orlando aproveitou a ocasião para dar a mais esplêndida festa que Constantinopla já viu. A noite estava agradável, a multidão era numerosa, e as janelas da embaixada estavam extraordinariamente iluminadas. Mais uma vez, faltam-nos detalhes, pois o fogo consumiu os registros, deixando apenas fragmentos que mantêm obscuros os pontos mais importantes. No entanto, no diário de John Fenner Brigge, um oficial da marinha inglesa que estava entre os convidados, sabemos que, no pátio, pessoas de todas as nacionalidades "se amontoavam como sardinhas em um barril". A multidão se apertava de maneira tão desagradável que Brigge logo subiu em uma árvore-de-judas para observar melhor os acontecimentos. O rumor se espalhou entre os nativos (e eis aqui uma prova adicional do misterioso poder de Orlando sobre a imaginação) de que ocorreria algum milagre. "E assim", escreveu Brigge (mas seu manuscrito está cheio de queimaduras e buracos, algumas frases sendo completamente ilegíveis), "quando os fogos começaram a subir no ar, houve grande inquietação entre nós, temendo que a população nativa fosse tomada... carregada de consequências desagradáveis para todos... as damas inglesas entre os presentes, confesso que minha mão chegou a se deslocar até minha espada.

Felizmente...", continua ele em seu estilo um tanto quanto prolixo, "tais temores pareciam, por um momento, infundados e, observando o comportamento dos nativos... cheguei à conclusão de que essa demonstração de nossa habilidade na arte da pirotecnia era valiosa, não fosse apenas para impressioná-los... a superioridade dos britânicos... De fato, a visão era de uma magnificência indescritível. Vi-me alternadamente louvando ao Senhor por me ter permitido... e desejando que minha pobre e querida mãe... Por ordem do embaixador, as longas janelas, que são uma característica tão imponente da arquitetura dos orientais, embora ignorantes em tantas áreas... foram abertas e, lá dentro, pudemos ver um *tableau vivant*, ou uma exibição teatral, em que damas e cavalheiros ingleses... representavam uma peça de autoria de... As palavras eram inaudíveis, mas a visão de tantos de nossos compatriotas, homens e mulheres, vestidos com a mais alta elegância e distinção... despertou em mim emoções das quais certamente não me envergonho, embora incapaz... Prestava atenção à conduta surpreendente de *lady*... que atraía os olhares de todos e trazia descrédito a seu sexo e país, quando... – Infelizmente um galho da árvore-de-judas se partiu, o Tenente Brigge caiu no chão, e o restante da entrada registra apenas sua gratidão à Providência (que tem papel de destaque no diário) e a natureza exata de seus ferimentos.

Felizmente, a srta. Penelope Hartopp, filha do general de mesmo nome, viu a cena de dentro da casa e continuou a narrativa em uma carta, também bastante danificada, que acabou chegando a uma amiga em Tunbridge Wells. A srta. Penelope foi tão extravagante em seu entusiasmo quanto o galante oficial. "Deslumbrante", exclama ela por dez vezes em uma só página, "maravilhoso... totalmente indescritível... baixelas de ouro... candelabros... negros em calças de veludo... pirâmides de gelo... fontes de sangria quente... gelatinas representando os navios de Sua Majestade... cisnes no formato de nenúfares... aves em gaiolas douradas... cavalheiros em veludo carmesim com cortes ornamentais... as tiaras das damas tinham PELO MENOS um metro e oitenta de altura... caixas de música... O sr. Peregrine disse que eu estava ABSOLUTAMENTE linda, o que só repito para você, minha querida, porque sei... Ah! como eu senti falta de todos vocês!... Superando tudo o que vimos na Pantiles... bebidas à vontade... alguns cavalheiros desmaiando... *Lady* Betty deslumbrante... Pobre *lady* Bonham cometeu o terrível erro de se sentar sem ter uma cadeira debaixo dela... Cavalheiros todos muito galantes... desejei mil vezes que você e a querida Betsy... Mas a grande atração, o centro de todos os olhares... como todos admitiram, pois ninguém poderia ser tão vil a ponto de negar, foi o próprio embaixador. Que pernas! Que fisionomia!! Que maneiras principescas!!! O modo como entrou na sala! E como saiu novamente! E algo INTERESSANTE em sua expressão, que nos faz sentir, sem saber bem o porquê, que ele SOFREU MUITO! Dizem que uma dama foi a causadora disso tudo. Que monstro sem coração!!! Como um membro de nosso REPUTADO SEXO FRÁGIL pode ter tido a audácia!!! Ele é solteiro, e metade das damas locais está louca de amores por ele... Mil, mil beijos para Tom, Gerry, Peter e para o querido Mew" (presumivelmente, o gato dela).

Da gazeta da época, ficamos sabendo que "quando o relógio marcou meia-noite, o embaixador apareceu na sacada central, adornada com preciosas tapeçarias. Seis turcos da Guarda Imperial, todos com mais de um metro e oitenta de altura, seguravam tochas à sua direita e à sua esquerda. Foguetes subiram ao ar assim que ele surgiu, e um grande grito irrompeu da multidão, que o embaixador retribuiu com uma profunda reverência e algumas palavras de agradecimento no idioma turco, que falava fluentemente. Em seguida, *sir* Adrian Scrope, com o uniforme completo de almirante britânico, avançou; o embaixador se apoiou em um único joelho, o almirante colocou ao redor do pescoço dele o Colar da Mui Honorável Ordem do Banho, prendendo depois a estrela no peito; em seguida, outro cavalheiro do corpo diplomático, aproximando-se de maneira solene, colocou sobre seus ombros o manto de duque e lhe entregou, sobre uma almofada carmesim, o respectivo diadema".

Por fim, com um gesto de extraordinária majestade e graça, primeiro fazendo uma profunda reverência, depois se erguendo com orgulho, Orlando tomou o círculo dourado de folhas de morango e o colocou na cabeça, com um gesto que todos os que o testemunharam jamais esqueceram. Foi nesse momento que o primeiro distúrbio começou. Ou as pessoas esperavam um milagre — alguns dizem que havia sido profetizado que uma chuva de ouro cairia do céu — o que não aconteceu, ou esse foi o sinal escolhido para o ataque começar; ninguém parece saber ao certo. Mas, assim que a coroa assentou na cabeça de Orlando, um grande alvoroço eclodiu. Sinos começaram a tocar; os gritos estridentes dos profetas se levantaram acima dos clamores da multidão; muitos turcos se lançaram ao chão e tocaram a terra com a testa. Subitamente, uma porta se abriu. Os nativos invadiram os salões do banquete. Mulheres soltaram gritos agudos. Certa dama, que se dizia estar morrendo de amores por Orlando, agarrou um candelabro e o atirou ao chão. Ninguém é capaz de dizer o que poderia ter acontecido não fosse a presença de *sir* Adrian Scrope e um pelotão de marinheiros britânicos. Mas o almirante ordenou que tocassem os clarins e, imediatamente, cem marinheiros se mobilizaram; a desordem foi controlada, e o silêncio, ao menos por algum tempo, recaiu sobre o local.

Por enquanto, estamos sobre o terreno firme, mesmo que um tanto quanto estreito, da verdade comprovada. Mas ninguém jamais soube exatamente o que ocorreu depois naquela noite. O testemunho dos sentinelas e de outros, no entanto, parece provar que a embaixada se encontrava vazia e fechada, como era usual, por volta das duas horas da manhã. O embaixador foi visto indo para seu quarto, ainda usando as insígnias do novo título, e fechando a porta. Alguns dizem até mesmo que ele a trancou, o que não era do seu feitio. Outros ainda afirmam ter ouvido, tarde da noite, algum gênero de música rústica, como aquela que os pastores tocam, no pátio, debaixo da janela do embaixador. Uma lavadeira, que estava acordada em razão de uma dor de dente, afirma ter visto uma figura masculina, vestida com um manto ou roupão, sair na sacada. E depois, disse ela, uma mulher muito coberta, mas aparentemente de origem campesina, foi içada por uma corda que o homem deixou cair da sacada. Depois de ela ter subido, contou a lavadeira, eles se abraçaram apaixonadamente, "como amantes", e entraram no quarto, puxando as cortinas para que nada mais pudesse ser visto.

Na manhã seguinte, o Duque, como agora devemos chamá-lo, foi encontrado pelos secretários imerso em um sono profundo, em meio a lençóis bastante amassados. O quarto estava em desordem, a coroa havia rolado pelo chão, e o manto e a liga haviam sido jogados em uma pilha sobre uma cadeira. A mesa estava coberta de papéis. A princípio, ninguém suspeitou de nada, já que a noite anterior fora muito estafante. Mas, quando a tarde chegou e ele ainda dormia, um médico foi chamado. Ele aplicou os remédios que haviam sido usados na ocasião anterior, emplastros, urtigas, eméticos etc., mas sem obter sucesso. Orlando continuava dormindo. Os secretários então acharam por bem examinar os papéis sobre a mesa. Muitos estavam rabiscados com poesias em que se mencionava frequentemente um carvalho. Também havia vários documentos oficiais e outros de natureza privada, relativos à administração de suas propriedades na Inglaterra. Mas, por fim, eles se depararam com um documento de muito maior importância. Era nada menos do que um contrato de casamento, redigido, assinado e testemunhado entre sua senhoria, Orlando, Cavaleiro da Ordem da Jarreteira etc. etc. etc., e Rosina Pepita, dançarina, de pai desconhecido — mas reputado cigano — e mãe também desconhecida — mas reputada vendedora de ferro-velho na praça do mercado em frente à Ponte Gálata. Os secretários se entreolharam, atônitos. E Orlando continuava dormindo. Observaram-no manhã e noite, porém, a não ser pela respiração regular e pelas faces ainda coradas com o tom habitual, ele não apresentava qualquer sinal de vida. Fizeram tudo o que a ciência e a engenhosidade poderiam fazer para acordá-lo. Mas ele continuava a dormir.

No sétimo dia do seu transe (quinta-feira, 10 de maio), foi disparado o primeiro tiro da terrível e sangrenta insurreição cujos primeiros sintomas haviam sido detectados pelo Tenente Brigge. Os turcos se rebelaram contra o sultão, incendiaram a cidade e mataram ou espancaram todos os estrangeiros que conseguiram encontrar. Alguns ingleses conseguiram escapar, contudo, como era de se esperar, os cavalheiros da Embaixada Britânica preferiram morrer em defesa de suas caixas vermelhas[20] ou, em casos extremos, engolir molhos de chaves a deixá-los cair nas mãos dos infiéis. Os insurgentes invadiram o quarto de Orlando, mas, ao vê-lo estirado e aparentemente morto, deixaram-no intocado, roubando apenas a coroa e as vestes da Ordem da Jarreteira.

E agora, novamente, cai a obscuridade e, na verdade, seria bom que fosse ainda mais profunda! Desejaríamos, exclama nosso coração, que fosse tão profunda que não pudéssemos ver nada através de sua opacidade! Quem dera, em um momento como esse, pudéssemos pegar a pena e escrever "fim" em nossa obra! Quem dera fosse possível poupar o leitor do que virá a seguir e lhe dizer, em poucas palavras, que Orlando morreu e foi enterrado. No entanto, ai de nós, a verdade, a franqueza e a honestidade, essas deusas austeras que vigiam e guardam o tinteiro do biógrafo, gritam "não!". Levando seus clarins de prata aos lábios, exigem, em um só toque estridente: "Verdade!". E gritam novamente: "Verdade!". E, pela terceira vez, a uma só voz, proclamam: "A verdade, nada além da verdade!".

20 Caixas oficiais usadas por diplomatas e outros funcionários do governo britânico para carregar documentos de Estado e correspondência. (N. do T.)

Ao que — louvado seja o Céu por nos oferecer uma pausa para respirar — as portas se abrem suavemente, como se um sopro da mais gentil e pura brisa as tivesse afastado, e três figuras entram. Primeiro, vem a Nossa Senhora da Pureza, cujas têmporas são atadas com fitas da mais branca lã de cordeiro, cujos cabelos são como uma avalanche de neve soprada pelo vento, e em cuja mão repousa a pena branca de uma gansa virgem. Seguindo-a, mas com um passo mais imponente, vem a Nossa Senhora da Castidade, cuja fronte é adornada como um torreão de fogo ardente inextinguível, um diadema de estalactites; seus olhos são estrelas de brilho puro, e os dedos, caso toquem em alguém, congelam-no até os ossos. Logo atrás dela, abrigada na sombra das irmãs mais imponentes, vem a Nossa Senhora da Modéstia, a mais frágil e mais bela das três, cujo rosto só é mostrado como a lua nova, quando está bem fina e em formato de foice, escondida em parte entre as nuvens. As três avançam em direção ao centro do quarto onde Orlando ainda dorme e, com gestos ao mesmo tempo suplicantes e autoritários, NOSSA SENHORA DA PUREZA fala primeiro:

— Eu sou a guardiã do corço adormecido; a neve me é cara, assim como a lua nascente e o mar prateado. Com meus mantos, cubro os ovos da galinha pintada e as conchas marinhas salpicadas, cubro o vício e a pobreza. Sobre todas as coisas frágeis, escuras ou duvidosas, desce meu véu. Por isso, não diga nada, nada revele. Misericórdia, ó, misericórdia!

Nesse instante, soam as trombetas.

— Afaste-se, Pureza! Fora, Pureza!

Então, NOSSA SENHORA DA CASTIDADE fala:

— Eu sou aquela cujo toque congela e cujo olhar transforma em pedra. Detive a estrela em sua dança e a onda ao quebrar. Os mais altos Alpes são o meu lar e, quando caminho, os relâmpagos brilham em meus cabelos, e meus olhos matam o que veem.

Em vez de deixar Orlando acordar, eu o congelarei até os ossos. Misericórdia, ó, misericórdia!

Nesse instante, soam as trombetas.

— Afaste-se, Castidade! Fora, Castidade!

Então, NOSSA SENHORA DA MODÉSTIA fala, tão baixo que mal se pode ouvir:

— Eu sou aquela que os homens chamam de Modéstia. Virgem sou e sempre serei. Não foram feitos para mim os campos frutíferos e o vinhedo fértil. Odeio tudo que cresce e, quando as maçãs brotam ou os rebanhos se reproduzem, eu corro, fujo, deixo meu manto cair. Meus cabelos me cobrem os olhos. Nada vejo. Misericórdia, ó, misericórdia!

Mais uma vez, soam as trombetas.

— Afaste-se, Modéstia! Fora, Modéstia!

Com gestos de tristeza e lamentação, as três irmãs se dão então as mãos e dançam lentamente, agitando seus véus e cantando:

— Verdade, não saia de seu horrível covil. Esconda-se ainda mais, temível Verdade. Pois você ostenta no olhar brutal do sol coisas que melhor estariam desconhecidas e irrealizadas; você revela o vergonhoso, torna claro o escuro. Esconda-se! Esconda-se! Esconda-se!

Em seguida, fazem menção de cobrir Orlando com seus véus. As trombetas, por sua vez, soam ainda mais forte.

— A Verdade e nada além da Verdade.

As Irmãs tentam então lançar seus véus sobre as trombetas para abafá-las, mas em vão, pois agora todas ressoam juntas.

— Horríveis irmãs, sumam daqui!

As irmãs se distraem e lamentam em uníssono, ainda circulando e agitando seus véus para cima e para baixo.

— Nem sempre foi assim! Mas os homens já não nos querem mais, as mulheres nos detestam. Vamos, vamos embora. Eu (DIZ

A PUREZA) para o galinheiro. Eu (DIZ A CASTIDADE) para as alturas ainda não desonradas de Surrey. Eu (DIZ A MODÉSTIA) para qualquer recanto onde haja hera e cortinas à vontade.

— Pois lá, e não aqui (todas falam juntas, unindo as mãos e fazendo gestos de despedida e desespero em direção à cama em que Orlando ainda dorme), nos ninhos e toucadores, nos escritórios e tribunais, ainda habitam aqueles que nos amam; aqueles que nos honram, virgens e citadinos; advogados e médicos; aqueles que proíbem, negam, reverenciam sem saber por quê, louvam sem entender; a ainda bastante numerosa (Louvado seja o Céu) tribo das pessoas respeitáveis, que preferem não ver, desejam não saber e amam a escuridão; esses ainda nos adoram, e com razão, pois nós lhes demos Riqueza, Prosperidade, Conforto, Tranquilidade. Até eles vamos, e vocês deixamos a sós. Venham, Irmãs, venham! Aqui não é nosso lugar.

Elas partem apressadas, acenando com os véus sobre a cabeça, como se quisessem afastar algo que não ousam contemplar e fecham a porta atrás de si.

E, assim, ficamos agora a sós no quarto, com Orlando adormecido e os trombeteiros. Estes, alinhando-se lado a lado, tocam um estrondoso e único:

— A VERDADE!

E, enfim, Orlando acorda.

Ele se espreguiçou. Levantou-se. Ficou de pé, completamente nu diante de nós, e, enquanto as trombetas tocavam "Verdade! Verdade! Verdade!", não nos restava escolha senão confessar — ele era uma mulher.

***

O som das trombetas foi se esvaindo e Orlando continuava de pé, completamente nu. Nenhum ser humano, desde o início do mundo, mostrara-se mais deslumbrante. Sua forma combinava em um só corpo a força de um homem e a graça de uma mulher. Enquanto ele ali permanecia, as trombetas de prata prolongaram sua nota final, como se relutantes em deixar a visão encantadora que seu toque havia trazido à tona; e a Castidade, a Pureza e a Modéstia, inspiradas, sem dúvida, pela Curiosidade, espiaram pela porta e lançaram na direção da figura nua um manto que, infelizmente, não chegou a cobri-la, caindo-lhe a alguns centímetros de distância. Orlando se mirou de cima a baixo em um longo espelho, sem demonstrar nenhum sinal de inquietação, e se dirigiu, presumivelmente, para o banho.

Podemos aproveitar essa pausa na narrativa para fazer algumas declarações. Orlando havia se tornado uma mulher — não há como negá-lo. Mas, em todos os outros aspectos, permanecia exatamente como antes. A mudança de sexo, embora alterasse seu futuro, não fez nada para mudar sua identidade. O rostos permaneceu, como provam seus retratos, praticamente o mesmo. A memória dele — mas, de agora em diante, por uma questão de convenção, devemos dizer "dela" e não "dele", e "ela" em vez de "ele" — a memória dela, então, percorreu todos os eventos de sua vida passada sem encontrar nenhum obstáculo. Pode ter havido alguma leve nebulosidade, como se algumas gotas escuras tivessem caído na clara piscina da memória; certas coisas ficaram um pouco embaçadas; mas isso era tudo. A mudança parecia ter sido realizada de modo indolor e completo, e de tal maneira que Orlando não demonstrara surpresa alguma com tudo aquilo. Muitas pessoas, levando isso em consideração, e defendendo que tal mudança de sexo é contra a natureza, empenharam-se em provar (1) que Orlando sempre fora mulher e que (2) Orlando era, naquele momento, homem. Deixemos que os biólogos e psicólogos decidam. Basta-nos afirmar o simples fato de que Orlando foi homem até os trinta anos, quando se tornou mulher, e assim permanece desde então.

Mas deixemos que outras penas tratem de sexo e sexualidade, pois evitamos esses assuntos odiosos tanto quanto podemos. Orlando já havia se lavado e vestido com os casacos e calças turcas que podem ser usados indiferentemente por ambos os sexos; e foi forçada a considerar sua posição. Que era precária e embaraçosa ao extremo deve ser o primeiro pensamento de todo leitor que tenha acompanhado esta história com simpatia. Jovem, nobre e bela, ela acordara para se ver em uma posição que não podemos conceber mais delicada para dama de alta posição. Não a culparíamos se tivesse tocado a sineta, gritado ou desmaiado. Mas Orlando não demonstrou nenhum sinal de perturbação. Todas as suas ações se mostraram extremamente deliberadas, e poderiam de fato ser pensadas como sinais de premeditação. Primeiro, ela examinou cuidadosamente os papéis sobre a mesa; pegou os que pareciam estar escritos em poesia e os escondeu no peito; em seguida, chamou seu cão da raça saluki, que não havia deixado a cama dela todos aqueles dias, apesar de faminto, alimentou-o e o penteou; depois, enfiou um par de pistolas no cinto; por fim, enrolou ao redor do corpo vários colares das mais finas esmeraldas e pérolas, que haviam composto seu guarda-roupa de embaixador. Feito isso, inclinou-se para fora da janela, soltou um assobio baixo e desceu as escadas quebradas e manchadas de sangue, agora recobertas com o lixo dos cestos de papéis — tratados, despachos, selos, lacres etc. — e chegou ao pátio. Ali, à sombra de uma gigantesca figueira, esperava-a um velho cigano montado em um burro e conduzindo outro pela rédea. Orlando balançou a perna sobre o animal e, assim, escoltada por um cão magro, montada em um burro, na companhia de um cigano, o Embaixador da Grã-Bretanha na Corte do Sultão deixou Constantinopla.

Eles viajaram por vários dias e noites e encontraram uma variedade de aventuras, algumas nas mãos dos homens, outras nas mãos da natureza, as quais Orlando enfrentou com coragem. Em uma semana, chegaram à região montanhosa nos arredores de Broussa[21], que na época era onde ficava o principal acampamento da tribo cigana à qual Orlando se aliara. Quantas vezes ela contemplara aquelas montanhas da sua sacada na embaixada; quantas vezes desejara estar ali — e se encontrar onde se desejava estar, para uma mente reflexiva, é alimento para as ideias. No entanto, por determinado tempo, estava tão feliz com a mudança que não quis estragá-la com pensamentos. O prazer de não ter documentos para selar ou assinar, de não ter floreios a fazer, de não ter visitas a cumprir já era o suficiente. Os ciganos seguiam a relva; quando a pastagem acabava, voltavam a viajar. Ela se lavava nos riachos, quando se lavava; não haviam de lhe entregar nenhuma caixa, vermelha, azul ou verde; não havia chaves, muito menos chaves douradas, em todo o acampamento; quanto às "visitas", aquela palavra era deles desconhecida. Ela ordenhava as cabras, recolhia lenha, furtava um ovo de galinha de vez em quando — mas sempre colocando uma moeda ou uma pérola no lugar; pastoreava o gado, colhia uvas, nelas pisava, enchia o odre de cabra e dele bebia; e, quando se lembrava como, àquela hora do dia, deveria estar fazendo os gestos de beber e fumar com uma xícara de café vazia e um cachimbo sem tabaco, ela ria alto, cortava outro pedaço de pão e pedia uma tragada do cachimbo do velho Rustum, embora estivesse cheio de esterco de vaca.

Os ciganos, com quem obviamente ela se comunicava secretamente antes da revolução, pareciam vê-la como um deles (sempre o maior elogio que um povo pode fazer), e seus cabelos escuros e pele morena corroboravam a crença de que ela era cigana de nascença e fora apanhada por um duque inglês de uma nogueira quando ainda bebê e levada para aquela terra bárbara onde as pessoas vivem em casas porque são fracas e doentes demais para suportar o ar livre. Assim, embora em muitos aspectos fosse inferior a eles, todos estavam dispostos a ajudá-la a se tornar

21 Antiga capital da Turquia. (N. do T.)

mais parecida com os membros da tribo; ensinaram-lhe a arte de fazer queijo e tecer cestos e a ciência de roubar e capturar pássaros, estando até mesmo dispostos a considerá-la apta a se casar com um deles.

Mas Orlando havia contraído na Inglaterra alguns dos costumes ou doenças (como o leitor preferir considerá-los) que, pelo visto, não podem ser reprimidos. Certa noite, enquanto todos se encontravam sentados ao redor da fogueira e o pôr do sol brilhava sobre as colinas da Tessália, ela exclamou:

— Que bom de comer!

(Os ciganos não têm uma palavra para "bonito". Esta expressão é o que há de mais próximo.)

Todos os jovens, homens e mulheres, caíram na gargalhada. O céu, bom para comer, realmente! Os mais velhos, porém, que haviam visto mais estrangeiros do que os jovens, ficaram desconfiados. Notaram que Orlando muitas vezes ficava sentada por horas, sem fazer nada, a não ser olhar aqui e ali; encontravam-na no topo de alguma colina, mirando fixamente à frente, sem se importar se as cabras estavam dispersas ou pastando. Começaram a suspeitar que ela tinha crenças diferentes das deles, e os homens e mulheres mais velhos achavam provável que ela tivesse caído nas garras do mais vil e cruel de todos os Deuses, que é a Natureza. E não estavam tão errados. A doença inglesa, o amor pela Natureza, estava enraizada nela, e ali, onde a Natureza era muito mais vasta e poderosa do que na Inglaterra, ela caiu em suas garras como nunca. Tal enfermidade é bem conhecida, e tem sido, infelizmente, descrita tantas vezes que não precisará ser recontada, exceto brevemente. Havia montanhas; havia vales; havia rios. Ela subiu as montanhas; percorreu os vales; sentou-se à margem dos rios. Comparava as colinas a muralhas, aos peitos dos pombos e aos flancos das vacas. Comparava as flores ao esmalte, e o gramado a puídos tapetes turcos. As árvores eram bruxas murchas, e as rochas cinzentas eram ovelhas. Tudo, na verdade, era outra coisa. Encontrou um lago na montanha e quase se lançou nele para buscar a sabedoria que acreditava estar ali oculta; e quando, do pico mais alto, avistou ao longe, através do Mar de Mármara, as planícies da Grécia, e reconheceu (seus olhos eram admiráveis) a Acrópole por uma ou duas faixas brancas — que ela imaginou pertencer ao Partenon — sua alma se expandiu como suas órbitas, e ela orou para que lhe fosse permitido compartilhar da majestade das colinas, conhecer a serenidade das planícies etc. etc. — como fazem todos os crentes. Então, olhando para baixo, o jacinto vermelho e a íris roxa a levaram a gritar em êxtase pela bondade, pela beleza da natureza; ao erguer os olhos novamente, viu a águia voando, imaginou seu prazer e o tomou para si. Ao voltar para casa, saudou cada estrela, cada pico e cada fogueira, como se fossem sinais destinados apenas para ela; e, por fim, quando se deitou no tapete na tenda dos ciganos, não conseguiu deixar de exclamar novamente — Que bom de comer! Que bom de comer! — (Pois, curiosamente, embora os seres humanos tenham meios de comunicação tão imperfeitos, a ponto de só poder dizer "que bom de comer" quando querem dizer "bonito", e vice-versa, ainda assim preferem enfrentar o ridículo e o mal-entendido, em vez de guardar a experiência para si mesmos.) Todos os jovens ciganos riram. Mas Rustum el Sadi, o velho que trouxera Orlando de Constantinopla no burro, permaneceu sentado, em silêncio. Ele tinha um nariz como uma cimitarra, as faces sulcadas como se atingidas por uma saraivada de balas de ferro, era bastante moreno e tinha olhos penetrantes — e, enquanto tragava o cachimbo, observava Orlando atentamente. Desconfiava profundamente de que o Deus dela era a Natureza. Certo dia, encontrou-a chorando. Interpretando aquilo como se seu Deus a tivesse punido, disse-lhe que não estava surpreso. Mostrou-lhe os dedos da mão esquerda, atrofiados pelo gelo; mostrou-lhe o pé direito, esmagado onde uma rocha caíra. Isso tudo, disse ele, é o que o seu Deus faz com os homens. Quando ela disse — Mas tão bonito — usando a palavra inglesa, ele balançou a cabeça; e, quando ela repetiu aquela palavra, ele ficou irritado. Viu que ela não acreditava no mesmo que ele, e isso foi suficiente, já velho e sábio, para enfurecê-lo.

Essa diferença de opinião perturbou Orlando, que, até então, estivera perfeitamente feliz. Ela começou a pensar se a Natureza era bela ou cruel e, então, se perguntou o que era a tal beleza; se estava nas coisas em si ou apenas nela mesma; e continuou a refletir na natureza da realidade, o que a levou à verdade, que, por sua vez, levou ao amor, à amizade, à poesia (como nos dias no topo da colina em sua mansão); e essas meditações, como ela não era capaz de expressar, fizeram-na desejar ter, como nunca antes, pena e tinta.

— Ah! Se eu pudesse escrever! — exclamou (pois ela tinha a estranha ilusão daqueles que escrevem de que palavras escritas são compartilhadas). Não tinha tinta, e apenas um pouco de papel. Mas, depois de produzir tinta com algumas frutas e vinho, e encontrar algumas margens e espaços em branco no manuscrito de "O Carvalho", conseguiu, usando-se de abreviações, descrever a paisagem em um longo poema em verso livre e continuar um diálogo consigo mesma sobre essa beleza e verdade, de maneira concisa o suficiente. Isso a manteve extremamente feliz por horas a fio. Mas os ciganos começaram a ficar desconfiados. Primeiro, notaram que ela estava menos habilidosa na ordenha e na fabricação de queijos do que antes; depois, ela passou a hesitar com frequência antes de responder; e, certa vez, um rapazote cigano que dormia acordou assustado ao sentir os olhos dela sobre ele. Às vezes, essa tensão era sentida por toda a tribo, composta por algumas dezenas de homens e mulheres adultos. Ela vinha da sensação que todos tinham (e seus sentidos eram bastante aguçados e muito mais avançados do que o vocabulário) de que tudo o que faziam se desfazia como cinzas nas mãos dela. Uma velha fazendo um cesto, um menino esfolando uma ovelha, cantarolavam ou murmuravam contentes enquanto trabalhavam, quando Orlando entrava no acampamento, postando-se junto ao fogo e contemplando as chamas. Ela não precisava olhar para eles para que sentissem que ali estava alguém que duvidava (fazemos uma tradução direta da língua cigana), que ali estava alguém que não fazia a coisa por fazer, nem olhava por olhar; ali estava alguém que não acredita nem na lã da ovelha, nem no cesto; mas vê (e nesse momento eles olhavam apreensivos ao redor da tenda) algo mais. Então, uma sensação vaga, mas muito desagradável, começava a dominar o menino e a velha. Seu vime partia, o dedo se feria. Uma grande raiva tomava conta deles. Desejavam que Orlando saísse da tenda e nunca mais se aproximasse deles. No entanto, ela tinha um temperamento alegre e prestativo, eram forçados a admitir; e apenas uma de suas pérolas era suficiente para comprar o melhor rebanho de cabras de Broussa.

Lentamente, Orlando começou a perceber que havia alguma diferença entre ela e os ciganos que, às vezes, a fazia hesitar em se casar e se estabelecer entre eles para sempre. No começo, tentou justificar a hesitação para si mesma dizendo que vinha de uma raça antiga e civilizada, ao passo que aqueles ciganos eram um povo ignorante, não muito superior aos selvagens. Certa noite, quando eles a questionaram sobre a Inglaterra, ela não pôde deixar de descrever com orgulho a casa em que nascera, como tinha trezentos e sessenta e cinco quartos e já estava nas mãos da família dela há quatrocentos ou quinhentos anos. Seus antepassados eram condes, ou até duques, acrescentou. Ao dizer isso, notou mais uma vez que os ciganos se mostravam pouco à vontade, mas não irritados como antes, quando ela elogiara a beleza da natureza. Agora eram corteses, porém se viam constrangidos, como as pessoas de boa educação ficam quando um estranho revela seu nascimento modesto ou sua pobreza. Rustum a seguiu ao sair da tenda e lhe disse que não precisava se importar por seu pai ser um duque e ela possuir todos os quartos e móveis que descrevera. Nenhum deles pensaria o pior dela por isso. Então, Orlando se deixou dominar por uma vergonha que nunca sentira antes. Ficou claro que Rustum e os outros ciganos achavam que uma linhagem de quatrocentos ou quinhentos anos era a mais miserável possível. Suas próprias famílias remontavam a pelo menos dois ou três mil anos. Para os ciganos, cujos ancestrais haviam construído as pirâmides séculos antes do nascimento de Cristo, a genealogia dos Howard e dos Plantagenet não era melhor nem pior do que as dos Smith e dos Jones: ambas eram irrelevantes. Além disso, o fato de o menino pastor ter uma linhagem tão antiga não tinha nada de especialmente memorável ou desejável; todos os vagabundos e mendigos também dela compartilhavam. Por isso, embora fosse educado demais para falar abertamente, estava claro que o cigano pensava não haver ambição mais vulgar do que possuir quartos aos montes (eles estavam no topo de uma colina enquanto falavam; era noite; as montanhas se erguiam ao redor deles) quando toda a terra era nossa. Orlando entendeu que, do ponto de vista dos ciganos, um duque não passava de um explorador ou ladrão que arrancava terra e dinheiro de pessoas que davam pouco valor a essas coisas, alguém que não sabia fazer nada melhor do que construir trezentos e sessenta e cinco quartos quando apenas um bastava — e nenhum era ainda melhor. Ela não podia negar que seus antepassados haviam acumulado campo após campo, casa após casa, honra após honra, e nenhum deles havia sido um santo, herói, ou grande benfeitor da raça humana. Nem poderia refutar o argumento (Rustum era educado demais para insistir, mas ela entendeu) de que qualquer homem que fizesse hoje o que seus ancestrais fizeram trezentos ou quatrocentos anos atrás seria denunciado — em particular e com ainda mais veemência pela própria família — como um arrivista vulgar, um aventureiro, um *nouveau riche*.

Ela procurou responder a esses argumentos pelo método familiar, embora oblíquo, de classificar a vida cigana como rude e bárbara; e assim, em pouco tempo, uma forte inimizade surgiu entre eles. De fato, tais diferenças de opinião são suficientes para causar derramamento de sangue e revoluções. Cidades foram saqueadas por menos, e um milhão de mártires preferiu sofrer na fogueira a ceder um só centímetro em qualquer um dos pontos debatidos. Nenhuma paixão é mais forte no peito do homem do que o desejo de fazer os outros acreditarem no que ele próprio acredita. Nada corta tanto a raiz de sua felicidade e o enche de ódio quanto o sentimento de que outro dá pouco valor àquilo que ele tem em grande conta. Liberais, conversadores e trabalhistas — por que eles brigam, senão pelo próprio prestígio? Não é o amor pela verdade, e sim o desejo de prevalecer que coloca um bairro contra o outro e faz uma paróquia desejar a queda de outra. Cada qual busca paz de espírito e subserviência, em vez do triunfo da verdade e da exaltação da virtude — mas essas moralidades pertencem ao historiador, e para ele devem ser deixadas, já que são tão entediantes quanto a água das valas.

— Quatrocentos e setenta e seis quartos não significam nada para eles — suspirou Orlando.

— Ela prefere um pôr do sol a um rebanho de cabras — disseram os ciganos.

Orlando não conseguia pensar no que fazer. Deixar os ciganos e voltar a ser embaixador lhe parecia intolerável. Mas também era igualmente impossível ficar para sempre onde não havia tinta nem papel, nem reverência pelos Talbot, nem respeito por uma multiplicidade de quartos. Assim pensava ela numa bela manhã, nas encostas do Monte Átos, enquanto tomava conta das cabras. E, então, a natureza, na qual confiava, ou lhe pregou uma peça, ou fez um milagre — novamente, as opiniões divergem muito para ser possível dizer qual dos dois. Orlando olhava desolada para a íngreme encosta à sua frente. Era agora meados do verão, e se tivermos que comparar a paisagem com algo, seria com um osso seco, o esqueleto de uma ovelha, um crânio gigantesco descarnado por mil abutres. O calor era intenso, e a pequena figueira sob a qual Orlando repousava só servia para imprimir padrões de folhas de figo em sua leve túnica.

Subitamente, uma sombra — ainda que não houvesse nada ali para lançar sombra — apareceu no lado descampado da montanha oposta. Ela se aprofundou rapidamente, e logo uma cavidade verde apareceu onde antes só se via uma rocha estéril. Enquanto ela olhava, a cavidade se aprofundou e alargou, e um grande espaço, semelhante a um parque, abriu-se no flanco da montanha. Lá dentro, ela podia ver um gramado verde e ondulante, carvalhos espalhados aqui e ali, tordos saltitando entre os galhos. Podia ver os cervos andando delicadamente entre as árvores e até mesmo ouvir o zumbido dos insetos e os suaves suspiros e tremores de um dia de verão na Inglaterra. Depois de observar encantada por algum tempo, a neve começou a cair; logo toda a paisagem estava coberta e marcada com tons violetas, em vez da luz amarela do sol. Então, ela viu pesadas carroças passando pelas estradas, carregadas de troncos de árvores que, ela sabia bem, seriam serrados para ser usados como lenha; em seguida, apareceram os telhados, as torres, os campanários e os pátios da sua própria casa. A neve caía de forma constante, e agora ela podia ouvir o som suave que fazia ao descer pelo telhado e chegar ao chão. A fumaça subia de mil chaminés. Tudo estava tão claro e preciso que ela podia ver um corvo bicando a neve, à cata de vermes. Depois, pouco a pouco, as sombras violetas se aprofundaram e cobriram as carroças, os gramados e a mansão. Tudo foi engolido. Não sobrara mais nada da cavidade verde e, em vez dos gramados, restava apenas a encosta ardente da montanha, que parecia ter sido estraçalhada por mil abutres. Nesse momento, ela irrompeu em um choro convulsivo e, voltando com toda a pressa para o acampamento dos ciganos, disse-lhes que deveria partir para a Inglaterra no dia seguinte.

Foi uma felicidade para ela ter feito isso. Os rapazes já haviam planejado a morte dela. A honra deles, diziam, assim o exigia, pois ela não pensava como eles. No entanto, teriam ficado tristes em lhe cortar a garganta, e receberam com alívio a notícia de sua partida. Um navio mercante inglês, por sorte, estava prestes a zarpar do porto, retornando para a Inglaterra, e Orlando, retirando outra pérola do colar, não apenas pagou a passagem, como ainda ficou com algumas notas na carteira. Ela teria gostado de presenteá-las aos ciganos. Mas, sabendo que eles desprezavam a riqueza, teve que se contentar com abraços, que, da parte dela, eram sinceros.

Capítulo 4

Com alguns dos guinéus restantes da venda da décima pérola do colar, Orlando comprou para si um enxoval completo de roupas como as que as mulheres usavam à época e, vestida como uma jovem inglesa da classe alta, sentou-se no convés do Enamoured Lady. Mesmo sendo estranho, a verdade é que, até aquele momento, ela mal havia pensado em seu sexo. Talvez as calças turcas que usara até então tivessem feito algo para desviar seus pensamentos; e as mulheres ciganas, exceto em um ou dois aspectos importantes, diferem muito pouco dos homens. De qualquer modo, foi só quando sentiu o peso das saias sobre as pernas e o capitão se ofereceu — com toda a educação —para providenciar um toldo para ela no convés, que ela se deu conta, com um sobressalto, das desvantagens e dos privilégios de sua posição. Mas esse sobressalto não foi do tipo que se poderia esperar.

Isso porque não foi causado simples e unicamente pela ideia de sua castidade e de como haveria de preservá-la. Em circunstâncias normais, uma bela jovem, sozinha, não teria pensado em outra coisa; todo o edifício da governança feminina é baseado nessa pedra fundamental; a castidade é sua joia, seu pilar central, e elas enlouquecem para protegê-la, e morrem quando a roubam dela. Mas, se alguém foi homem por cerca de trinta anos, e ainda por cima um embaixador, se alguém chegou a segurar uma rainha nos braços e — se forem verdadeiros os rumores, uma ou duas outras mulheres, de posição menos elevada — se alguém se casou com certa Rosina Pepita, e por aí vai, talvez não tenha grandes motivos para sobressaltos. A surpresa de Orlando foi de um tipo muito complexo, e não pode ser resumida em poucas palavras. De fato, ninguém jamais a acusou de ser uma daquelas pessoas de raciocínio rápido que chegam a uma conclusão em um minuto. Levou-lhe toda a extensão da viagem para refletir sobre o significado do sobressalto, e assim, no seu próprio ritmo, nós a acompanharemos.

"Meu Deus", pensou ela, depois de se recuperar do sobressalto, espreguiçando-se sob o toldo, "essa é uma maneira agradável e preguiçosa de se viver, sem dúvida nenhuma. Mas", continuou, agitando as pernas, "essas saias são um verdadeiro tormento para os calcanhares. No entanto, o tecido (um *paduasoy* florido) é o mais bonito do mundo. Nunca vi minha própria pele (nesse momento ela levou a mão ao joelho) tão bela quanto agora. Entretanto, será que eu conseguiria pular no mar e nadar com roupas assim? Não! Por isso, teria de confiar na proteção de um marinheiro. Oponho-me a tal coisa? Será?", perguntou-se, encontrando aqui o primeiro nó na meada de seu pensamento.

O jantar chegou antes que ela tivesse desfeito esse nó e, então, foi o próprio capitão — Nicholas Benedict Bartolus, um comandante de distinta aparência — quem o desfez para ela enquanto lhe servia uma fatia de carne em conserva.

— Um pouco da gordura, minha senhora? — perguntou ele. — Deixe-me cortar um pedacinho bem pequeno, do tamanho da sua unha. — Ao ouvir essas palavras, um delicioso tremor percorreu o corpo dela. Pássaros cantavam, as águas corriam. Isso lhe trouxe à memória a sensação de prazer indescritível que teve ao ver Sasha pela primeira vez, há centenas de anos. Daquela vez, era Orlando quem estava à caça, agora era Orlando quem fugia. Qual é o êxtase maior? O do homem ou o da mulher? Não seriam talvez os mesmos? Não, pensou ela, este é o mais delicioso (agradecendo ao capitão, mas recusando), o de recusar, e vê-lo franzir a testa. Bom, ela aceitaria, já que ele insistia, o menor e mais fininho pedaço do mundo. Esta era a maior delícia de todas, ceder e vê-lo sorrir. "Porque nada", pensou ela, voltando ao seu lugar no convés e continuando o raciocínio, "é mais celestial do que resistir e ceder; ceder e resistir. Certamente, fazê-lo lança o espírito em um êxtase sem igual. Então, talvez", continuou, "eu me jogue ao mar, pelo simples prazer de ser resgatada por um marinheiro".

(É preciso lembrar que ela se sentia como uma criança ganhando acesso a um jardim fechado ou um armário de brinquedos; seus argumentos não seriam apropriados a mulheres maduras, que têm mais experiência de vida.)

— Mas o que nós, jovens a bordo do "Marie Rose", costumávamos dizer a respeito de uma mulher que se jogava ao mar pelo prazer de ser resgatada por um marinheiro? — disse ela. — Tínhamos uma palavra para isso. Ah! Lembrei... — (Mas devemos omitir essa palavra; era extremamente desrespeitosa e inapropriada aos lábios de uma dama.) — Meu Deus! Meu Deus! — exclamou ela novamente, ao concluir seus pensamentos — devo então começar a respeitar a opinião do outro sexo, por mais monstruosa que me pareça? Se uso saias, se não posso nadar, se sou obrigada a ser resgatada por um marinheiro, Deus meu — exclamou — serei obrigada a fazê-lo! — Depois disso, uma sombra recaiu sobre ela. Cândida por natureza e avessa a qualquer tipo de ambiguidade, mentir a entediava. Parecia-lhe uma maneira tortuosa de se fazer as coisas. No entanto, refletiu, o *paduasoy* florido, o prazer de ser resgatada por um marinheiro — se essas coisas só podem ser obtidas por caminhos tortuosos, então terá de seguir assim. Lembrou-se de como, quando jovem, insistira que as mulheres deviam ser obedientes, castas, perfumadas e maravilhosamente vestidas. "Agora terei de pagar pessoalmente por esses desejos", refletiu, "porque as mulheres não são (julgo pela minha própria breve experiência com o sexo) obedientes, castas, perfumadas e maravilhosamente vestidas por natureza. Elas só chegam a atingir tais graças — sem as quais não podem desfrutar de nenhuma das delícias da vida — por meio da mais tediosa disciplina. Há o cuidado com o penteado", pensou ela, "isso vai me tomar uma hora da manhã, e mais uma hora me olhando no espelho; vestir e apertar o corpete; tomar banho e aplicar talco; mudar de seda para renda e de renda para *paduasoy;* ser casta, ano após ano..." Nesse instante, ela fez um movimento de impaciência com o pé e mostrou um ou dois centímetros do tornozelo. Um marinheiro no mastro que, por acaso, olhava para baixo naquele momento, assustou-se tanto que perdeu o equilíbrio, e por pouco não caiu. "Se a visão dos meus tornozelos significa a morte para um homem honesto que, sem dúvida, tem esposa e filhos para sustentar, devo, por compaixão, mantê-los cobertos", pensou Orlando. No entanto, as pernas dela eram uma de suas maiores belezas. E ela começou a refletir sobre como se havia chegado a tão estranha situação, em que toda a beleza de uma mulher precisa ser mantida coberta, para evitar que um marinheiro caia do mastro. — Que maldição! — disse ela, percebendo pela primeira vez o que, em outras circunstâncias, teriam lhe ensinado quando criança, ou seja, as sagradas responsabilidades de ser mulher.

"E essa é a última praga que poderei rogar", pensou, "até por fim colocar os pés em solo inglês. E nunca mais poderei golpear um homem na cabeça, ou lhe dizer que ele mente descaradamente, ou sacar minha espada e perfurar seu corpo, ou me sentar entre meus pares, usar uma coroa, caminhar em procissão, sentenciar um homem à morte, comandar um exército, cavalgar por Whitehall em um corcel, nem mesmo usar setenta e duas medalhas diferentes no peito. Tudo o que poderei fazer, assim que colocar os pés em solo inglês, é servir chá e perguntar aos meus senhores como o preferem. Com açúcar? Com creme?" E, ao imaginar aquelas palavras, ela se horroriza ao perceber a baixa opinião que estava formando do outro sexo, o masculino, ao qual outrora tivera tanto orgulho de pertencer. "Cair de um mastro", pensou, "simplesmente por ter visto os tornozelos de uma mulher; vestir-se como Guy Fawkes[22] e desfilar pelas ruas, para ser elogiado pelas mulheres; negar estudo à mulher, para que ela não ria dele; ser escravo da mais frágil donzela de saias. E, ainda assim, imaginar-se o Senhor da criação... Céus! Como eles nos fazem de tolas — que tolas somos nós!" E aqui pareceria, por certa ambiguidade em suas palavras, que ela censurava ambos os sexos igualmente, como se não pertencesse a nenhum deles; e, de fato, naquele momento, ela dava a impressão de vacilar; era homem; era mulher; conhecia os segredos e compartilhava as fraquezas de ambos. Encontrava-se em um estado mental confuso e vertiginoso. Os consolos da ignorância lhe eram totalmente negados. Não passava de uma pena soprada pelo vento. Assim, não é de se admirar que, ao colocar um sexo contra o outro, e achar cada um alternadamente cheio das mais deploráveis enfermidades, não tivesse certeza se pertencia a um ou outro — não é de se admirar que ela estivesse prestes a gritar que voltaria para a Turquia e se tornaria uma cigana novamente, quando a âncora caiu com grande estrondo no mar, as velas desceram sobre o convés, e ela notou (tão mergulhada estava em seus pensamentos que nada percebera por vários dias) que o navio havia ancorado na costa da Itália. Imediatamente, o capitão mandou virem lhe perguntar se daria a honra de acompanhá-lo no bote que os levaria à terra.

22 Guy Fawkes (1570-1606) foi um soldado inglês católico que conspirou para assassinar o rei da Inglaterra. (N. do T.)

Ao voltar na manhã seguinte, estendeu-se no sofá sob o toldo e arrumou as saias com a maior compostura sobre os tornozelos.

"Ingênuas e pobres como somos quando comparadas com o outro sexo", pensou ela, continuando a frase que havia deixado inacabada no dia anterior, "armadas com todas as armas de que eles dispõem, enquanto nos privam até mesmo de aprender o alfabeto" (e, com essas palavras iniciais, é claro que algo aconteceu durante a noite que a empurrou em direção ao sexo feminino, pois estava falando mais como uma mulher do que como um homem, mas fazendo certo sentido) "ainda assim... eles caem do mastro". Nesse momento, ela soltou um enorme bocejo e adormeceu. Quando acordou, o navio navegava com uma brisa favorável, tão perto da costa que as cidades nas bordas dos penhascos pareciam estar sendo apenas mantidas fora da água pela interposição de alguma grande rocha ou das raízes retorcidas de uma antiga oliveira. O perfume das laranjas que milhões de árvores carregadas de frutas exalavam a alcançou no convés. Uma dúzia de golfinhos azuis, torcendo a cauda, saltavam para o alto de vez em quando. Esticando os braços (pois ela já tinha aprendido que os braços não têm os mesmos efeitos fatais das pernas), agradeceu a Deus por não estar desfilando por Whitehall em um cavalo de guerra, nem mesmo sentenciando um homem à morte. "É melhor", pensou, "portar as vestes da pobreza e da ignorância, que são os trajes obscuros do sexo feminino; melhor deixar que outros cuidem da administração e disciplina do mundo; melhor se livrar da ambição militar, do amor ao poder, e de todos os outros desejos masculinos, se é assim que se pode desfrutar mais plenamente dos mais elevados êxtases conhecidos do espírito humano, e que são...", disse então em voz alta, como era seu hábito quando profundamente tocada — "a contemplação, a solidão e o amor".

— Graças a Deus que sou mulher! — exclamou ela, e estava prestes a se entregar à mais extremada loucura — algo igualmente aflitivo tanto para homens como para mulheres — de se orgulhar de seu sexo, quando se deteve na palavra singular que, por mais que tentemos colocá-la no devido lugar, havia se infiltrado no fim da última frase: Amor. — Amor — disse Orlando. Imediatamente — tal é sua impetuosidade — o amor assumiu uma forma humana — tal é seu orgulho. Pois, enquanto outros pensamentos se contentam em permanecer abstratos, nada o satisfará se não chegar a tomar carne e osso, mantilhas e saias, meias e gibão. E, como todos os amores de Orlando haviam sido mulheres, agora, em virtude da condenável lentidão da forma humana em se adaptar às convenções, embora ela mesma fosse mulher, ainda assim era uma mulher que ela amava; e, se a consciência de ser do mesmo sexo teve algum efeito, foi o de apressar e aprofundar os sentimentos que tivera quando homem, pois agora, mil sugestões e mistérios, antes obscuros, tornaram-se claros para ela. Agora, a escuridão que separa os sexos e permite que permaneçam inúmeras impurezas em sua penumbra foi removida, e se há algo no que o poeta diz sobre a verdade e a beleza, essa afeição ganhou em beleza o que perdeu em falsidade. Por fim, ela exclamou, conhecia Sasha muito bem e, no calor dessa descoberta e na busca por todos aqueles tesouros ora revelados, ela se encontrava tão extasiada e encantada que foi como se uma bala de canhão tivesse explodido em seus ouvidos quando uma voz de homem lhe disse: — Permita-me, senhora — e a mão de um homem a ajudou a se levantar; e os dedos de um homem, com um navio de três mastros tatuado no dedo médio, apontaram para o horizonte.

— As falésias da Inglaterra, minha senhora — disse o capitão, e levantou a mão que apontara para o céu para a saudação. Orlando teve agora um segundo sobressalto, ainda mais violento do que o primeiro.

— Jesus Cristo! — exclamou ela.

Felizmente, a visão da terra natal após longa ausência serviu como desculpa tanto para o sobressalto como para a exclamação, ou teria sido difícil explicar ao capitão Bartolus as emoções conflituosas e arrebatadoras que agora fervilhavam dentro dela. Como lhe contar que ela, que agora tremia em seu braço, fora um duque e embaixador? Como explicar que ela, envolta como um lírio nas dobras do *paduasoy*, já tinha cortado cabeças e se deitado com prostitutas entre sacos de tesouro nos porões de navios piratas em noites de verão, quando as tulipas estavam em flor e as abelhas zuniam em *Wapping Old Stairs*? Nem mesmo para si mesma ela conseguia explicar o grande sobressalto que teve, assim que a resoluta mão direita do capitão do navio indicou as falésias das Ilhas Britânicas.

— Como é delicioso recusar e ceder — murmurou ela — como é magnífico perseguir e conquistar; como é sublime perceber e convencer. — Nenhuma dessas palavras assim unidas lhe parecia errada; no entanto, à medida que as falésias de calcário se aproximavam, ela se sentiu culpada, desonrada, impura — o que era estranho para alguém que nunca havia dado importância àquilo. Aproximavam-se cada vez mais, até que os catadores de funcho-marinho, pendurados à meia altura dos penhascos, tornaram-se claramente visíveis a olho nu. E ao observá-los, ela sentiu — correndo dentro dela, como um espírito zombeteiro que a qualquer momento seria capaz de levantar suas saias e desaparecer de vista —Sasha, a perdida, Sasha, a memória, cuja realidade ela acabara de provar de maneira tão surpreendente — Sasha fazendo caretas e todo tipo de gestos desrespeitosos na direção das falésias e dos catadores de funcho; e, quando os marinheiros começaram a cantar "Adeus, Senhoras da Espanha", as palavras ecoaram no coração triste de Orlando, e ela sentiu que, por mais que desembarcar ali significasse conforto, opulência, importância e posição social (pois, sem dúvida, ela tomaria algum nobre príncipe e reinaria, como sua consorte, sobre metade de Yorkshire), ainda assim, se também significasse convencionalismo, escravidão, falsidade, se significasse negar seu amor, amarrar os membros, apertar os lábios e restringir a língua, então ela daria meia-volta naquele navio e zarparia novamente para os ciganos.

Entretanto, em meio à agitação daqueles pensamentos, surgiu, como uma cúpula de mármore branco e liso, algo que, fato ou fantasia, era tão impressionante para sua imaginação febril que ela se fixou nele como um enxame de libélulas vibrantes pousa, com aparente satisfação, sobre a redoma de vidro que abriga uma planta delicada. Sua forma, por um acaso da fantasia, lembrava aquela memória antiga e persistente — o homem de testa grande na sala de estar de Twitchett, o homem que ficava sentado escrevendo, ou melhor, olhando, mas certamente não para ela, pois ele nunca parecia tê-la visto ali, toda elegante, o lindo jovem que ela certamente deveria ter sido — não podia negar, e sempre que pensava nele, o pensamento se espalhava ao seu redor, como a lua cheia sobre águas turbulentas, um lençol de prateada tranquilidade. Levou então a mão ao peito (a outra ainda se encontrava de posse do capitão), no qual as páginas de seu poema estavam escondidas com segurança. Era como se guardasse um talismã ali. A aflição com o sexo desapareceu — qual era o dela, e o que significava — agora pensava apenas na glória da poesia, e os grandes versos de Marlowe, Shakespeare, Ben Jonson e Milton começaram a ecoar e reverberar, como se um badalo dourado batesse contra um sino na torre da catedral que era a mente dela. Na verdade, a imagem da cúpula de mármore que seus olhos haviam descoberto tão vagamente sugerindo a testa de um poeta e, assim, despertando um bando de ideias irrelevantes, não era uma fantasia, e sim uma realidade; e, à medida que o navio avançava pelo Tâmisa, com vento favorável, a imagem e todas as suas associações deram lugar à verdade, revelando-se nada mais, nada menos do que a cúpula de uma vasta catedral, erguendo-se em meio a um emaranhado de pináculos brancos.

— A Catedral de St. Paul — disse o capitão Bartolus, que permanecia ao lado dela. — A Torre de Londres — continuou. — O Hospital de Greenwich, erguido em memória da Rainha Maria pelo marido, o falecido Guilherme III. A Abadia de Westminster. As Casas do Parlamento. — À medida que falava, cada um dos famosos prédios se tornava visível. Era uma bela manhã de setembro. Um sem-número de embarcações cruzava o rio de margem a margem. Raramente espetáculo mais alegre ou mais interessante havia se oferecido ao olhar de um viajante em regresso. Orlando se postou na proa, maravilhada com a vista. Seus olhos tinham se acostumado por tempo demais com selvagens e a natureza, para não se encantar com tamanhas glórias urbanas. Aquela, então, era a cúpula da Catedral de St. Paul que o sr. Wren havia construído durante a sua ausência. Perto dali, uma urna dourada surgiu na ponta de uma coluna — o capitão Bartolus estava ao lado dela para informar que se tratava do Monumento, e que tinha havido uma peste e um incêndio durante a ausência dela. Por mais que se esforçasse para conter as lágrimas, seus olhos ficaram marejados, até que, lembrando que pega bem para uma mulher chorar, deixou-as correr. Ali, pensou, havia sido instalado o grande parque de diversões. E lá, onde as ondas batiam com força, ficava o Pavilhão Real. Aqui, ela encontrara Sasha pela primeira vez. Mais ou menos ali (olhou para o fundo das águas cristalinas), todos haviam se acostumado a ver a mulher do bote congelada, com as maçãs no colo. Todo aquele esplendor e depravação era coisa do passado. Haviam terminado também a noite escura, o monstruoso dilúvio, os violentos vagalhões da inundação. Ali, onde blocos de gelo amarelados tinham corrido em rodopios carregando uma tripulação de infelizes aterrorizados, flutuava agora um bando de cisnes, orgulhosos, ondulantes, soberbos. Mesmo Londres havia mudado completamente desde que a vira pela última vez. Naquela época, lembrava-se, não passava de um amontoado de casinhas acanhadas e lúgubres. As cabeças dos rebeldes sorriam irônicas no alto das lanças em

Temple Bar. Os paralelepípedos das ruas fediam a lixo e esterco. Agora, enquanto o navio passava diante de Wapping, ela viu de relance ruas largas e bem-ordenadas. Carruagens imponentes, puxadas por juntas de cavalos bem alimentados, eram vistas à porta de casas em que as janelas salientes e arredondadas, assim como as vidraças e ferrolhos polidos, testemunhavam a riqueza e recatada dignidade dos moradores. Senhoras com vestidos de seda florida (ela tomara a luneta do capitão) caminhavam pelas calçadas erguidas acima do nível das ruas. Homens em casacos bordados cheiravam rapé nas esquinas, sob os lampiões. Placas agitadas ao vento com desenhos de tabaco, tecidos, seda, ouro, prataria, luvas, perfumes e mil outros artigos mostravam a grande variedade do que era vendido nas lojas. Enquanto o navio se aproximava do ancoradouro próximo à Ponte de Londres, só foi possível ver de passagem as janelas dos cafés em cuja sacada aberta, já que fazia bom tempo, grande número de cidadãos decentes se acomodava com pratos de porcelana diante deles e cachimbos de barro ao lado, enquanto um deles, que lia o jornal, era frequentemente interrompido pelo riso ou pelos comentários dos demais. Seriam tavernas, seriam intelectuais, seriam poetas?, perguntou ao capitão Bartolus, que lhe informou amavelmente que, mesmo agora — se ela virasse a cabeça um pouquinho para a esquerda e olhasse para onde apontava seu indicador — assim — estavam passando diante da Cocoa Tree, em que — sim, lá estava ele — podia-se ver o sr. Addison[23] tomando café; os outros dois senhores — lá, minha senhora, um pouco à direita do lampião, um deles corcunda, o outro como nós — eram o sr. Dryden[24] e o sr. Pope[25]. Pobres-diabos — disse o capitão, que-

23 Joseph Addison (1672-1719) foi um poeta e ensaísta inglês. (N. do T.)

24 John Dryden (1631-1700) foi um poeta, crítico literário e dramaturgo inglês. (N. do T.)

25 Alexander Pope (1688-1744) foi um dos maiores poetas britânicos do século 18, famoso pela tradução de Homero. (N. do T.)

rendo com isso dizer que eram papistas — mas, não obstante, homens de talento — acrescentou, correndo para a popa a fim de supervisionar os preparativos de atracação.

— Addison, Dryden, Pope — Orlando repetiu como se as palavras fossem uma invocação. Por um momento, ela viu as altas montanhas acima de Broussa; no seguinte, tinha colocado os pés na terra natal.

***

Mas, agora, Orlando haveria de aprender quão pouco o mais tempestuoso suspiro de excitação vale contra a ironia do semblante da lei; quão mais dura do que as pedras da Ponte de Londres e mais severa do que a boca de um canhão. Mal havia retornado à sua casa em Blackfriars, foi imediatamente informada por uma sucessão de agentes de Bow Street e outros graves emissários dos Tribunais de que ela era ré em três grandes processos que haviam sido movidos contra ela durante sua ausência, assim como em inúmeros litígios menores, alguns resultantes e outros dependentes dos anteriores. As principais acusações contra ela eram (1) que estava morta e, portanto, não poderia possuir qualquer propriedade; (2) que era mulher, o que equivale a dizer o mesmo; (3) que era um duque inglês casado com uma tal Rosina Pepita, uma dançarina, com quem tivera três filhos que, agora, declarando que o pai havia falecido, reivindicavam o legado de toda a sua propriedade. Acusações tão graves como estas, naturalmente, levariam tempo e dinheiro para serem resolvidas. Tudo o que possuía ficou sob o controle do lorde Chanceler, e seus títulos foram suspensos enquanto os processos corriam. Assim, foi em uma condição extremamente ambígua, sem saber se estava viva ou morta, se era homem ou mulher, duque ou um joão-ninguém, que ela se dirigiu para a casa de campo, onde, à espera do julgamento, tinha a permissão da Lei para residir, contanto que se mantivesse incógnito, ou incógnita, conforme a decisão do caso.

Era uma bela noite de dezembro quando ela chegou, e a neve caía e as sombras violetas se inclinavam, assim como ela havia visto do topo da colina em Broussa. A mansão parecia mais uma cidade do que uma casa, marrom e azul, rosa e púrpura na neve, com todas as chaminés fumegando ativamente, como se tivessem vida própria. Ela não pôde conter um grito ao vê-la ali, tranquila e maciça, repousando sobre os prados. Quando o coche amarelo entrou no parque e avançou pela alameda, entre as árvores, os cervos vermelhos ergueram a cabeça, atentos, e se observou que, em vez de demonstrar a timidez natural da espécie, seguiram o coche e ficaram ao redor do pátio quando ele parou. Alguns agitaram as galhadas, outros reviraram o chão com as patas enquanto o degrau era abaixado e Orlando descia. Dizem, na verdade, que um deles se ajoelhou na neve diante dela. Orlando nem sequer teve tempo de estender a mão até a aldrava antes que ambas as asas da grande porta fossem abertas, e lá, com luzes e tochas erguidas acima da cabeça, estavam a sra. Grimsditch, o sr. Dupper e todo um séquito de criados para recebê-la. Mas a ordenada procissão foi interrompida primeiro pela impetuosidade de Canute, o cachorro caçador de alces, que se atirou com tanto ardor sobre sua senhora que quase a derrubou no chão; depois, pela agitação da sra. Grimsditch que, prestes a se curvar, foi dominada pela emoção e só conseguiu balbuciar — Meu Senhor! Minha Senhora! Minha Senhora! Meu Senhor! — até que Orlando a consolasse com um beijo afetuoso em ambas as faces. Depois disso, o sr. Dupper começou a ler de um pergaminho, mas não conseguiu fazê-lo até o fim — com os cães latindo, os caçadores tocando suas trompas, e os cervos, que haviam entrado no pátio em meio à confusão uivando para a lua — e o grupo se dispersou pela casa depois de ter se aglomerado ao redor de sua senhora, manifestando de todas as maneiras possíveis grande alegria com seu retorno.

Ninguém demonstrou a menor suspeita de que Orlando não fosse o Orlando que tinham conhecido. Se houvesse qualquer dúvida nas mentes humanas, a atitude dos cervos e dos cães teria sido suficiente para dissipá-la, pois os animais, como bem sabemos, são juízes muito melhores tanto da identidade como do caráter do que nós. Além disso, disse a sra. Grimsditch ao sr. Dupper, enquanto tomava o chá naquela noite, se o seu senhor era agora uma senhora, ela nunca tinha visto uma mais encantadora, nem havia motivos para ter de escolher entre os dois; e ambos eram iguais, tão parecidos quanto dois pêssegos em um galho; e, disse a sra. Grimsditch, assumindo um tom sigiloso, ela sempre tivera suas suspeitas (acenando com a cabeça misteriosamente), e nada daquilo lhe causava surpresa (sacudindo a cabeça sabiamente), e sim um grande alívio; pois, com as toalhas precisando de conserto e as cortinas da sala de estar do capelão roídas pelas traças nas beiradas, já era hora de terem uma senhora na casa.

— E que venham alguns fedelhos depois dela — acrescentou o sr. Dupper, privilegiado pela posição de seu ofício sagrado, podendo falar abertamente de questões delicadas como essa.

Assim, enquanto os velhos criados fofocavam na sua ala, Orlando pegou um castiçal de prata na mão e percorreu mais uma vez os saguões, as galerias, os pátios, os quartos; viu novamente o rosto sombrio do lorde Chanceler, daquele lorde Camareiro, entre seus ancestrais; sentou-se neste trono, reclinou-se naquele dossel; observou as tapeçarias balançarem sob efeito da brisa; reviu os caçadores montados e Dafne voando; molhou a mão, como costumava fazer quando criança, na poça de luz amarela que o luar projetava através do leopardo heráldico na janela; deslizou ao longo das tábuas polidas da galeria, cuja parte inferior era de madeira áspera; tocou esta seda, aquele cetim; imaginou que os golfinhos esculpidos nadavam; penteou o cabelo com a escova de prata do Rei Jaime; enterrou o rosto no *pot-pourri*, que era feito como o Conquistador lhes ensinara há muitas centenas de anos, e com as mesmas rosas; olhou para o jardim e imaginou os açafrões-da-primavera e as dálias adormecidos; viu as frágeis ninfas brilhando branquíssimas na neve e, atrás, as grandes sebes negras de teixos, grossas como uma casa; viu as laranjeiras e as gigantescas nespereiras — viu tudo isso, e cada visão, cada som, aqui descrito rudemente, encheu seu coração de tanto prazer e tanta alegria que, por fim, exausta, ela entrou na capela e se afundou na velha poltrona vermelha em que seus ancestrais costumavam ouvir a missa. Lá, acendeu um charuto (era um hábito que trouxera do Oriente) e abriu o Livro de Orações.

Era um pequeno livro encadernado de veludo, costurado com fios de ouro, que havia estado nas mãos de Maria da Escócia ao subir no cadafalso, e um olhar benévolo poderia detectar a mancha marrom, que diziam ter sido feita por uma gota de sangue real. Mas quem ousaria dizer que espécie de pensamentos piedosos aquilo despertava em Orlando, que paixões malignas acalmava, ao ver que, de todas as comunhões, esta com a divindade é a mais inescrutável? Romancistas, poetas, historiadores, todos vacilam, com a mão na porta; e nem o próprio crente nos ilumina, pois, acaso está ele mais disposto a morrer do que as outras pessoas, ou mais ansioso para compartilhar seus bens? Não mantém ele tantas criadas e cavalos de carruagens quanto os outros? E, ainda assim, a despeito de tudo isso, professa uma fé que diz que tais bens são frutos da vaidade e que a morte é desejável. No livro de orações da rainha, com a mancha de sangue, também havia uma mecha de cabelo e uma migalha de doce; Orlando agora adicionava a essas relíquias uma lasca de tabaco, e assim, lendo e fumando, deixava-se emocionar pela combinação humana de todas aquelas coisas — o cabelo, o doce, a mancha de sangue, o tabaco — a um estado de contemplação que lhe dava uma expressão reverente adequada às circunstâncias, embora, segundo se diz, ela não transitasse nos mesmo lugares que o Deus usual. Nada, no entanto, pode ser mais arrogante, embora nada seja mais comum, do que assumir que há apenas um Deus e somente a religião do falante. Orlando, ao que parecia, tinha uma fé própria. Com todo o ardor religioso do mundo, ela agora refletia sobre seus pecados e as imperfeições que haviam se infiltrado em seu estado espiritual. A letra "S", refletia, é a serpente no Éden do poeta. Fizesse o que fizesse, ainda havia muitos desses répteis pecadores nas primeiras estrofes de "O Carvalho". Mas, na opinião dela, o "S" não era nada, comparado com a terminação "ndo". O particípio presente é o próprio Diabo, pensou ela, agora que estamos em um lugar em que se acredita em diabos. Evitar essas tentações é o primeiro dever do poeta, concluiu, pois, como o ouvido é a antecâmara da alma, a poesia pode adulterar e destruir mais seguramente do que a luxúria ou a pólvora. A função do poeta, então, é a mais alta de todas, continuou ela. Suas palavras alcançam lugares aonde outras jamais chegam. Uma canção tola de Shakespeare fez mais pelos pobres e pérfidos do que todos os pregadores e filantropos do mundo. Por isso, nenhum desperdício de tempo, nenhuma devoção será grande demais, se for para tornar o veículo de nossa mensagem menos distorcido. Devemos moldar nossas palavras até que se tornem o mais fino invólucro para nossos pensamentos. Os pensamentos são divinos etc. Assim, é óbvio que ela estava de volta aos limites da própria religião, que o tempo só havia fortalecido em sua ausência, e rapidamente adquiria a intolerância da crença.

"Estou crescendo", pensou ela, pegando por fim sua vela. — Estou perdendo algumas ilusões — disse então, fechando o livro da Rainha Maria — para, talvez, adquirir outras — e desceu entre os túmulos onde os ossos de seus ancestrais estavam enterrados.

Mas, até mesmo os ossos de seus ancestrais, *sir* Miles, *sir* Gervase e os outros, haviam perdido algo de sua santidade desde que Rustum el Sadi acenara com a mão naquela noite nas montanhas asiáticas. De alguma maneira, o fato de que apenas trezentos ou quatrocentos anos atrás aqueles esqueletos haviam sido homens, com seu caminho a fazer no mundo, como qualquer arrivista moderno, e que o fizeram adquirindo casas e cargos, faixas e fitas, como qualquer outro arrivista, enquanto poetas, talvez, e homens de grande talento e educação preferiam a quietude do campo, pagando por essa escolha com a extrema pobreza, e agora vendiam jornais em Strand, ou pastoreavam ovelhas nos campos, encheu-a de remorso. Ela pensou nas pirâmides egípcias e nos ossos debaixo delas enquanto estava na cripta; e as vastas e desoladas colinas que se elevam acima do Mar de Mármara pareceram, por um momento, um lugar de morada mais bonito do que esta mansão de muitos quartos, em que não faltava colcha em nenhuma cama e nenhuma tampa de prata em nenhuma baixela de prata.

"Estou crescendo", pensou ela, pegando a vela. "Estou perdendo minhas ilusões, talvez para adquirir outras", e caminhou pela longa galeria até seu quarto. Era um processo desagradável, e difícil. Mas era incrivelmente interessante, pensou ela, esticando as pernas para perto da lareira (pois não havia nenhum marinheiro presente), e se relembrou, como se fosse uma avenida com grandes edifícios, do próprio progresso ao longo de seu passado.

Como ela havia amado os sons quando era menino, e como achara que o bombardeio de sílabas tumultuadas nos lábios era a melhor poesia de todas. Então – talvez o efeito de Sasha e da desilusão que ela causara – naquele imenso frenesi deixou cair uma gota negra, que transformou sua rapsódia em lentidão. Lentamente, algo intricado e cheio de compartimentos foi se abrindo dentro dela, algo que se deve explorar com uma tocha, em prosa, não em verso; e ela se lembrou de como estudara apaixonadamente aquele doutor de Norwich, Browne, cujo livro estava ali ao seu alcance. Formara ali, na solidão e depois de seu envolvimento com Greene — ou tentara formar, pois Deus sabe que essas formas demoram a amadurecer — um espírito capaz de resistência. — Vou escrever — dissera ela — o que gosto de escrever — e, por isso, destruíra vinte e seis volumes. Ainda assim, por mais que tivesse viajado e vivido aventuras, e tivesse refletido profundamente, indo de um lado para outro, ela ainda continuava simplesmente em processo de fabricação. O que o futuro poderia trazer só Deus sabia. A mudança era incessante, e talvez nunca cessasse. Altas muralhas de pensamento, hábitos que pareciam duráveis como pedra, caíam como sombras ao toque de outra mente, e deixavam em seu lugar um céu nu com estrelas novas brilhando nele. Nesse instante, ela foi até a janela e, apesar do frio, não pôde deixar de destrancá-la. Inclinou-se para fora, para o ar úmido da noite. Ouviu uma raposa regougar na floresta e o barulho de um faisão passando por entre os galhos. Ouviu a neve escorregar e cair do telhado até o chão. — Por Deus — exclamou — isto é mil vezes melhor do que a Turquia. Rustum — gritou ela, como se estivesse discutindo com o cigano (e com esse novo poder de manter uma discussão na mente e debater com alguém que não estava ali para contradizer, ela mostrou novamente o desenvolvimento de sua alma) — você estava errado. Isto é melhor do que a Turquia. Cabelo, doce, tabaco — de que miudezas somos compostos — disse ainda (pensando no livro de orações da Rainha Maria). — Que fantasmagoria é a mente, que lugar de encontro de dessemelhanças! Em um instante, lamentamos nosso nascimento e riqueza, aspirando a uma exaltação ascética; no seguinte, somos vencidos pelo cheiro de um antigo caminho em um jardim e choramos ao ouvir os tordos cantar. — E assim, confusa como sempre pela multidão de coisas que pedem explicação e imprimem sua mensagem sem deixar a menor pista acerca do significado, ela atirou o charuto pela janela e foi para a cama.

Na manhã seguinte, em continuidade a esses pensamentos, ela pegou a pena e o papel e recomeçou "O Carvalho", pois dispor de tinta e papel à vontade depois de ter que se virar com frutos e margens é uma alegria incomparável. Assim, ela ora riscava uma frase nas profundezas do desespero, ora nas elevações do êxtase escrevia outra, até que uma sombra escureceu a página. Ela rapidamente escondeu o manuscrito.

Como sua janela dava para o pátio mais central e ela havia dado ordens para não receber visitas, como não conhecia ninguém e era, ela própria, legalmente desconhecida, surpreendeu-se primeiro com a sombra, depois ficou indignada com ela e, por fim (quando olhou para cima e viu quem a causara) foi dominada pela alegria. Pois era uma sombra familiar, uma sombra grotesca, a sombra de ninguém menos do que a Arquiduquesa Harriet Griselda de Finster-Aarhorn e Scand-op-Boom, do território romeno. Estava correndo pelo pátio em seu velho traje de montaria e capa preta, como antes. Nenhum fio de cabelo da cabeça dela havia mudado. Era nada menos do que a mulher que a havia expulsado da Inglaterra! Eis ali o ninho daquela ave obscena — a ave fatal em pessoa! Ao pensar que havia fugido até a Turquia para evitar suas seduções (agora, completamente inócuas), Orlando riu alto. Havia algo inexprimivelmente cômico naquela cena. Ela se parecia, como Orlando já havia pensado antes, com uma lebre monstruosa. Ela tinha os olhos arregalados, as faces flácidas e os mesmos cabelos eriçados desse animal. Agora havia parado, como uma lebre se senta ereta no campo quando se acha invisível, e ficou encarando Orlando, que a olhou de volta pela janela. Depois de se encararem por um tempo, não havia outra opção senão chamá-la para dentro, e logo as duas damas trocavam cumprimentos enquanto a arquiduquesa sacudia a neve da capa.

— Que o diabo leve as mulheres — disse Orlando para si mesma, indo até o armário pegar um copo de vinho — elas nunca nos deixam em paz. Não há gente mais curiosa, inquisitiva e intrometida. Foi para escapar dessa magricela que deixei a Inglaterra, e agora... — nesse momento ela se virou para entregar a bandeja à arquiduquesa e, ora, ora, no lugar dela estava um homem alto vestido de preto. Via-se um monte de roupas próximo à lareira. Ela estava sozinha com um homem.

Conscientizando-se subitamente de seu sexo, que havia completamente esquecido, e do dele, distante o suficiente para ser igualmente perturbador, Orlando se sentiu prestes a desmaiar.

— Ah! — exclamou ela, colocando a mão na cintura — como você me assustou!

— Gentil criatura — exclamou a arquiduquesa, ajoelhando-se e, ao mesmo tempo, levando um cálice de licor aos lábios de Orlando — perdoe-me por tê-la enganado!

Orlando bebeu o vinho, e o arquiduque se ajoelhou, beijando-lhe a mão.

Em suma, ambos desempenharam o papel de homem e o de mulher com grande vigor durante dez minutos e, depois, passaram a conversar com naturalidade. A arquiduquesa (que, daqui em diante, deve ser chamada de arquiduque) contou sua história — que era homem e sempre o fora; que vira um retrato de Orlando e se apaixonara perdidamente por ele; que, para alcançar seus fins, vestira-se de mulher e se hospedara sobre a padaria; que ficara arrasado quando ele fugiu para a Turquia; que soubera de sua mudança e se apressara em oferecer seus serviços (nesse ponto, ele riu, divertindo-se de maneira intolerável). Pois para ele, disse o arquiduque Harry, ela era e sempre seria o Pináculo, a Pérola, a Perfeição de seu sexo. Os três "pês" teriam sido mais persuasivos se não tivessem sido intercalados por risadinhas e as mais estranhas gargalhadas. — Se isso é amor — disse Orlando para si mesma, olhando para o arquiduque do outro lado da lareira e, agora, do ponto de vista feminino — há algo nele de profundamente ridículo.

Pondo-se de joelhos, o Arquiduque Harry fez a mais apaixonada declaração de amor. Contou-lhe que tinha algo como vinte milhões de ducados em um cofre em seu castelo. Tinha mais terras do que qualquer nobre da Inglaterra. A caça era excelente:

poderia lhe prometer uma variedade de perdizes e tetrazes com que nenhum pântano inglês, ou mesmo escocês, haveria de rivalizar. Verdade que os faisões haviam sofrido de um mal no pescoço em sua ausência, e as corças haviam perdido as crias, mas isso poderia ser resolvido, e assim seria, com a ajuda dela quando vivessem juntos na Romênia.

Enquanto ele falava, enormes lágrimas se formaram em seus olhos, um tanto quanto proeminentes, e desceram pelas trilhas arenosas de sua face comprida e magra.

Que os homens choram com a mesma frequência e da mesma maneira irracional que as mulheres, Orlando sabia por experiência própria como homem; mas começava a perceber que as mulheres deveriam se chocar quando os homens demonstravam emoção na presença delas e, então, chocada ela ficou.

O arquiduque pediu desculpas. Conseguiu se controlar o suficiente para dizer que a deixaria então, mas voltaria no dia seguinte para obter a resposta dela.

Tudo isso aconteceu em uma terça-feira. Ele voltou na quarta, na quinta, na sexta e no sábado. É verdade que cada visita começava, continuava e terminava com uma declaração de amor, mas, entre elas, havia muito espaço para o silêncio. Sentavam-se de cada lado da lareira e, às vezes, o arquiduque derrubava as tenazes e Orlando as arrumava no lugar. Então, o arquiduque se lembraria de como havia caçado um alce na Suécia, e Orlando perguntaria se era um alce muito grande, e o arquiduque diria que não era tão grande quanto a rena que caçara na Noruega; e Orlando perguntaria se ele já havia caçado um tigre, e o arquiduque diria que caçara um albatroz, e Orlando perguntaria (meio escondendo um bocejo) se um albatroz era tão grande quanto um elefante, e o arquiduque diria — algo muito sensato, sem dúvida, mas Orlando não ouvia, pois estava olhando para a escrivaninha, pela janela ou para a porta. Ao que o arquiduque diria — Eu te adoro — exatamente no mesmo momento em que

Orlando dizia — Veja, está começando a chover — fazendo com que ambos ficassem bastante constrangidos, corassem, nenhum dos dois sabendo o que dizer a seguir. De fato, Orlando estava à beira do desespero, sem ter o que dizer e, caso não tivesse se lembrado de um jogo chamado Fly Loo, em que grandes somas de dinheiro podem ser perdidas sem se gastar muita inteligência, ela teria sido obrigada a se casar com ele, supôs, simplesmente por não saber como se livrar dele. Graças a esse artifício, no entanto — um artifício simples, precisando apenas de três pedaços de açúcar e quantidade suficiente de moscas — o constrangimento da conversa foi superado e a necessidade de casamento, evitada. Pois, agora, o arquiduque apostaria quinhentas libras contra uma moeda de cobre toda vez que uma mosca pousasse neste torrão de açúcar e não naquele. Assim, passariam uma manhã inteira assistindo às moscas (que, naturalmente, encontravam-se bastante indolentes naquela estação do ano e passavam uma hora ou mais dando voltas no teto) até que, por fim, uma bela mosca-varejeira fizesse sua escolha e a aposta fosse encerrada. Muitas centenas de libras mudaram de mãos entre eles naquele jogo, que o arquiduque, um jogador nato, jurava ser tão bom quanto as corridas de cavalos, e afirmava poder jogá-lo para sempre. Mas Orlando logo começou a se cansar.

"Qual é a vantagem de ser uma jovem mulher, na flor da idade", perguntou-se ela, "se tenho de passar todas as minhas manhãs assistindo às moscas com um arquiduque?"

Ela começou a detestar a simples visão do açúcar, e as moscas a deixavam tonta. Pensou que deveria haver alguma maneira de sair daquela enrascada, mas ainda não tinha experiência nas artes de seu sexo e, como não podia mais derrubar um homem com um golpe na cabeça ou atravessá-lo com uma espada, não conseguia pensar em outro método melhor do que o seguinte: agarrou uma mosca-varejeira e a apertou gentilmente até lhe tirar a vida (já estava quase morta, ou sua bondade para com os seres irracionais não lhe teria permitido fazê-lo) e a prendeu com uma gota de goma arábica em um torrão de açúcar. Enquanto o arquiduque estava olhando para o teto, ela habilidosamente substituiu aquele torrão pelo que havia apostado e, gritando — Loo! Loo! — declarou que havia ganhado a aposta. Imaginara que o arquiduque, com todo o seu conhecimento de esportes e corridas de cavalos, detectaria a fraude e — como trapacear no Loo é um crime dos mais hediondos, e homens já haviam sido banidos para sempre da sociedade humana para a dos macacos nos trópicos por isso — se mostraria homem o suficiente para se recusar a ter algo mais a ver com ela. Mas ela subestimou a simplicidade do bom nobre. Ele não era um bom juiz de moscas. Uma mosca morta lhe parecia tão boa quanto uma viva. Ela executou o mesmo truque por vinte vezes, e o arquiduque teve de lhe pagar mais de 17.250 libras (o que equivale, hoje, a cerca de 40.885 libras, seis xelins e oito pence) antes que Orlando trapaceasse de tal modo que até mesmo ele não pudesse mais ser enganado. Quando finalmente percebeu a verdade, seguiu-se uma cena dolorosa. O arquiduque se levantou, endireitando as costas, e corou de vergonha. Lágrimas rolavam de seus olhos, uma a uma. O fato de ela ter lhe roubado uma fortuna não era nada — que ela continuasse com o dinheiro; o fato de tê-lo enganado era diferente — doía-lhe pensar que ela fosse capaz disso; mas o fato de ela ter trapaceado no Loo era crucial. Amar uma mulher que trapaceia no jogo era, disse ele, impossível. Nesse instante, ele caiu em um choro incontrolável. Felizmente, disse ele, recuperando-se um pouco, não havia testemunhas. Afinal, ela era apenas uma mulher, adicionou. Em resumo, ele estava disposto, com o cavalheirismo de seu coração, a perdoá-la e pronto a lhe pedir perdão pela violência de sua linguagem, quando ela encerrou abruptamente aquele assunto, introduzindo um sapinho entre a pele e a camisa dele no instante em que ele curvara a cabeça orgulhosa.

Para lhe fazer justiça, deve-se dizer que ela teria infinitamente preferido um espadim. Sapos são coisas pegajosas de se esconder por entre as roupas durante uma manhã inteira. Mas, se o uso dos espadins não é possível, deve-se recorrer aos sapos. Além disso, os sapos e alguns risos entre eles, às vezes, mostram-se capazes de fazer o que o aço frio não consegue. Ela riu. O arquiduque corou. Ela riu. O arquiduque praguejou. Ela riu. O arquiduque bateu a porta.

— Louvado seja Deus! — exclamou Orlando, ainda rindo. Ela ouviu o som das rodas de uma carruagem sendo conduzida em disparada pelo pátio e pela estrada. O som foi ficando cada vez mais fraco. Por fim, desapareceu por completo.

— Estou sozinha — disse Orlando, em voz alta, já que não havia ninguém para ouvir.

Dizem que o silêncio depois do ruído é ainda mais profundo, o que requer a confirmação da ciência. Mas muitas mulheres juram que a solidão é ainda mais evidente logo depois de terem sido amadas. À medida que o som das rodas da carruagem do arquiduque se extinguia, Orlando sentiu que algo se afastava dela, cada vez mais e mais: um arquiduque (isso não a incomodava), uma fortuna (isso não a incomodava), um título (isso não a incomodava), a segurança e as circunstâncias da vida de casada (isso não a incomodava), e também a vida e um amante. — A vida e um amante — murmurou ela e, indo até a escrivaninha, mergulhou a pena na tinta e escreveu:

— A vida e um amante — um verso que não rimava e não fazia sentido com o que vinha antes — algo acerca da maneira correta de banhar ovelhas a fim de evitar a sarna. Ao ler novamente o que havia escrito, ela corou e repetiu:

— A vida e um amante. — Então, deixando a pena de lado, ela foi até o quarto, parou em frente ao espelho e arrumou as pérolas ao redor do pescoço. Como as pérolas não combinavam com o vestido de algodão estampado, trocou-o por um de tafetá cinza-pombo; depois por outro, de um tom pêssego; e, por fim, por um de brocado, cor de vinho. Talvez fosse necessário um pouco de pó, e se penteasse os cabelos — assim, ao redor da testa — talvez ficasse melhor. Então, calçou sapatos de bico fino e colocou um anel de esmeralda no dedo. — Agora, sim — disse quando tudo estava pronto, e acendeu os candelabros de prata de cada lado do espelho. Que mulher não teria se encantado ao ver o que Orlando viu então, queimando na neve — pois, ao redor do espelho, havia gramados cobertos de neve, e ela era como o fogo, um arbusto ardente, e as chamas das velas ao redor de sua cabeça eram como folhas de prata; ou, então, o espelho era uma enseada verde, e ela, uma sereia adornada de pérolas, uma sereia em uma caverna, cantando de forma que os remadores se inclinavam dos barcos e caíam na água, caíam para abraçá-la; era tão escura, tão brilhante, tão dura, tão suave, mostrava-se tão maravilhosamente sedutora, que era uma pena que não houvesse mais ninguém ali para dizê-lo de maneira clara e direta: — Maldição, a senhora é a personificação da beleza — o que era a mais pura verdade. Mesmo Orlando (que não era vaidosa) tinha consciência disso, pois soltou o sorriso involuntário que as mulheres soltam quando a própria beleza, que parece não ser sua, forma-se como uma gota que cai ou uma fonte que jorra e as confronta subitamente no espelho — sorriu tal sorriso e, depois, passou a escutar por um momento, ouvindo apenas as folhas sendo sopradas e os pardais chilreando e, então, suspirou: — A vida, um amante — virando-se sobre os calcanhares com uma rapidez extraordinária; arrancou as pérolas do pescoço, despiu os cetins, ficou ereta nos calções simples de seda preta de um nobre comum, e tocou a sineta. Quando o criado chegou, ela mandou preparar imediatamente uma carruagem com seis cavalos. Assuntos urgentes a chamavam a Londres. E menos de uma hora depois da partida do arquiduque, já estava a caminho.

E, enquanto ela viajava, podemos aproveitar a oportunidade — já que a simples paisagem inglesa é tão conhecida que não precisa de descrição — para chamar a atenção do leitor para uma ou duas observações que surgiram aqui e ali ao longo da narrativa. Por exemplo, notou-se que Orlando escondia seus manuscritos quando interrompida. Em seguida, que ela olhava longa e atentamente no espelho; e agora, enquanto viajava para Londres, poderiam perceber seu sobressalto e o reprimir de um grito quando os cavalos galopavam mais rápido do que ela gostava. A modéstia quanto à escrita, a vaidade quanto à própria aparência, os receios pela sua segurança, tudo isso parece sugerir que o que foi dito há pouco sobre não haver mudança entre Orlando, o homem, e Orlando, a mulher, começava a deixar de ser totalmente verdade. Ela se tornava um pouco mais modesta, como são as mulheres, em relação à própria inteligência, e um pouco mais vaidosa, como são as mulheres, em relação à aparência. Certas susceptibilidades estavam se afirmando, e outras diminuíam. A troca de roupas, diriam alguns filósofos, teve muito a ver com isso. Embora as roupas pareçam trivialidades, dizem que têm funções mais importantes do que apenas nos manter aquecidos. Elas mudam nossa visão do mundo e a visão que o mundo tem de nós. Por exemplo, quando o capitão Bartolus viu a saia de Orlando, imediatamente mandou estender um toldo para ela, insistiu que ela comesse outro pedaço de carne e a convidou para ir à praia com ele no bote. Essas cortesias certamente não lhe teriam sido oferecidas se as saias, em vez de fluir, estivessem ajustadas às pernas, como calções. E quando nos fazem cortesias, devemos retribuir de alguma maneira. Orlando fez uma reverência, cedeu, agradou o bom homem, algo que não teria feito se seus elegantes calções fossem as saias de uma mulher e seu casaco bordado, um corpete de seda. Assim, há muito fundamento quando se diz que são as roupas que nos moldam, e não nós a elas; podemos fazê-las tomar a forma de um braço ou de um busto, mas elas moldam nosso coração, nosso cérebro, nossa língua, a seu gosto. Então, tendo agora Orlando usado saias por um tempo considerável, certa mudança nela era visível, o que pode ser percebido, se o leitor observar bem o que foi dito acima, até mesmo no rosto. Se compararmos a imagem de Orlando como homem com a de Orlando como mulher, veremos que, embora ambos sejam, sem dúvida, a mesma pessoa, existem algumas mudanças. O homem tem a mão livre para pegar a espada, a mulher deve usar a sua para impedir que os cetins escorreguem dos ombros. O homem olha o mundo de frente, como se fosse feito para servi-lo e moldado ao seu gosto. A mulher lhe lança um olhar de soslaio, cheio de sutileza, até mesmo de desconfiança. Se ambos usassem as mesmas roupas, é possível que vissem o mundo do mesmo modo.

Eis a visão de alguns filósofos e sábios, mas, no geral, tendemos a outra. A diferença entre os sexos é, felizmente, muito mais profunda. As roupas são apenas um símbolo de algo muito bem escondido, abaixo da superfície. Foi uma mudança nela própria que ditou sua escolha pelo vestido e pelo sexo feminino. E talvez, em tal mudança, ela estivesse apenas expressando um pouco mais abertamente do que o habitual — afinal, a autenticidade é a alma de sua natureza — algo que acontece com a maioria das pessoas sem ser dito expressamente. Pois aqui, novamente, chegamos a um dilema. Embora os sexos sejam distintos, eles se intercalam. Em cada ser humano, ocorre uma oscilação de um sexo para o outro, e muitas vezes são as roupas que mantêm a aparência masculina ou feminina, ao passo que, por baixo delas, o sexo é o oposto do que aparece na superfície. Das complicações e confusões que daí resultam, todos têm alguma experiência; mas agora devemos deixar essa questão de lado e apenas observar o efeito curioso que teve no caso particular de Orlando.

Foi essa mistura de homem e mulher nela, com um sexo dominante em um momento e o outro depois, que muitas vezes deu à sua conduta uma virada inesperada. As pessoas curiosas em relação ao próprio sexo argumentariam, por exemplo, que se Orlando era uma mulher, como nunca demorava mais de dez minutos para se vestir? E não eram suas roupas escolhidas de maneira um tanto quanto aleatória, às vezes usadas até ficar esfarrapadas? Diriam, ainda, que ela não apresentava a formalidade de um homem, ou seu amor pelo poder. Era excessivamente sensível. Não suportaria ver um burro sendo espancado ou um gatinho se afogando. No entanto, observavam, detestava os assuntos domésticos, levantava-se ao amanhecer e saía pelos campos no verão antes de o sol nascer. Nenhum agricultor sabia mais sobre as colheitas do que ela. Ela bebia tanto quanto os ébrios e gostava de jogos de azar. Cavalgar bem e dirigir seis cavalos a galope sobre a Ponte de Londres também não representavam problema para ela. Contudo, embora fosse audaciosa e enérgica como um homem, era notável que a visão de outro ser em perigo lhe causava as mais femininas palpitações. Chorava por qualquer motivo. Não sabia geografia, achava a matemática intolerável e demonstrava alguns caprichos mais comuns entre mulheres do que homens, como achar que viajar para o sul é o mesmo que descer um descampado. Assim, é difícil dizer se Orlando era mais homem ou mulher, e nada poderia ser decidido a respeito agora. Pois, nesse momento, sua carruagem chacoalhava sobre os paralelepípedos. Ela havia chegado à sua casa na cidade. Já começavam a baixar os estribos e abrir os portões de ferro. Entrava na casa do pai em Blackfriars, que, embora a moda estivesse rapidamente abandonando aquele lado da cidade, ainda continuava uma mansão agradável e espaçosa, com jardins que desciam até o rio, e um aprazível bosque de nogueiras para passeios.

Ali se acomodou e começou imediatamente a procurar o que tinha vindo buscar — ou seja, uma vida e um amante. Quanto à primeira, poderia haver alguma dúvida; o segundo, no entanto, ela encontrou sem a menor dificuldade dois dias depois de sua chegada. Havia entrado na cidade em uma terça-feira. Na quinta, foi dar um passeio pelo Mall, como era o hábito das pessoas da alta sociedade da época. Não tinha dado mais do que uma ou duas voltas pela avenida quando foi notada por um pequeno grupo de gente modesta que lá ia para espiar os mais abastados. Quando passou por eles, uma mulher comum, carregando um filho no peito, avançou, olhou com familiaridade para o rosto de Orlando e exclamou: — Meu Deus, se não é *lady* Orlando! — Seus companheiros se aproximaram rapidamente, e Orlando se viu, em um instante, no centro de uma multidão de cidadãos e esposas de comerciantes, todos ansiosos para ver a heroína do célebre processo. Tal era o interesse que o caso gerara na mente do povo. Ela poderia, de fato, ter se sentido muito incomodada pela pressão da multidão — havia se esquecido de que damas não deveriam andar sozinhas em lugares públicos — não fosse um cavalheiro alto que se adiantou imediatamente, oferecendo o braço para protegê-la. Era o arquiduque. Ao vê-lo, ela se sentiu dominar pela angústia e, ao mesmo tempo, achou graça. Não apenas o magnânimo nobre a perdoara, como, para mostrar que aceitava sua leviandade com o sapo de bom grado, havia adquirido uma joia feita no formato do réptil, que lhe ofereceu, com uma nova proposta de casamento, enquanto a acompanhava até o coche.

Em virtude da multidão, do duque ou da joia, ela foi para casa no pior estado de espírito imaginável. Era impossível, então, dar um simples passeio sem ser quase sufocada, apresentada a um sapo incrustado com esmeraldas e pedida em casamento por um arquiduque? No dia seguinte, viu toda aquela situação sob um ponto de vista mais amável, quando encontrou na mesa do café da manhã meia dúzia de bilhetes de algumas das maiores damas da terra — *lady* Suffolk, *lady* Salisbury, *lady* Chesterfield e *lady* Tavistock, entre outras, que, da maneira mais cortês, lembravam-na das antigas alianças entre suas famílias e a dela, e desejavam a honra de sua companhia. No dia seguinte, um sábado, muitas dessas grandes damas foram visitá-la pessoalmente. Na terça-feira, por volta do meio-dia, seus lacaios trouxeram convites para várias festas, jantares e reuniões futuras, de modo que Orlando se viu rapidamente lançada, com certo alarde, nas águas da sociedade londrina.

Fazer um relato fiel da sociedade londrina naquela época, ou em qualquer outra, é tarefa impossível para o biógrafo ou historiador. Apenas aqueles que têm pouco respeito pela verdade — os poetas e romancistas — podem ser designados a fazê-lo, pois este é um daqueles casos em que não existe verdade. Nada existe. A coisa toda é um miasma — uma miragem. Para deixar claro o que queremos dizer, Orlando poderia voltar para casa de uma dessas festas às três ou quatro da manhã com as faces coradas como uma árvore de Natal e os olhos como estrelas. Ela desataria um cadarço, andaria pela sala vinte vezes, desataria outro cadarço, pararia e voltaria a andar. Muitas vezes, o sol já ardia sobre as chaminés de Southwark antes que ela conseguisse se convencer a se deitar, e lá ela ficaria, rolando na cama, rindo e suspirando por uma hora ou mais antes de finalmente adormecer. E qual era o motivo de toda essa agitação? A sociedade. E o que a sociedade havia dito ou feito para lançar uma dama racional em tamanha excitação? Em linguagem simples, nada. Por mais que tentasse se lembrar, no dia seguinte, Orlando nunca conseguia recordar uma única palavra digna de nota. Lorde O. fora galante. Lorde A., educado. O marquês de C., encantador. Sr. M., divertido. Mas, quando ela tentava se lembrar em que consistira sua galanteria, educação, encanto ou humor, era forçada a supor que sua memória começava a falhar, pois não conseguia nomear nem uma coisa sequer. Era sempre igual. Nada resistia até o dia seguinte, mas a excitação do momento era intensa. Assim, somos forçados a concluir que a sociedade é uma dessas misturas que as boas governantas servem quentes na época do Natal, cujo sabor depende da mistura e do agitar de uma dúzia de ingredientes diferentes. Cada um deles, em separado, é bastante insípido. Pense no lorde O., no lorde A., no lorde C. ou no sr. M., e cada um deles, isoladamente, não significa nada. Coloque todos juntos, e eles se combinam para exalar o mais intoxicante dos sabores, o mais sedutor dos perfumes. No entanto, essa intoxicação, essa sedução escapa completamente à nossa análise. Ao mesmo tempo, portanto, a sociedade é tudo e a sociedade é nada. A sociedade é a mais poderosa das misturas no mundo, e a sociedade não tem existência em si. Com esses monstros, apenas poetas e romancistas podem lidar; com esses tudo ou nada, suas obras ficam repletas, a ponto de se agigantar; e a eles, com a melhor das boas intenções, deixamos essa tarefa.

Assim, seguindo o exemplo de nossos predecessores, diremos apenas que a sociedade no reinado da Rainha Ana era de um brilho incomparável. Ingressar nela constituía o objetivo de toda pessoa bem-nascida. Os refinamentos estavam no auge. Pais instruíam os filhos, mães, as filhas. Nenhuma educação estava completa para qualquer dos sexos que não incluísse a ciência da postura, a arte de fazer reverências e mesuras, o manejo da espada e do leque, o cuidado com os dentes, a condução das pernas, a flexibilidade dos joelhos, os métodos adequados de entrar e sair da sala, com mil *et cetera* imediatamente reconhecidos por qualquer um que tenha feito parte da sociedade. Como Orlando havia recebido elogios da Rainha Elizabeth pela forma como lhe entregara uma tigela de água de rosas quando menino, deve-se supor que ela fosse suficientemente experiente para se sair bem. No entanto, é verdade que havia certa distração nela, que, às vezes, tornava-a desajeitada; ela tinha a tendência de pensar em poesia quando deveria estar pensando em tafetás; talvez seu andar fosse um pouco mais vigoroso do que o de uma mulher, e os gestos abruptos poderiam derrubar uma xícara de chá em dadas ocasiões.

Se essa leve inaptidão era suficiente para contrabalançar o esplendor de sua postura ou se ela herdara uma dose a mais do humor negro que corria nas veias de toda a sua linhagem, o certo é que não tinha se aventurado nos salões da sociedade mais do que uma dúzia de vezes antes de se perguntar, com apenas seu spaniel Pippin para ouvi-la: — O que diabos há de errado comigo? — Tal ocasião se deu em uma terça-feira, 16 de junho de 1712; ela acabava de voltar de um grande baile em

Arlington House; a aurora já despontava no céu e ela tirava as meias. — Não me importo se nunca mais encontrar vivalma enquanto viver — exclamou Orlando, rompendo em lágrimas. Amantes, ela tinha aos montes, mas a vida, que afinal tem alguma importância, escapava-lhe. — Acaso é isso — perguntou ela, sem ninguém para lhe responder — é isso — completou a frase mesmo assim — o que as pessoas chamam de vida? — O spaniel levantou a pata dianteira em sinal de simpatia e lambeu Orlando. Ela acariciou o spaniel e o beijou. Em suma, havia entre eles a mais verdadeira simpatia que pode existir entre um cachorro e a dona e, ainda assim, não se pode negar que a mudez dos animais é um grande obstáculo às sutilezas da convivência. Eles abanam o rabo; curvam a parte da frente do corpo e erguem a traseira; rolam, saltam, batem as patas, uivam, latem, babam, têm todo tipo de rituais e artifícios próprios, mas tudo isso é inútil, já que não podem falar. Essa também era sua queixa em relação aos dignatários de Arlington House, pensava ela, colocando o cachorro no chão com cuidado. Eles também abanam o rabo, curvam-se, rolam, saltam, batem as patas, babam, mas falar... não falam. — Durante todos esses meses em que estive no mundo — disse Orlando, atirando uma meia do outro lado do quarto — só ouvi o que Pippin não poderia ter dito. Estou com frio. Estou feliz. Estou com fome. Peguei um rato. Enterrei um osso. Por favor, beije meu nariz. — E isso não era o suficiente.

Como, em tão pouco tempo, ela havia passado de intoxicação a desgosto, tentaremos explicar simplesmente admitindo que essa misteriosa composição a que chamamos de sociedade não é absolutamente boa nem má em si mesma, e sim possui um espírito volátil, porém potente, que ou nos embriaga quando a achamos — como achava Orlando — encantadora, ou lhe dá dor de cabeça quando a achamos — como achava Orlando — repulsiva. Duvidamos que a faculdade da fala tenha muito a ver com isso, de qualquer modo. Muitas vezes, uma hora em silêncio é a mais encantadora de todas; uma inteligência brilhante pode ser extremamente tediosa. Mas deixemos esse assunto aos poetas, e sigamos com a nossa história.

Orlando atirou a segunda meia depois da primeira e foi para a cama, bastante desanimada, decidida a renunciar à sociedade para sempre. Mas, como se viu, ela se precipitou em suas conclusões. Pois, na manhã seguinte, ao acordar, encontrou entre os habituais convites sobre a mesa, um de certa dama de prestígio, a Condessa de R. Tendo decidido na noite anterior que nunca mais frequentaria a sociedade, apenas podemos explicar o comportamento de Orlando — pois ela enviou uma mensagem apressada à casa de R., dizendo que atenderia ao convite com todo o prazer do mundo — pelo fato de que ela ainda sofria os efeitos de três palavras melosas sussurradas em seu ouvido no convés do Enamoured Lady pelo capitão Nicholas Benedict Bartolus, enquanto navegavam pelo Tâmisa. Addison, Dryden, Pope, ele havia dito, apontando para Cocoa Tree, e Addison, Dryden, Pope ressoavam em sua cabeça como um sortilégio desde então. Quem poderia acreditar em uma tolice dessas? Mas assim era. Toda a sua experiência com Nick Greene não lhe ensinara nada. Aqueles nomes ainda exerciam sobre ela a mais poderosa fascinação. Talvez devamos acreditar em algo e, como Orlando — já o havíamos dito — não acreditava nos deuses usuais, então depositava a credulidade nos grandes homens — mas com uma distinção, já que almirantes, soldados e estadistas não a emocionavam de maneira alguma. No entanto, o simples pensar em um grande escritor a fazia acreditar até quase chegar a considerá-lo invisível. Seu instinto era acertado. Talvez só se possa acreditar totalmente naquilo que não se pode ver. O pequeno vislumbre que ela teve desses grandes homens do convés do navio assumira a natureza de uma visão. Ela duvidava que a xícara fosse de porcelana, ou o jornal, de papel. Quando lorde O. disse, certo dia, que tinha jantado com Dryden na noite anterior, ela o desmentiu de forma categórica. Contudo, o salão de *lady* R. tinha a reputação de ser o vestíbulo da sala de audiências do gênio, o lugar onde homens e mulheres se reuniam para agitar incensários e cantar hinos diante do busto do gênio em um nicho na parede. Às vezes, o próprio Deus concedia sua presença por um momento. Os suplicantes somente eram admitidos por sua inteligência, e nada (segundo relatos) era dito lá dentro que não fosse espirituoso.

Foi então com grande apreensão que Orlando adentrou o salão. Encontrou os presentes já reunidos em semicírculo ao redor da lareira. *Lady* R., uma senhora de idade avançada e pele escura, com uma mantilha preta na cabeça, estava sentada em uma grande poltrona no centro. Assim, sendo um pouco surda, ela conseguia controlar a conversa de ambos os lados, em que se encontravam homens e mulheres de altíssima distinção. Cada homem, dizia-se, havia sido primeiro-ministro, e cada mulher, cochichavam, havia sido amante de um rei. Na verdade, todos eram brilhantes e famosos. Orlando tomou seu assento em silêncio, com uma profunda reverência... Três horas depois, fez outra profunda reverência e partiu.

Mas o que, o leitor pode perguntar com certa exasperação, aconteceu nesse meio-tempo? Em três horas, um grupo como aquele deve ter dito as coisas mais espirituosas, profundas e interessantes do mundo. Assim pareceria, de fato. Mas, na verdade, ocorre que efetivamente eles não disseram nada. Trata-se de uma característica curiosa que tais pessoas compartilham com todas as sociedades mais brilhantes que o mundo já viu. A velha Madame du Deffand e suas amigas conversaram durante cinquenta anos sem parar. E, de tudo isso, o que resta? Talvez três ditos espirituosos. Assim, estamos livres para supor que nada disseram, ou que nada de espirituoso foi dito, ou que o montante de três ditos espirituosos tomou dezoito mil, duzentas e cinquenta noites, o que não deixa uma grande margem para espirituosidade em uma única sessão.

A verdade parece ser — se ousarmos usar essa palavra nesse contexto — que todos esses grupos de pessoas estão sob um encantamento. A anfitriã é uma Sibila moderna[26], uma bruxa que mantém os convidados sob uma espécie de feitiço. Nesta casa, eles acreditam ser felizes; naquela, espirituosos; em uma terceira, profundos. É tudo ilusão (o que não tem nada de contrassenso, pois as ilusões são as coisas mais valiosas e necessárias, e aquele que pode criar uma é um dos maiores benfeitores do mundo), mas, como é notório que as ilusões se desmoronam no conflito com a realidade, nenhum prazer real, nenhuma verdadeira espirituosidade, nenhuma profundidade concreta são toleradas onde prevalece a ilusão. Isso serve para explicar por que Madame du Deffand teria dito apenas três coisas espirituosas ao longo de cinquenta anos. Se tivesse dito mais, seu círculo teria sido destruído. O gracejo, à medida que saía de seus lábios, derrubava a conversa em andamento como uma bola de canhão derruba violetas e margaridas. Quando ela proferiu a famosa "*mot de Saint Denis*", até mesmo a grama foi queimada. Seguiram-se desilusão e desolação. Nenhuma palavra foi dita. — Poupe-nos de outra como essa, pelo amor de Deus, Madame! — gritaram seus amigos em uníssono. E ela obedeceu. Por quase dezessete anos, não disse nada memorável, e tudo correu bem. A bela colcha da ilusão permaneceu intacta em seu círculo, assim como no de *lady* R. Os convidados acreditavam estar felizes, acreditavam ser espirituosos, acreditavam-se profundos e, à medida que assim pensassem, outros também o fariam com ainda mais força; espalhando-se por todo canto que não havia nada mais delicioso do que uma das reuniões de *lady* R.; todos invejavam aqueles que eram admitidos; os admitidos invejavam a si mesmos, já que havia outros os invejando; e, assim, esse processo parecia não ter fim — a não ser pelo que agora temos de relatar.

26 Na Antiguidade, mulher a quem se atribuía o dom da profecia e o conhecimento do futuro. (N. do T.)

Porque, por volta da terceira vez que Orlando lá foi, um incidente aconteceu. Ela ainda estava sob a ilusão de estar ouvindo os epigramas mais brilhantes do mundo, embora, na realidade, o velho general C. estivesse apenas contando, de modo bastante prolixo, como a gota deixara sua perna esquerda e ido para a direita, enquanto o sr. L. interrompia sempre que algum nome próprio era mencionado: — R.? Ah! Eu conheço Billy R. tão bem quanto a mim mesmo. S.? Meu melhor amigo. T.? Passei duas semanas com ele em Yorkshire — o que, em decorrência da força da ilusão, soava como um comentário dos mais espirituosos, a mais penetrante observação acerca da vida humana, e mantinha o grupo rindo continuamente — até que a porta se abriu e por ela entrou um cavalheiro baixinho cujo nome Orlando não captou. Logo, uma sensação curiosamente desagradável se apoderou dela. A julgar pelo que via no rosto dos demais, também eles começaram a senti-la. Um cavalheiro reclamou de uma corrente de ar. A Marquesa de C. temia que um gato tivesse se enfiado debaixo do sofá. Era como se seus olhos estivessem se abrindo lentamente depois de um sonho agradável, deparando-se simplesmente com uma pia barata e uma colcha suja. Como se os vapores de um vinho delicioso estivessem lentamente se esvaindo. Ainda assim, o general falava e o sr. L. se recordava. Mas foi ficando cada vez mais evidente quão vermelho o pescoço do general estava, e o quanto a cabeça do sr. L. era calva. Quanto ao que diziam — nada mais tedioso e trivial poderia ser imaginado. Todos se inquietavam, e aqueles que possuíam leques bocejaram por trás deles. Por fim, *Lady* R. bateu com o seu próprio no braço da grande poltrona. E os dois cavalheiros pararam de falar.

Então, o pequeno cavalheiro disse: ... Disse em seguida ... Por fim, afirmou: ... (Tais ditos são tão conhecidos que não precisam ser repetidos e, além disso, todos podemos encontrá-los em suas obras publicadas.)

Nesse caso, não podemos negar, encontravam-se o verdadeiro espírito, a verdadeira sabedoria, a verdadeira profundidade. O grupo se viu lançado em completo desespero. Um dito como aquele já era ruim o suficiente; e três, um após o outro, na mesma noite! Nenhuma reunião poderia sobreviver àquilo.

— Sr. Pope — disse a velha *Lady* R., com a voz tremendo em uma fúria sarcástica — o senhor toma gosto em ser espirituoso. — O sr. Pope corou. Ninguém disse uma só palavra. Sentaram-se em silêncio absoluto por cerca de vinte minutos. Então, um por um, levantou-se e saiu da sala. Era incerto que eles voltassem depois de tal experiência. Ouviam-se os rapazes dos archotes chamando os cocheiros por toda a South Audley Street. Portas batiam e carruagens partiam. Orlando se viu junto ao sr. Pope nas escadas. Seu corpo magro e deformado era dominado por uma variedade de emoções. Dardos de malícia, raiva, triunfo, espírito e terror (ele tremia como vara verde) emanavam de seus olhos. Parecia um réptil agachado com um topázio ardente na testa. Ao mesmo tempo, a mais bizarra tempestade de emoções se apoderou da azarada Orlando. Uma desilusão tão completa quanto a que acabara de sofrer faz com que a mente oscile de um lado para o outro. Tudo parecia dez vezes mais desolado e frio do que antes. Era um momento extremamente perigoso para o espírito humano. Nesses momentos, mulheres se tornam freiras e homens, padres. Nesses momentos, homens ricos assinam a renúncia de sua fortuna e homens felizes cortam a própria garganta com facas de cozinha. Orlando teria feito tudo isso de boa vontade, mas havia algo ainda mais arriscado a fazer, e foi exatamente o que ela fez. Convidou o sr. Pope a ir com ela para casa.

Pois, se é imprudente entrar na cova de um leão desarmado, navegar pelo Atlântico em um bote a remo, ficar em um pé só na cúpula da Catedral de St. Paul, é ainda mais imprudente ir para casa sozinha com um poeta. Um poeta é o Atlântico e o leão reunidos em uma só pessoa. Enquanto um nos afoga, o outro nos devora. Caso sobrevivamos aos dentes, sucumbimos às ondas. Um homem capaz de destruir ilusões é tanto uma fera como uma inundação. As ilusões são para a alma o que a atmosfera é para a Terra. Elimine o ar, e a planta morre, a cor se apaga. A terra em que pisamos se torna cinza ressecada, e pedras ardentes queimam nossos pés. Somos destruídos pela verdade. A vida é um sonho. "É o despertar que nos mata." Aquele que nos rouba de nossos sonhos nos rouba a vida (e, se quiser, poderia continuar assim por seis páginas mais, mas o estilo é tedioso e o restante pode ser eliminado).

No entanto, com base no que foi dito, Orlando deveria ser um monte de cinzas quando a carruagem parou em frente à sua casa em Blackfriars. O fato de continuar a ser de carne e osso, embora certamente se sentisse exausta, deve-se inteiramente a algo a que chamamos a atenção mais cedo na narrativa. Quanto menos vemos, mais acreditamos. Ora, as ruas que ligavam Mayfair a Blackfriars naquela época eram muito mal iluminadas. É verdade que a iluminação era muito melhor do que na época elisabetana, quando o viajante perdido tinha que confiar nas estrelas ou na tocha de algum vigia noturno para desviá-lo do cascalho de Park Lane ou das florestas de carvalho onde os porcos reviravam o solo em Tottenham Court Road. Mas, ainda assim, não se comparavam à eficiência de hoje. Havia postes de querosene a cada duzentos metros ou mais, mas, entre eles, ainda restavam longos trechos de escuridão total. E assim, por cerca de dez minutos, Orlando e o sr. Pope vagavam na escuridão, voltando à luz por meio minuto, mais ou menos. Aquilo criou um estado de espírito muito estranho em Orlando. À medida que a luz se apagava, ela começava a sentir um delicioso alívio. "É, de fato, um grande privilégio para uma jovem como eu estar viajando com o sr. Pope", ela começou a pensar, olhando o contorno do nariz dele. "Sou a mais abençoada das mulheres. A poucos centímetros de mim — na verdade, sinto o nó das suas ligas pressionando contra minha coxa — se encontra o espírito mais brilhante nos domínios de Sua Majestade. As futuras gerações pensarão em nós com curiosidade e me invejarão com fúria extremada." Nesse instante, outro poste de luz se aproximava. "Que tola eu sou!", pensou ela. "Coisas como fama e glória não existem. As gerações futuras nunca haverão de pensar em mim, nem no sr. Pope. O que é uma 'geração', afinal? O que somos 'nós'?" E, ao cruzarem Berkeley Square, pareciam duas formigas cegas, momentaneamente jogadas juntas sem qualquer interesse ou preocupação em comum, em um deserto escurecido. Ela estremeceu. Mas eis mais uma vez a escuridão. Sua ilusão reviveu. "Como é nobre a sua fronte", pensou (confundindo, na escuridão, o volume de uma almofada com a testa do sr. Pope). "Quanta genialidade reside nela! Quanto humor, sabedoria e verdade — que riqueza de joias como essas, pelas quais as pessoas estão dispostas a negociar sua vida! Sua luz é a única que arde eternamente. Sem o senhor, a peregrinação humana seria realizada em completa escuridão" (nesse instante, a carruagem deu um grande solavanco, ao passar por uma vala de Park Lane); "sem genialidade, estaríamos perdidos e arruinados. A maior, a mais lúcida das luzes" — ela assim apostrofava o volume da almofada quando passaram por um dos postes de luz de Berkeley Square e percebeu seu erro. O sr. Pope tinha uma testa tão pequena quanto a de qualquer outro homem. "Desgraçado", pensou, "como me enganou! Confundi a almofada com a testa dele. Quando o vemos claramente, quão ignóbil, quão desprezível, é o senhor! Disforme e fraco, não há nada nele que mereça veneração; há, no entanto, muito a se lamentar, e mais ainda a desprezar."

De volta à escuridão, sua raiva se atenuou tão logo ela só pôde ver os joelhos do poeta.

"Mas eu é quem sou uma desgraçada", refletiu ela, uma vez que estavam novamente na completa obscuridade, "pois, por mais vil que seja, não sou eu ainda pior? É o senhor quem me alimenta e me protege, quem espanta a besta selvagem, assusta o bárbaro, faz roupas de seda e tapetes de lã de ovelha. Se eu quiser me entregar à adoração, não me forneceu uma imagem sua e a colocou no céu? Não há evidências de seu cuidado por toda parte? Por isso, eu não deveria ser humilde, grata e submissa? Que eu me entregue à alegria de servi-lo, honrá-lo e obedecê-lo."

Nesse momento, chegaram ao grande lampião na esquina do que hoje é o Piccadilly Circus. A luz brilhou contra seus olhos, e ela pôde ver, além de algumas criaturas degradadas do próprio sexo, dois miseráveis pigmeus em uma terra deserta e desolada. Ambos estavam nus, solitários e indefesos. Um era incapaz de ajudar o outro. Cada qual já tinha mais do que o suficiente a fazer cuidando de si mesmo. Olhando diretamente para o rosto do sr. Pope, ela pensou: "É completamente inútil ele imaginar que pode me proteger, ou eu pensar que posso adorá-lo. A luz da verdade bate sobre nós sem fazer qualquer sombra, e a luz da verdade é terrivelmente inadequada para ambos".

Durante todo esse tempo, é claro, continuaram conversando agradavelmente, como o fazem pessoas de berço e educação, acerca do temperamento da rainha e a gota do primeiro-ministro, enquanto a carruagem ia da luz à escuridão descendo o Haymarket, ao longo do Strand, subindo por Fleet Street, até chegar, por fim, à sua casa em Blackfriars. Durante algum tempo, os espaços escuros entre os postes se tornaram mais claros e, as lâmpadas em si, mais escuras — ou seja, o sol estava nascendo, e foi na luz uniforme e difusa de uma manhã de verão, na qual tudo se vê, mas nada é visto com distinção, que eles desceram, o sr. Pope ajudando Orlando a sair da carruagem e Orlando se curvando para que ele entrasse à frente dela na mansão, de acordo com a mais escrupulosa atenção aos ritos das boas maneiras.

No entanto, do trecho acima não se deve supor que o gênio (mas, agora, essa doença está erradicada das Ilhas Britânicas, dizem que o falecido Lorde Tennyson foi a última pessoa a sofrer desse mal) esteja constantemente ativo, pois, nesse caso, veríamos tudo claramente e, talvez, morreríamos queimados no processo. Pelo contrário, sua manifestação se assemelha a um farol em funcionamento, que envia um raio para, depois, deixar de emitir o que quer que seja por um tempo; salvo que o gênio é muito mais caprichoso em suas manifestações e pode disparar seis ou sete raios em rápida sucessão (como fez o sr. Pope naquela noite) e depois cair na escuridão por um ano ou para sempre. Guiar-se por seus raios é, portanto, impossível, e quando o feitiço da escuridão cai sobre eles, os homens de gênio são, segundo dizem, bastante semelhantes às outras pessoas.

Foi uma felicidade para Orlando que assim fosse — apesar do início decepcionante — pois ela passou a conviver com muitos homens de gênio. E eles não eram tão diferentes de nós, como se poderia supor. Addison, Pope, Swift[27], provou ela, apreciavam chá. Gostavam de um caramanchão. Colecionavam mosaicos de vidro colorido. Adoravam grutas. Não eram avessos a títulos de nobreza. Deliciavam-se com elogios. Usavam trajes cor de ameixa em um dia, e cinza, no outro. O sr. Swift possuía uma fina bengala de malaca. O sr. Addison mergulhava seus lenços em perfume. O sr. Pope sofria de dores de cabeça. Não dispensavam uma fofoca. Nem eram imunes ao ciúme. (Estamos anotando algumas reflexões que Orlando teve, de forma desordenada.) No começo, ela ficou irritada consigo mesma por perceber tais trivialidades e mantinha um livro para anotar seus ditos memoráveis — mas as páginas permaneceram em branco. Mesmo assim, recobrou o ânimo, e começou a rasgar os convites para grandes festas; mantinha as noites livres, passando a esperar a visita do sr. Pope, do sr. Addison, do sr. Swift — e de muitos outros. Se o leitor, nesse momento, consultar *A Violação da Madeixa*[28],

27 Jonathan Swift (1667-1745) foi um escritor, panfletário político, poeta e clérigo anglo-irlandês. (N. do T.)

28 Poema satírico de Alexander Pope de 1712, publicado no Brasil pela Editora Lafonte, em 2022. (N. do T.)

Spectator[29] ou *As Viagens de Gulliver*[30], entenderá perfeitamente o que essas palavras misteriosas significam. De fato, biógrafos e críticos poderiam se poupar de todo o trabalho se os leitores apenas seguissem este conselho. Pois, quando lemos:

> *"Será que a ninfa quebrará a lei de Diana,*
> *Ou trincará alguma frágil porcelana?*
> *Manchará sua honra ou seu novo brocado,*
> *Esquecerá de suas orações ou de algum*
> *baile mascarado?"*

... sabemos, como se estivéssemos ouvindo dele mesmo, que a língua do sr. Pope se movia como a de um lagarto, como seus olhos brilhavam, como sua mão tremia, como ele amava, como mentia, como sofria. Em suma, todos os segredos da alma de um escritor, todas as experiências de sua vida; toda a qualidade de sua mente está escrita em suas obras; ainda assim, exigimos que os críticos expliquem alguns e os biógrafos exponham outros. Que as pessoas têm tempo de sobra é a única explicação para esse crescimento monstruoso.

Por isso, depois de lermos uma página ou duas de *A Violação da Madeixa*, sabemos exatamente por que naquela tarde Orlando estava tão animada e assustada, e com as faces e os olhos tão resplandecentes.

A sra. Nelly bateu então à porta para dizer que o sr. Addison aguardava por ela. Ao ouvir isso, o sr. Pope se levantou com um sorriso irônico, fez uma reverência e saiu mancando. Entrou em seguida o sr. Addison. Vamos, enquanto ele se senta, ler o seguinte trecho de *Spectator*:

---

29 Jornal inglês editado por Joseph Addison que começou a circular em 1º de março de 1711. (N. do T.)

30 Romance satírico escrito por Jonathan Swift e publicado em 28 de outubro de 1726. (N. do T.)

> *"Considero a mulher um animal belo e romântico, que pode ser adornado com peles e penas, pérolas e diamantes, metais e sedas. O lince lançará a própria pele aos seus pés para lhe fazer uma capa, o pavão, o papagaio e o cisne contribuirão para o seu regalo; o mar será vasculhado por suas conchas, e as rochas por suas pedras preciosas, e cada parte da natureza fornecerá sua cota para o embelezar de uma criatura que é a sua mais sublime obra. Hei de lhes conceder tudo isso, mas, quanto ao espartilho de que venho falando, nem posso, nem permitirei fazê-lo."*

Temos tal cavalheiro, com seu chapéu de aba alta, na palma das nossas mãos. Olhem novamente através do cristal. Não estão claras até mesmo as pregas de suas meias? Não são visíveis cada ondulação, cada curva de seu talento, a benignidade, a timidez, a cortesia, além do fato de que ele se casaria com uma condessa e acabaria por morrer muito respeitosamente? Tudo muito claro. E, quando o sr. Addison diz o que tem a dizer, ouve-se uma terrível batida à porta, e o sr. Swift, dado a esse tipo de arbitrariedade, entra sem ser anunciado. Um momento, onde está *As Viagens de Gulliver*? Ei-lo aqui! Vamos ler um trecho da jornada aos Houyhnhnms:

> *"Gozei de perfeita Saúde e Paz de Espírito. Não encontrei a Traição ou a Inconstância de um Amigo, nem os males causados por um Inimigo, secreto ou declarado. Não precisei subornar, bajular ou servir de alcoviteiro para obter Favores de algum grande Homem ou de seu Subordinado. Não precisei de Defesa contra a Fraude ou a Opressão. Aqui não havia Médico para destruir meu Corpo ou Advogado para arruinar minha Fortuna; nenhum Informante para registrar minhas Palavras e Ações, ou inventar Acusações contra mim*

a Mando de alguém; não havia Tagarelas, Censores, Detratores, Batedores de Carteiras, Salteadores, Ladrões, Causídicos, Cafetinas, Bufões, Jogadores, Políticos, Astutos, Oradores petulantes e tediosos..."

Mas, pare, pare com essas palavras duras como ferro, antes que sejamos esfolados vivos, e também você! Nada pode ser mais evidente do que a violência desse homem. Ele é tão grosseiro e, ao mesmo tempo, tão limpo; tão brutal, e, no entanto, tão amável; despreza o mundo inteiro, mas fala em linguagem de bebês com uma menina, e morrerá — resta alguma dúvida? — em um manicômio.

Por isso, Orlando servia chá para todos eles e, às vezes, quando o tempo estava bom, levava-os para o campo com ela e os recebia como reis no Salão Redondo, que havia decorado com retratos deles dispostos em círculo, de modo que o sr. Pope não pudesse dizer que o sr. Addison vinha antes dele, ou vice-versa. Eles também eram muito espirituosos (mas o humor deles está todo em seus livros) e lhe ensinaram a parte mais importante do estilo, que é o fluxo natural da voz ao falar — uma qualidade que ninguém que não a tenha ouvido pode imitar, nem mesmo Greene, com toda a sua habilidade, pois ela nasce do ar, quebra como uma onda sobre os móveis, rola e se desfaz, e nunca pode ser recapturada, muito menos por aqueles que erguem as orelhas, meio século depois, e tentam fazê-lo. Ensinaram-lhe isso simplesmente pela cadência de sua voz ao falar; de maneira que seu estilo mudou um pouco, e ela escreveu alguns versos muito agradáveis e espirituosos, além das descrições dos personagens em prosa. Oferecendo-lhes mimos, como vinho e algum dinheiro sob o prato deles no jantar — que recebiam de bom grado — ela aceitou suas dedicatórias, sentindo-se altamente honrada com a troca.

Assim, o tempo passou, e com frequência se ouvia Orlando dizer a si mesma, com uma ênfase que talvez fizesse os ouvintes suspeitarem de algo: — Juro pela minha alma, que vida maravilhosa!

— (Pois ela ainda estava em busca desse bem.) Mas as circunstâncias logo a forçaram a considerar o assunto com mais rigor.

Certo dia, ela estava servindo chá para o sr. Pope, enquanto, como qualquer um pode perceber pelos versos citados acima, ele a observava com os olhos muito brilhantes, todo retorcido em uma cadeira ao seu lado.

"Meu Senhor", pensou ela, enquanto levantava a pinça do açúcar, "como as mulheres nos tempos vindouros vão me invejar! E ainda assim..." pausou seu pensar, pois o sr. Pope precisava da atenção dela. E ainda assim... — Tratemos de terminar o pensamento por ela — quando alguém diz "como as gerações futuras vão me invejar", é seguro dizer que estão extremamente inquietas no momento presente. Será que essa vida é realmente tão excitante, tão lisonjeira, tão gloriosa quanto soa quando o relator das suas memórias termina de escrever a respeito dela? Pois, para começar, Orlando tinha um ódio absoluto ao chá; além disso, o intelecto, por mais divino e digno de adoração que possa ser, tem o hábito de se alojar nos corpos mais decadentes e, com frequência, infelizmente, age como um canibal no que toca às outras faculdades, de modo que, muitas vezes, onde a mente se agiganta, o coração, os sentidos, a magnanimidade, a caridade, a tolerância, a bondade e todo o resto mal encontram espaço para respirar. Daí a alta opinião que os poetas têm de si mesmos; a baixa opinião que têm dos outros; as inimizades, ofensas, invejas e réplicas em que estão constantemente envolvidos; a volubilidade com que as espalham; a voracidade com que exigem simpatia; tudo isso — que devemos sussurrar, a fim de que os espirituosos não nos ouçam — faz com que o ato de servir chá seja uma ocupação mais precária e, de fato, mais árdua do que geralmente se admite. Além disso (sussurramos novamente, para que as mulheres não nos ouçam), existe um pequeno segredo que os homens compartilham entre si; Lorde Chesterfield murmurou para o seu filho, exigindo-lhe segredo: — As mulheres são simplesmente filhas de algo maior... Um homem sensato apenas brinca com elas, joga com elas, mimando-as e as bajulando — o que, já que as crianças sempre ouvem o que não deveriam, e às vezes, até chegam a amadurecer, pode ter vazado de alguma forma, de maneira que toda a cerimônia de servir chá seja uma grande curiosidade. Uma mulher sabe muito bem que, embora seja um homem astuto quem lhe envia seus poemas, elogia seu julgamento, solicita suas críticas e bebe seu chá, isso de forma alguma significa que ele respeite suas opiniões, admire seu entendimento, ou se negue, ainda que o espadim lhe tenha sido negado, a atravessar seu corpo com a pena. Já podem ter ouvido tudo isso, mesmo que o tenhamos sussurrado o mais baixo possível; de modo que, mesmo com a jarra de creme suspensa e a pinça de açúcar distendida, as damas podem acabar se distraindo, olhando ligeiramente pela janela, soltando um pequeno bocejo e, assim, deixar o açúcar cair, fazendo um grande "plof" — como Orlando fez agora — no chá do sr. Pope. Nunca houve mortal tão prestes a suspeitar de uma ofensa ou tão rápido em vingar uma quanto o sr. Pope. Ele se virou para Orlando e lhe apresentou instantaneamente o primeiro esboço de determinado verso famoso de seu *Of the Characters of Women*[31]. O verso foi bastante polido depois disso, mas, mesmo na versão original, era impressionante o suficiente. Orlando o recebeu com uma reverência. O sr. Pope se despediu com uma reverência. Orlando, para refrescar a face, pois realmente sentia como se o homenzinho a tivesse esbofeteado, foi passear no bosque de nogueiras, nos fundos do jardim. Não demorou para que a brisa fizesse seu trabalho. Para sua surpresa, ela descobriu que se sentia imensamente aliviada por se encontrar sozinha. Observou os barcos remando pelo rio, com seus alegres passageiros. Sem dúvida, a cena fez com que

31 "[Acerca] do Caráter das Mulheres", em inglês. Poema elegíaco de Alexander Pope, publicado em 1735, ainda sem tradução para o português. (N. do T.)

recordasse um ou dois incidentes de sua vida passada. Sentou-se em profunda meditação sob um belo salgueiro. Ali ficou até as estrelas despontarem no céu. Então, levantou-se, deu meia-volta e entrou na casa, dirigindo-se ao quarto e trancando a porta. Abriu um armário em que havia muitas das roupas que usava quando jovem e, entre elas, escolheu um traje de veludo preto ricamente adornado com rendas venezianas. Estava um pouco fora de moda, é verdade, mas lhe servia perfeitamente e, vestida com ele, ela parecia a própria figura de um nobre lorde. Deu uma volta ou duas diante do espelho, para garantir que as saias não tivessem prejudicado a liberdade de suas pernas e, em seguida, saiu da casa em segredo.

Era uma noite agradável do início de abril. Uma miríade de estrelas se misturava com o brilho da lua crescente — reforçada uma vez mais pelos lampiões da rua — e criava uma luz infinitamente bela ao rosto humano e à arquitetura do sr. Wren. Tudo aparentava assumir sua forma mais delicada e, justo quando parecia prestes a se dissolver, um toque de prata lhe dava nova vida. Assim deveriam ser as conversas, pensou Orlando (permitindo-se uma tola divagação); assim deveriam ser a sociedade, a amizade, o amor. Pois, sabe lá Deus o porquê, tão logo perdemos a fé na interação humana, alguma coligação aleatória de celeiros e árvores, ou de uma pilha de feno e uma carroça, apresenta-se diante de nós como um símbolo tão perfeito do que é inatingível, que recomeçamos nossa busca.

Ela entrava na Leicester Square ao fazer essas observações. Os edifícios tinham uma simetria aérea, mas formal, que não possuíam durante o dia. A abóbada celeste parecia ter sido magistralmente lavada para realçar o contorno dos telhados e das chaminés. Uma jovem sentada em um banco sob um plátano no meio da praça, com um ar abatido, um braço pendendo junto ao corpo e o outro repousando no colo, parecia incorporar a graça, a simplicidade e a desolação. Orlando tirou o chapéu para ela, como um homem galante cumprimentando uma dama elegante em um lugar público. A jovem levantou a cabeça. Tinha um aspecto primoroso. Levantou os olhos. Orlando viu neles um brilho como o que, às vezes, vemos em bules de chá, mas raramente em um rosto humano. Através desse lustro prateado, a jovem olhou para ele (pois imaginava ser um homem diante dela), um olhar que misturava súplica, esperança, medo e apreensão. Ela se levantou e aceitou seu braço. Pois — será preciso realmente enfatizá-lo? — ela pertencia à tribo que, todas as noites, polia suas mercadorias e as colocava sobre o balcão, à espera do maior lance por elas. Ela levou Orlando até o quarto na Gerrard Street, onde morava. Sentir seu corpo leve, mesmo que suplicante, em seu braço, despertou em Orlando todos os sentimentos próprios de um homem. Ela se parecia com um homem, e também sentia e falava como um. No entanto, como recentemente havia sido mulher, suspeitava que a timidez da garota, suas respostas hesitantes, a falta de jeito com a chave na fechadura, o dobrar da capa e a queda do pulso eram artifícios para agradar à sua masculinidade. Subiram as escadas, e os esforços que a pobre criatura fizera para decorar o quarto — e esconder o fato de que não tinha outro cômodo onde morar — enganaram Orlando por um momento. A decepção despertou seu desdém; a verdade, sua piedade. Uma evidência após a outra gerou o mais estranho amálgama de sentimentos, fazendo com que ela não soubesse se ria ou chorava. Enquanto isso, Nell, como a garota se chamava, desabotoava as luvas, escondendo cuidadosamente o polegar da mão esquerda, que precisava de conserto; retirou-se depois para trás de um biombo, no qual talvez tivesse maquiado as faces, ajeitado as roupas e colocado um novo lenço no pescoço — tagarelando o tempo todo, como fazem as mulheres para entreter os amantes, embora Orlando pudesse jurar, pelo tom de sua voz, que seus pensamentos estavam em outro lugar. Com tudo pronto, ela reapareceu, preparada — mas, nesse instante, Orlando não aguentou mais. No mais estranho tormento de raiva, alegria e piedade, desfez-se de todos os disfarces e se mostrou mulher.

Ao que Nell desatou em uma gargalhada tão estrondosa que poderia ser ouvida do outro lado da rua.

— Bem, minha querida — disse ela, quando se recuperou um pouco — não estou nada triste em saber disso. Pois a verdade nua e crua da questão é — (e era notável como, ao descobrir que eram do mesmo sexo, o comportamento dela mudou, deixando de lado os modos suplicantes e apelativos) — a verdade nua e crua da questão é que não estava no clima para a companhia do sexo oposto esta noite. Na realidade, estou em uma enrascada. — E, atiçando o fogo e preparando uma tigela de ponche, contou a Orlando toda a história da sua vida. Como é a vida de Orlando que nos interessa agora, não é necessário relatar as aventuras da outra dama, mas é certo que Orlando nunca viu o tempo passar mais rápido ou de maneira mais alegre, embora a sra. Nell não parecesse ter um pingo de astúcia e, quando o nome do sr. Pope surgiu na conversa, ela perguntou inocentemente se ele tinha algum parentesco com o fabricante de perucas de Jermyn Street. No entanto, para Orlando, tal eram o encanto da naturalidade e a sedução da beleza que a conversa da pobre moça, ainda que carregada das expressões mais vulgares das ruas, soava como um bom vinho depois das belas frases a que se acostumara, e ela acabou chegando à conclusão de que havia algo no desdém do sr. Pope, na condescendência do sr. Addison e no segredo de Lorde Chesterfield que lhe tirava o gosto pela companhia dos intelectuais, embora ela devesse continuar a respeitar profundamente as obras deles.

Orlando constatou que aquelas pobres criaturas — pois Nell chamou Prue, e Prue chamou Kitty, que chamou Rose — formavam uma sociedade própria, elegendo-a um de seus membros. Cada uma contou a história das aventuras que a havia levado àquela vida. Várias eram filhas naturais de condes, e uma tinha uma proximidade muito maior do que deveria com a figura do rei. Nenhuma era tão miserável ou tão pobre a ponto de não possuir um anel ou um lenço no bolso que lhe servisse de substituto para a sua linhagem. Assim, reuniam-se ao redor do ponche — que Orlando fazia questão de abastecer generosamente — e foram muitas as ótimas histórias que contavam e muitas as divertidas observações que faziam, pois não se pode negar que, quando as mulheres se reúnem — mas, atenção, psiu! — elas sempre tomam o cuidado de garantir que as portas estão fechadas e nada do que dizem chegue à imprensa. Tudo o que desejam é — mais uma vez, psiu! — que não se ouça passos de um homem nas escadas. Tudo o que desejam, estávamos prestes a dizer, quando o cavalheiro tirou as palavras da nossa boca. — As mulheres não têm desejos — disse o tal cavalheiro, entrando no quarto de Nell — apenas afetações. Sem desejos (ela o serviu, e ele partiu), a conversa delas não pode interessar a ninguém. — É bem sabido — diz o sr. S. W. — que, quando lhes falta o estímulo do sexo oposto, as mulheres não conseguem encontrar o que dizer umas às outras. Quando sozinhas, não conversam, apenas se coçam. — E, já que não podem conversar quando estão juntas e se coçar sem interrupções, e como também é bem sabido (o sr. T. R. o provou) — que as mulheres são incapazes de qualquer sentimento de afeto pelo próprio sexo e se abominam mutuamente — o que podemos supor que fazem quando buscam a companhia umas das outras?

Como essa não é uma questão que possa interessar a nenhum homem sensato, vamos nos permitir — a nós, que desfrutamos da imunidade de todos os biógrafos e historiadores, independentemente de sexo — deixar a pergunta de lado, afirmando simplesmente que Orlando desfrutava de grande prazer na companhia do próprio sexo, e deixemos que os cavalheiros provem, como são tão dados a fazer, que isso é impossível.

No entanto, oferecer um relato exato e detalhado da vida de Orlando neste momento se torna cada vez mais fora de questão. À medida que espiamos e tateamos os pátios mal iluminados, mal pavimentados e mal ventilados que cercavam Gerrard Street e Drury Lane naquela época, parece que a vemos vez ou outra, perdendo-a de vista novamente logo depois. A tarefa se mostra ainda mais difícil pelo fato de ela ter achado conveniente, nessa época, mudar com frequência de roupa. Assim, muitas vezes aparece nas memórias dos contemporâneos como "Lorde" Fulano — que, na verdade, era seu primo; sua generosidade é atribuída a ele, e a ele é atribuída a autoria dos poemas que, efetivamente, eram dela. Tudo indica que ela não teve qualquer dificuldade em desempenhar os diferentes papéis, pois seu sexo mudava com muito mais frequência do que aqueles que só usaram um conjunto de roupas podem conceber; nem há dúvida de que ela tenha tido vantagens em dobro com tal artifício — ampliaram-se os prazeres da vida e se multiplicaram suas experiências. Pois, pela probidade das calças, ela trocou a sedução das saias e desfrutou do amor de ambos os sexos igualmente.

Assim, podemos visualizar uma cena dela passando a manhã em um roupão chinês de gênero ambíguo entre seus livros; recebendo, depois, um suplicante ou dois (pois muita gente vinha lhe pedir favores) com a mesma vestimenta; em seguida, ela dava uma volta pelo jardim e podava as nogueiras — já que os calções eram muito convenientes para essa tarefa; então, ela os trocava por um vestido de tafetá florido, que se adequava melhor a uma viagem para Richmond e à proposta de casamento de algum grande nobre; e assim, de volta à cidade, quando vestia um traje de cor tabaco, como um advogado, e visitaria os tribunais para saber a quantas andava seu processo — pois sua fortuna se esvaía a cada hora, e os litígios não pareciam mais próximos de uma conclusão do que nos últimos cem anos; por fim, quando chegava a noite, frequentemente ela se tornava um nobre completo, dos pés à cabeça, e caminhava pelas ruas em busca de aventura.

Ao voltar de alguns desses passeios — dos quais muitas histórias foram contadas à época, como o fato de que ela ter lutado um duelo, servido como capitão em um dos navios do rei, ter sido vista dançando nua em uma varanda e fugido para os Países Baixos com certa dama, com o marido desta em seu encalço (e nos recusamos a emitir qualquer opinião a respeito da veracidade dessas histórias) — enfim, ao voltar do que quer que tivesse feito, ela às vezes fazia questão de passar por baixo das janelas de um café, de onde podia ver os intelectuais sem ser vista e, assim, imaginar pelos seus gestos que tipo de coisas sábias, espirituosas ou maldosas estavam dizendo sem nem sequer ouvir uma só palavra, o que talvez fosse uma vantagem. Dada vez, ficou meia hora observando, por trás das cortinas, três sombras bebendo chá em uma casa em Bolt Court.

Nunca assistira a uma peça tão envolvente. Ela queria gritar: — Bravo! Bravo! — Pois, certamente, tratava-se de um grande drama — uma página arrancada do mais grosso volume da vida humana! Ali estava a pequena sombra com os lábios franzidos, mexendo-se de um lado para o outro na cadeira, inquieta, petulante, intrometida; ali, a sombra feminina recurvada, molhando o dedo na xícara para sentir quanto ainda havia de chá, pois era cega; ali, a sombra corpulenta, romana, na grande cadeira, torcendo os dedos de forma muito estranha, sacudindo a cabeça de um lado para o outro e engolindo o chá em grandes goles. Dr. Johnson, sr. Boswell e sra. Williams — eis os nomes das sombras. Tão absorta estava na cena, que esqueceu de pensar como em outras épocas a teriam invejado, embora aquilo parecesse pouco provável. Ela se contentava em simplesmente observar. Por fim, o sr. Boswell se levantou. Cumprimentou a velha com secura. Mas, com que humildade se curvou diante da grande sombra romana, que, então, pôs-se de pé, toda empertigada e, balançando o corpo ligeiramente, pronunciou as mais magníficas frases que até então haviam saído de lábios humanos — isso era o que Orlando pensou delas, mesmo que não tivesse ouvido nada do que as três sombras haviam dito enquanto tomavam chá.

Finalmente, ela chegou em casa certa noite, depois de um desses passeios, e subiu para o quarto. Tirou o casaco rendado e lá ficou, de camisa e calças, olhando pela janela. Havia algo no ar que a impedia de ir dormir. Uma névoa branca recobria a cidade, pois se tratava de uma noite gelada no meio do inverno, e uma vista magnífica se estendia ao seu redor. Ela podia ver a Catedral de St. Paul, a Torre, a Abadia de Westminster, com todos os pináculos e cúpulas das igrejas da cidade, a massa uniforme das margens do rio, as curvas opulentas e amplas dos seus salões e locais de encontro. Ao Norte, erguiam-se as montanhas desoladas e sem escarpas de Hampstead e, a Oeste, as ruas e praças de Mayfair brilhavam. Lá de cima, as estrelas olhavam para essa paisagem serena e ordenada, cintilantes, positivas, duras, em um céu sem nuvens. Na extrema transparência da atmosfera, percebiam-se o contorno de cada telhado, o topo de cada chaminé e até mesmo os paralelepípedos das ruas, e Orlando não pôde deixar de comparar esse cenário tão arrumado com os becos irregulares e desordenados que compunham a cidade de Londres durante o reinado da Rainha Elizabeth. Naquela época, ela se lembrava do quão lotada ficava a cidade — se é que se podia chamar de cidade a mera aglomeração de casas sob suas janelas em Blackfriars. As estrelas eram refletidas em poços profundos de água estagnada no meio das ruas. Uma sombra preta na esquina em que ficava a taverna era, muito provavelmente, o cadáver de algum homem assassinado. Ela se lembrava dos gritos dos muitos feridos nas brigas noturnas, quando ainda era um menino, nos braços da sua ama, olhando pelas vidraças. Bandos de vagabundos, homens e mulheres, amontoados de maneira indescritível, cambaleavam pelas ruas, berrando canções indecentes, com joias brilhando nas orelhas e facas reluzindo nas mãos. Em uma noite como aquela, destacavam-se os labirintos impenetráveis das florestas de Highgate e Hampstead, retorcendo-se em uma complexidade intricada contra o céu. De vez em quando, em uma das colinas que se erguiam acima de Londres, via-se uma forca da qual pendia um cadáver, deixado ali para apodrecer ou secar; pois o perigo e a insegurança, a luxúria e a violência, a poesia e a imundície se espalhavam sobre os tortuosos caminhos elisabetanos, zumbindo e fedendo — Orlando ainda podia sentir aquele cheiro em uma noite quente — nos cubículos e caminhos estreitos da cidade. Agora — ela se inclinou para fora da janela — tudo estava claro, ordenado e sereno. Ouviam-se o leve sacolejar de uma carruagem nos paralelepípedos e o grito distante do vigia noturno: — É meia-noite de uma noite gélida. — Assim que as palavras saíram de sua boca, o primeiro badalar da meia-noite soou. Então, pela primeira vez, Orlando notou uma pequena nuvem se formando atrás da cúpula da Catedral de St. Paul. À medida que as badaladas soavam, a nuvem aumentava e se espalhava com uma velocidade extraordinária. Ao mesmo tempo, levantou-se uma leve brisa e, quando a sexta badalada da meia-noite soou, todo o céu a leste fora coberto por uma escuridão irregular, em movimento, embora a Oeste e a Norte tudo permanecesse claro. Então, a nuvem se espalhou rumo ao Norte. Todas as partes mais altas da cidade foram engolidas por ela. Apenas Mayfair, com todas as suas luzes brilhando, resplandecia com ainda mais intensidade do que nunca em razão do contraste. Ao soar da oitava badalada, alguns farrapos de nuvem apressados se estenderam sobre Piccadilly. Pareciam se juntar e avançar com extraordinária rapidez em direção a Oeste. Quando soaram a nona, a décima e a décima primeira badaladas, uma escuridão enorme se espalhou por toda a Londres. E, à décima segunda, as trevas tomaram conta de tudo. Uma turbulenta mistura de nuvens envolveu a cidade. Tudo era escuridão, tudo era dúvida, tudo era confusão. Findara o século 18, nascia o século 19.

Capítulo 5

A grande nuvem que pairava, não só sobre Londres, como sobre todas as Ilhas Britânicas no primeiro dia do século 19 permaneceu parada — ou melhor, não, já que era constantemente sacudida por fortes rajadas de vento, por tempo suficiente para afetar de forma extraordinária todos aqueles que se encontravam sob sua sombra. Uma mudança parecia ter ocorrido no clima da Inglaterra. Chovia com frequência, mas apenas em pancadas esparsas, que recomeçavam mal haviam cessado. O sol brilhava, é claro, mas estava tão envolto em nuvens e o ar tão saturado de água, que seus raios pareciam desbotados, e tons pálidos de roxo, laranja e vermelho substituíram as paisagens mais vívidas do século 18. Sob este dossel lúgubre e sombrio, o verde dos repolhos era menos intenso e o branco da neve ficava turvo. O pior, porém, era que a umidade começava a penetrar em todas as casas — a umidade, o inimigo mais insidioso de todos, pois, enquanto o sol pode ser barrado por cortinas, e o frio afastado pelo fogo, a umidade penetra durante o nosso sono, a umidade é silenciosa, imperceptível, onipresente. Ela incha a madeira, mofa a chaleira, enferruja o ferro, apodrece a pedra. O processo é tão gradual que somente quando uma cômoda ou um balde de carvão se despedaça em nossas mãos é que suspeitamos que tal mal esteja agindo.

Assim, sorrateira e imperceptivelmente, sem que ninguém soubesse exatamente o dia ou a hora da mudança, a constituição da Inglaterra foi alterada, e ninguém percebeu. Os efeitos foram sentidos em toda parte. O resistente proprietário rural, que se sentava alegremente para comer carne e beber cerveja em um cômodo projetado com uma dignidade clássica, talvez pelos irmãos Adam[32], agora sentia frio. Mantas surgiram, deixaram-se crescer barbas, começaram a apertar as calças nos pés. O frio que o proprietário rural sentia nas pernas logo se transferiu para sua casa: cobriram os móveis, as paredes e as mesas — nada mais ficou exposto. Então, tornou-se preponderante uma mudança na dieta. Inventaram os bolinhos e as brevidades. O café substituiu o vinho do Porto depois do jantar e, como o café exigia ser tomado em uma sala de estar, e a sala de estar exigia vidraças, e vidraças exigiam flores artificiais, que exigiam aparadores, que exigiam pianos, que exigiam músicas de salão, que exigiam (pulando uma ou duas etapas) inúmeros cachorrinhos, trilhos de mesa e enfeites de porcelana, o lar — que havia se tornado extremamente importante — viu-se completamente alterado.

Fora da casa — outro efeito da umidade — a hera crescia em uma profusão sem igual. Residências antes erguidas de pedra nua eram sufocadas pela vegetação. Nenhum jardim, por mais formal que fosse o design original, ficou livre de arbustos, transformando-se em uma selva, um labirinto. A luz que penetrava nos quartos onde as crianças nasciam era de um verde opaco, e a luz que chegava às salas de estar, onde homens e mulheres viviam, passava por cortinas de veludo marrom e roxo. Mas a mudança não se limitava aos elementos externos. A umidade atacava também o interior. Os homens sentiam o frio no coração, a umidade na mente. Em um esforço desesperado para aquecer seus sentimentos de alguma maneira, tentavam uma artimanha atrás da outra. Amor, nascimento e morte se viam envoltos em uma variedade de belas frases. Os sexos se afastavam cada vez mais. Não se tolerava nenhuma conversa franca. Evasivas e dissimulações eram cuidadosamente praticadas de ambos os lados. E, assim como a hera e as sempre-vivas se espalhavam pela terra

32 Referência a John Adam (1721-1792) e Robert Adam (1728-1792), arquitetos escoceses. (N. do T.)

úmida lá fora, a mesma fertilidade se manifestava no interior das casas. A vida das mulheres comuns passou a ser uma sucessão de partos. Elas se casavam aos dezenove anos e, até os trinta, já tinham quinze ou dezoito filhos — os gêmeos eram abundantes. Assim surgiu o Império Britânico; e assim — pois não há como deter a umidade, que penetra tanto nos tinteiros como na madeira — as sentenças se alongaram, os adjetivos se multiplicaram, os poemas se tornaram épicos, e questões pequenas, que antes constituíam meros ensaios de apenas uma coluna, agora enchiam enciclopédias de dez ou vinte volumes. Mas Eusebius Chubb será nossa testemunha do efeito que tudo isso teve sobre a mente de um homem sensível incapaz de impedir todo esse processo. Há uma passagem no final de suas memórias em que ele descreve como, depois de ter escrito certa manhã trinta e cinco páginas de tamanho grande "sobre nada", ele tampou o tinteiro e foi dar uma volta no jardim. Logo se viu envolto pela vegetação. Incontáveis folhas estalavam e brilhavam acima da cabeça dele. Ele parecia estar "esmagando o mofo de milhões de outras sob seus pés". Uma espessa fumaça exalava de uma fogueira úmida no fundo do jardim. Refletiu que nenhum fogo na terra seria capaz de consumir aquele vasto obstáculo vegetal. Onde quer que olhasse, a vegetação não tinha limites. Pepinos "rastejavam pela grama até os seus pés". Couves gigantes se empoleiravam umas sobre as outras até rivalizar, em sua imaginação desordenada, com os próprios olmos. Galinhas botavam ovos sem cor incessantemente. Então, lembrando-se com um suspiro da própria fecundidade e de sua pobre esposa Jane, naquele instante sofrendo seu décimo quinto parto dentro de casa, perguntava-se como ele seria capaz de culpar as galinhas. Olhou para o alto. Não estaria o céu — ou aquela abóbada que nada mais é do que o próprio céu — aprovando tudo aquilo, ou mesmo instigando tais acontecimentos? Pois lá, inverno ou verão, ano após ano, as nuvens giravam e se reviravam, como baleias, pensava ele, ou elefantes, mais precisamente; mas não, não havia como escapar da comparação que lhe era imposta de mil e uma formas pelo ar; o próprio céu, estendido sobre as Ilhas Britânicas, nada mais era do que um imenso colchão de plumas; e a fecundidade indistinta do jardim, do quarto e do galinheiro se refletia nele. Ele entrou em casa, escreveu o trecho citado acima, enfiou a cabeça em um forno a gás e, quando o encontraram mais tarde, já não havia mais esperança de revivê-lo.

Enquanto isso acontecia por toda parte na Inglaterra, Orlando não tinha problemas em se encerrar em sua morada de Blackfriars e fingir que o clima continuava o mesmo; que ainda se podia dizer o que quisesse e usar calças curtas ou saias conforme desejasse. Por fim, no entanto, mesmo ela foi forçada a reconhecer que os tempos haviam mudado. Certa tarde, no início do século, ela passava por St. James's Park em sua antiga carruagem almofadada quando um daqueles raios de sol, que às vezes — embora raramente — conseguia chegar à terra, lutava para varar as nuvens, tingindo-as com estranhas cores prismáticas. Uma visão daquelas era curiosa o bastante — especialmente depois dos céus claros e uniformes do século 18 — a ponto de fazê-la baixar a janela e observá-la. As nuvens castanho-avermelhadas e cor de flamingo a fizeram pensar com uma angústia prazerosa — o que prova que ela já havia sido afetada pela umidade — nos golfinhos morrendo no mar Jônico. Mas qual não foi sua surpresa quando, ao atingir a terra, o raio de sol pareceu convocar, ou iluminar, uma pirâmide, hecatombe ou troféu (pois tinha um quê de mesa de banquete) — uma aglomeração, pelo menos, dos objetos mais heterogêneos e incongruentes, empilhados desordenadamente em um enorme monte onde agora se encontra a estátua da Rainha Vitória! Envoltas por uma imensa cruz de ouro com filigranas floridas, roupas de luto e véus de noiva eram vistas; pendurados em outras excrescências havia palácios de cristal, cestos de bebê, capacetes militares, coroas fúnebres, calças, bigodes, bolos de casamento, canhões, árvores de Natal, telescópios, monstros extintos, globos, mapas, elefantes e instrumentos matemáticos

— tudo sustentado como um enorme brasão de armas, à direita por uma figura feminina em um vestido branco esvoaçante, à esquerda por um cavalheiro corpulento usando sobrecasaca e calças listradas. A incongruência dos objetos, a associação de figuras completamente vestidas com outras parcialmente cobertas, o brilho das diferentes cores e suas justaposições quadriculadas fizeram com que Orlando caísse no mais profundo desespero. Nunca tinha visto algo tão indecente, tão horrível e tão monumental. Podia ser, e de fato deveria ser, o efeito do sol no ar saturado de água; desapareceria com a primeira brisa que soprasse; mas, apesar de tudo, à medida que ela passava em sua carruagem, parecia-lhe que tudo aquilo estava destinado a durar para sempre. Recostando-se a um canto da carruagem, sentiu que nada, nenhum vento, chuva, sol ou trovão, jamais poderia demolir aquela extravagante obra. Os narizes se manchariam e as trombetas enferrujariam; porém aquilo ali ficaria, apontando para Leste, Oeste, Sul e Norte, eternamente. Ela olhou para trás enquanto a carruagem subia pela Constitution Hill. Sim, lá estava, ainda reluzindo serenamente sob uma luz que — ela tirou o relógio do bolso — era, obviamente, a luz do meio-dia. Nenhuma outra poderia ser tão prosaica, tão factual, tão impermeável a qualquer indício de amanhecer ou poente, tão aparentemente calculada para durar para sempre. Estava determinada a não olhar novamente. Já sentia as marés de seu sangue correrem com mais lentidão. Entretanto, ainda mais peculiar, um rubor, vívido e singular, recobriu suas faces enquanto ela passava pelo Palácio de Buckingham, e seus olhos pareceram ter sido forçados por um poder superior a mirar os joelhos. Subitamente, com um sobressalto, ela viu que usava calções pretos. Continuou ruborizada até chegar à casa de campo, o que, considerando o tempo que leva para quatro cavalos percorrerem quase cinquenta quilômetros, deverá ser avaliado, assim esperamos, como prova cabal de sua castidade.

Uma vez lá, ela seguiu o que agora se tornara a necessidade mais imperiosa de sua natureza, envolveu-se como pôde em uma colcha de damasco que arrancou da cama. Explicou à viúva Bartholomew (que havia sucedido a boa e velha sra. Grimsditch como governanta) que sentia frio.

— Todos nós estamos com frio, minha senhora — disse a viúva, soltando um suspiro profundo. — As paredes estão suando — disse ela, com uma curiosa e lúgubre complacência e, de fato, bastava pôr a mão nos painéis de carvalho para que as impressões digitais ficassem marcadas neles. A hera havia crescido tanto que muitas janelas estavam agora vedadas. A cozinha estava tão escura que mal podiam distinguir uma chaleira de um coador. Um pobre gato preto fora confundido com carvão e jogado na lareira. A maioria das criadas já usava três ou quatro saias de flanela vermelha, embora estivessem em agosto.

— Mas é verdade, minha senhora — perguntou a boa mulher, abraçando-se, enquanto o crucifixo dourado se movia em seu peito — que a rainha, Deus a abençoe, está usando uma... como se chama... uma... — a boa mulher hesitou e corou.

— Uma saia-balão — Orlando a ajudou (pois a palavra já havia chegado a Blackfriars). A sra. Bartholomew assentiu com a cabeça. As lágrimas já corriam por seu rosto, mas, enquanto chorava, ela sorria. Pois era agradável chorar. Não eram todas elas frágeis mulheres? Usando saias-balão para esconder o fato, o grande fato, o único fato — mesmo deplorável — que toda mulher modesta fazia o possível para negar, até que a negação se tornasse impossível; o fato de que teria um filho. Na verdade, quinze ou vinte filhos, de modo que toda mulher recatada passava a maior parte da vida negando o que, ao menos em um dia por ano, tornava-se óbvio.

— Os bolinhos ainda estão quentes — disse a sra. Bartholomew, enxugando as lágrimas — na biblioteca.

E, envolvida na colcha de damasco, Orlando se sentou diante de uma travessa de bolinhos.

— Os bolinhos ainda estão quentes na biblioteca — Orlando repetiu a terrível frase com o refinado sotaque da sra. Bartholomew enquanto bebia — mas não, ela detestava aquela bebida doce — o seu chá. Lembrou-se de que havia sido nessa mesma sala que a Rainha Elizabeth se postara diante da lareira com uma caneca de cerveja na mão, que ela subitamente pousou com toda a força na mesa quando Lorde Burghley usou indelicadamente o imperativo em vez do subjuntivo. — Rapazinho, rapazinho — Orlando ainda podia ouvi-la dizendo — por acaso "deve" é palavra a ser utilizada com um monarca? — E a caneca bateu na mesa: a marca continuava ali até hoje.

Mas, quando Orlando se levantou de um salto, como exigia a simples lembrança daquela grande rainha, ela tropeçou na colcha e caiu de volta na poltrona, soltando um palavrão. No dia seguinte, teria de comprar vinte metros ou mais de bombazina preta, calculou, para fazer uma saia. E, então (e enrubesceu nesse instante), teria que comprar uma saia-balão e, depois (corou novamente), um berço e, depois, outra saia-balão, e assim por diante... Os rubores surgiam e desapareciam na mais curiosa alternância de recato e vergonha que se pode imaginar. Podia-se ver o espírito da época soprando ora quente, ora frio, em suas faces. E, se o espírito da época soprava de maneira um pouco desigual, com a saia-balão causando o rubor antes mesmo de ela ter um marido, sua posição ambígua deveria desculpá-la (mesmo seu sexo ainda era objeto de disputa), assim como a vida irregular que levara anteriormente.

Por fim, a cor de suas faces se estabilizou, e parecia que o espírito da época — se, de fato, se tratasse daquilo mesmo — ficou dormente por um tempo. Então, Orlando apalpou o peito da camisa, como se procurasse algum medalhão ou relíquia de algum afeto perdido, mas o que de lá tirou não era nada disso, e sim um rolo de papel manchado de mar, manchado de sangue, manchado de inúmeras viagens — o manuscrito do seu poema, "O Carvalho". Ela o havia carregado consigo por tantos anos, e em circunstâncias tão arriscadas, que muitas das páginas estavam manchadas, algumas rasgadas, enquanto a falta de papel para escrever quando estava com os ciganos a forçara a preencher as margens e riscar tantos versos que o manuscrito tomara a aparência de um cerzido feito com extrema diligência. Voltou à primeira página e leu a data, 1586, escrita com sua mão infantil. Vinha trabalhando nele há quase trezentos anos. Estava na hora de terminá-lo. Enquanto isso, começou a folhear, mergulhar nos versos, pular trechos, pensando — à medida que lia — no quão pouco havia mudado ao longo de todos aqueles anos. Fora um menino sombrio, apaixonado pela morte, como costumam ser os meninos; depois, amoroso e exuberante; então, alegre e satírico; ora se arriscava na prosa, ora no drama. No entanto, apesar de todas essas mudanças — refletia ela — continuava sendo fundamentalmente a mesma. Mantinha o temperamento meditativo e melancólico, o mesmo amor pelos animais e pela natureza, a mesma paixão pelo campo e pelas estações do ano.

"Afinal", pensou, levantando-se e indo até a janela, "nada mudou. A casa e o jardim continuam exatamente como antes. Nenhuma cadeira foi trocada de lugar, nenhuma bugiganga vendida. Aí estão os mesmos caminhos, os mesmos gramados, as mesmas árvores e o mesmo lago — no qual, aposto, vivem as mesmas carpas. É verdade, a Rainha Vitória está no trono, e não a Rainha Elizabeth, mas que diferença..."

Mal terminara de formular esse pensamento e, como se para repreendê-lo, a porta foi escancarada e entrou Basket, o mordomo, seguido por Bartholomew, a governanta, para retirar a mesa do chá. Orlando, que acabara de mergulhar a pena no tinteiro e estava prestes a escrever alguma reflexão sobre a eternidade de todas as coisas, ficou muito irritada com uma mancha que impedira de fazê-lo ao se espalhar e serpentear sob a pena. Algum problema da pluma, supôs ela, devia estar rachada ou suja. Mergulhou-a no tinteiro novamente. A mancha aumentou. Ela tentou continuar com o que estava escrevendo; nenhuma palavra saiu. Então, passou a decorar a mancha com asas e bigodes, até que se transformou em um monstro de cabeça redonda, algo entre um morcego e um vombate. Mas era impossível escrever poesia com Basket e Bartholomew na sala. Bastou-lhe dizer "impossível" e, para sua surpresa e alarde, a pena começou a se curvar e saltitar com incrível fluidez. A página foi preenchida com a límpida caligrafia inclinada mais nítida que já se viu, com os versos mais insossos que ela já lera na vida:

"Sou apenas um elo vil
Na corrente gasta da vida,
Mas proferi sagradas palavras,
Ah, não diga que foram em vão!
A jovem donzela, quando suas lágrimas,
Sozinhas ao luar brilham,
Lágrimas pela ausência e pelo amado,
Haverão de murmurar..."

Escreveu sem parar enquanto Bartholomew e Basket resmungavam e gemiam pela sala, atiçando o fogo, recolhendo os bolinhos.

Mais uma vez, ela mergulhou a pena e desatou a escrever...

"Tão mudada estava, a suave nuvem carmim
Que antes cobria-lhe as faces como aquela que, à noite,
Pendura no céu, brilhando com seus tons rosados,
Desaparecera na palidez, rompida por
Vibrantes rubores, tochas do sepulcro."

Mas, nesse momento, com um movimento abrupto, ela derramou a tinta sobre a página e a ocultou para sempre do olhar humano — assim esperava. Estava completamente arrepiada, bastante inquieta. Nada mais repulsivo poderia ser imaginado do que sentir a tinta fluindo assim em cascatas de inspiração involuntária. O que acontecera com ela? Seria a umidade, Bartholomew, Basket, o quê?, perguntou-se. Mas a sala estava vazia. Ninguém lhe respondeu, a não ser o som da chuva pingando na hera, que poderia fazer as vezes de resposta.

Enquanto isso, postada diante da janela, tomou consciência de uma extraordinária sensação de formigamento e vibração por todo o corpo, como se fosse feita de milhares de cordas em que alguma espécie de vento ou dedos errantes estivessem tocando escalas. Ora lhe formigavam os dedos dos pés, ora a medula. Ela sentia as mais estranhas sensações sobre os fêmures. Seus cabelos pareciam se arrepiar. Os braços ressoavam e estalavam como fios telegráficos haveriam de fazer dentro de vinte anos ou mais. Mas toda essa agitação parecia, por fim, concentrar-se em suas mãos; e então em uma delas, em um dedo dessa mão, para em seguida se contrair, até formar um círculo de sensibilidade trêmula sobre o anelar da mão esquerda. E, quando ela o ergueu para ver o que vinha causando tal agitação, nada viu — nada além da imensa esmeralda solitária que a Rainha Elizabeth lhe dera. E não era o suficiente?, perguntou-se ela. Era de uma limpidez inigualável. Valia pelo menos dez mil libras. A vibração parecia, de uma maneira muito estranha (mas lembre-se de que estamos lidando com algumas das manifestações mais sombrias da alma humana) dizer "não, isso não é suficiente"; e, além disso, assumir um tom de interrogação, como se perguntasse o que significava aquele hiato, aquele curioso descuido, até a pobre Orlando se sentir definitivamente envergonhada do dedo anelar, sem saber o porquê. Nesse momento, Bartholomew entrou para perguntar qual vestido ela deveria preparar para o jantar, e Orlando, cujos sentidos estavam bastante aguçados, imediatamente olhou para a mão esquerda de Bartholomew e percebeu no mesmo instante o que nunca notara antes — um grosso anel de um amarelo tanto quanto intenso envolvendo o terceiro dedo, ao passo que na mão dela nada havia.

— Deixe-me ver seu anel, Bartholomew — disse ela, estendendo a mão para pegá-lo.

Nesse momento, Bartholomew reagiu como se tivesse sido golpeada no peito por um bandido. Deu um passo para trás e cerrou o punho, afastando-o dela com um gesto de extrema nobreza. — Não — respondeu-lhe ela, com uma dignidade resoluta, a senhora poderia olhar se quisesse, mas quanto a tirar a aliança de casamento, nem o arcebispo, nem o papa, nem a Rainha Vitória no trono poderiam forçá-la a fazê-lo. O marido dela, Thomas, havia a colocado em seu dedo há vinte e cinco anos, seis meses e três semanas; ela dormira com ela; trabalhara com ela; lavara com ela; rezara com ela; e tinha a intenção de ser enterrada com ela. Na verdade, Orlando a ouviu dizer, embora a voz dela estivesse bastante embargada pela emoção, que era pelo brilho da aliança que tinha garantido um lugar entre os anjos, e o brilho seria manchado para sempre se ela a tirasse do dedo, nem que fosse por um único segundo.

— Que os céus nos ajudem — disse Orlando, diante da janela e observando os pombos em suas travessuras — que mundo é este em que vivemos! Que mundo, sinceramente! — Suas complexidades a surpreendiam. Parecia-lhe agora que todo o mundo estava cercado por um anel de ouro. Ela foi jantar. Alianças de casamento por todo canto. Foi à igreja. Alianças de casamento por toda parte. Saiu de carruagem. De ouro, verdadeiro ou de imitação, finas, grossas, simples, lisas, brilhavam em toda mão. Alianças enchiam as joalherias, não os anéis com pedras e diamantes cintilantes de que Orlando se lembrava, e sim simples aros, sem quaisquer pedrarias. Simultaneamente, ela começou a notar um novo hábito entre os habitantes da cidade. Nos velhos tempos, era comum encontrar um rapaz se divertindo com uma moça sob uma cerca de espinheiro. Orlando já havia afugentado muitos desses casais com a ponta do chicote, rindo e seguindo em frente. Agora, tudo isso estava mudado. Casais marchavam no meio da rua, indissoluvelmente unidos. Invariavelmente, a mão direita da mulher vinha presa à esquerda do homem, com seus dedos firmemente entrelaçados. Muitas vezes, apenas quando os cavalos estavam prestes a atropelá-los, é que se mexiam, e então, embora se movessem, faziam-no pesadamente, afastando-se para a lateral da estrada. Orlando só podia supor que alguma nova descoberta havia sido feita sobre a raça; que, de alguma forma, todos os casais haviam sido soldados, mas quem o fizera e quando, ela não era capaz de adivinhar. Não parecia ser algo próprio da Natureza. Ela olhou para as pombas, os coelhos, os caçadores de alces e não conseguiu ver a Natureza alterando suas maneiras ou as corrigindo, pelo menos desde a época da Rainha Elizabeth. Não havia nenhuma aliança indissolúvel entre os animais que se pudesse perceber. Seria a Rainha Vitória ou Lorde Melbourne? Cabia a eles a grande descoberta do casamento? No entanto, ponderou, a rainha era conhecida como uma fã de cães, e Lorde Melbourne, ouvira dizer, fã de mulheres. Havia algo de estranho, de repulsivo, naquela indissolubilidade dos corpos, algo que revoltava seu senso de decência e higiene. As reflexões, no entanto, vinham acompanhadas por uma espécie de formigamento e vibração no dedo afetado, de tal modo que ela quase não conseguia organizar as ideias, que definhavam e a contemplavam como se nada fossem além de devaneios de uma criada. Elas a faziam corar. Não havia outra opção senão comprar uma daquelas alianças horrorosas e usá-la como as outras pessoas. E foi o que fez, colocando-a no dedo, dominada pela vergonha, por detrás de uma cortina. Mas de nada adiantou, o formigamento persistiu, com ainda mais violência e indignação do que nunca. Ela não dormiu um só minuto naquela noite. Na manhã seguinte, quando pegou a pena para escrever, ou não conseguia pensar em nada, a pena fazendo uma grande mancha lacrimosa atrás da outra, ou — algo ainda mais alarmante — ela se entregava a deliberações melífluas sobre a morte precoce e a perdição — o que era muito pior do que não pensar em nada. Pois parece — e seu caso é prova viva disso — que escrevemos não com os dedos, e sim com toda a nossa existência. O nervo que controla a pena se prende a cada fibra do nosso ser, atravessa o coração, perfura o fígado. Embora a origem do seu problema parecesse ser a mão esquerda, ela se sentia envenenada por inteiro e, por fim, viu-se forçada a considerar o mais desesperado dos remédios, ceder completamente e se submeter ao espírito da época, arranjando um marido.

Que isso era contra seu temperamento natural já ficou bem claro. Quando o som das rodas da carruagem do arquiduque se afastou, o grito que escapou dos lábios dela foi — Vida! Um amante! — e não — Vida! Um marido! — e foi em busca desse objetivo que ela acabou se mudando para a cidade e correu mundo, como visto no capítulo anterior. No entanto, a natureza indomável do espírito da época é tão grande que derruba com mais eficiência qualquer um que tente lhe oferecer resistência do que aqueles que se curvam diante dele. Orlando tinha se inclinado naturalmente diante do espírito elisabetano, do espírito da Restauração, do espírito do século 18, e, consequentemente, mal tinha notado a mudança de uma época para a outra. Mas o espírito do século 19 lhe era extremamente avesso, ele tomou posse dela e a arruinou, tornando-a ciente de sua derrota como nunca antes. Pois é provável que o espírito humano tenha seu lugar predeterminado no tempo; alguns nascem para esta época, outros para outra; e, agora que Orlando havia se tornado uma mulher, com um ou dois anos além dos trinta, as linhas de seu caráter estavam fixas, e violentá-las era intolerável.

Assim, postou-se, melancólica, à janela da sala de estar (assim Bartholomew batizara a biblioteca), sobrecarregada pelo peso da saia-balão, que resignadamente adotara. Era uma peça mais pesada e mais feia do que qualquer traje que tivesse usado.

Nenhum lhe causara tamanha obstrução aos movimentos. Não podia mais atravessar o jardim com seus cães, nem correr ligeiramente até o alto da colina e se deitar sob o carvalho. As saias acumulavam folhas úmidas e palha. O chapéu emplumado sacudia ao vento. Imediatamente, os sapatos finos ficavam ensopados e recobertos de lama. Os músculos dela haviam perdido a flexibilidade. Ela passou a temer a presença de ladrões atrás dos lambris e, pela primeira vez na vida, viu-se com medo de fantasmas nos corredores. Tudo isso a levou, pouco a pouco, a se submeter à nova descoberta, fosse ela da Rainha Vitória ou de outro, de que a cada homem se destinava uma mulher para toda a vida, o primeiro sustentando e a segunda, sendo sustentava até que a morte os separasse. Seria um consolo, ela sentia, apoiar-se, sentar-se — sim, deitar-se, para nunca, nunca, nunca mais se levantar novamente. Assim o espírito da época agiu sobre Orlando, a despeito de todo seu orgulho do passado e, à medida que ela foi descendo pela escala de emoções até esse ponto humilde e incomum, os formigamentos e as vibrações, que tinham sido tão ardilosos e tão questionadores, transformaram-se nas mais doces melodias, até parecer que anjos estivessem tocando com dedos pálidos as cordas de uma harpa e todo o seu ser houvesse sido tomado por uma harmonia seráfica.

Mas em quem ela poderia se apoiar? Fez essa pergunta aos selvagens ventos do outono. Pois agora era outubro, úmido como de costume. Não no arquiduque — ele se casara com uma grande dama e passara os últimos anos caçando lebres na Romênia; nem no sr. M., que se tornara católico; nem no marquês de C., que fabricava sacos em Botany Bay; nem no lorde O., que virara comida para os peixes há muito tempo. De uma forma ou de outra, todos os seus antigos amigos tinham partido, e as Nell e Kit de Drury Lane, por mais que ela gostasse delas, não lhe serviriam de apoio.

— Em quem — perguntou ela, lançando os olhos nas nuvens que giravam, juntando as mãos enquanto se ajoelhava no peitoril da janela, assemelhando-se à perfeita imagem da mulher suplicante — posso me apoiar? — Suas palavras se formaram e as mãos se entrelaçaram involuntariamente, assim como a pena escrevera por conta própria. Não era Orlando quem falava, e sim o espírito da época. Mas, quem quer que fosse, ninguém respondeu. Os corvos voavam confusos por entre as nuvens violetas do outono. A chuva finalmente parou, e havia um brilho no céu que a tentou a vestir o chapéu emplumado e os sapatos finos, para dar um passeio antes do jantar.

"Todo mundo tem seu par, menos eu", pensou ela, enquanto atravessava o pátio, desolada. Até mesmo os corvos e os cães Canute e Pippin — mesmo que as alianças fossem transitórias, ainda assim, todo mundo parecia ter um parceiro naquela noite. "Ao passo que eu, que sou dona de tudo isso", pensou Orlando, olhando, enquanto passava, as inúmeras janelas com brasões do saguão, "continuo solteira, sem par, sozinha."

Esses pensamentos nunca haviam passado pela cabeça dela antes. Agora, esmagavam-na de maneira implacável. Em vez de empurrar o portão, bateu nele com a mão enluvada para que o porteiro o abrisse para ela. Devemos nos apoiar em alguém, pensou, nem que seja somente no porteiro; e meio que desejou ficar por ali mesmo, ajudando-o a grelhar as costeletas em um balde de brasas incandescentes, mas era tímida demais para lhe pedir tal coisa. Por isso, dirigiu-se para o parque sozinha, de início vacilante, e receosa de que pudesse haver caçadores furtivos, guardas florestais, ou até mesmo mensageiros que achariam estranho uma grande dama como ela caminhando a sós.

A cada passo, ela olhava nervosamente ao redor, temendo que alguma forma masculina estivesse escondida atrás de um tojo, ou que alguma vaca selvagem estivesse pronta a chifrá-la. Mas só havia os corvos se exibindo no céu. A pena azul-acinzentada de um deles caiu sobre a urze. Ela adorava penas de pássaros silvestres. Costumava colecioná-las quando era criança. Pegou a pena e a colocou no chapéu. O ar soprou sobre o espírito dela e a animou. À medida que os corvos rodopiavam sobre sua cabeça e pena após pena caía, reluzindo em meio ao ar arroxeado, ela os seguia, com a longa capa esvoaçante, cruzando o brejo e subindo a colina. Há anos não ia tão longe. Pegou do chão um total de seis penas, deslizando-as entre os dedos e as pressionando nos lábios para sentir a plumagem lisa e cintilante e, subitamente avistou, reluzente na encosta da colina, uma poça prateada, tão misteriosa quanto o lago em que *sir* Bedivere lançara a espada do Rei Arthur. Uma única pena tremeluziu no ar e caiu no centro da poça. Então, uma estranha euforia tomou conta dela. Uma ideia louca veio à sua mente, de seguir os pássaros até o fim do mundo e se atirar no gramado esponjoso, sorvendo o esquecimento, enquanto o riso rouco dos corvos soava acima ela. Ela apressou o passo; correu; tropeçou; as raízes duras do mato a lançaram ao chão. Quebrou o tornozelo. Não conseguia se levantar. Mas ali ficou, contente. O cheiro da murta e da rainha-dos-prados lhe invadia as narinas. A risada rouca dos corvos ressoava em seus ouvidos. — Encontrei meu par — murmurou ela. — É o brejo. Sou noiva da natureza — sussurrou, entregando-se em êxtase aos frios abraços da grama, enquanto repousava, envolta na capa, na depressão ao lado da poça. — Vou ficar aqui. (Uma pena caiu sobre a testa dela.) Encontrei um louro mais verde do que a folha do loureiro. Minha testa estará sempre fresca. Essas são as penas dos pássaros silvestres — da coruja, do curiango. Terei sonhos tresloucados. Minhas mãos não usarão nenhuma aliança de casamento — continuou, tirando-a do dedo. — As raízes se entrelaçarão em torno delas. Ah — suspirou, pressionando a cabeça voluptuosamente sobre o travesseiro esponjoso — procurei a felicidade por muitas eras e não a encontrei; busquei a fama e falhei; o amor e não o conheci; a vida — e eis que a morte é melhor. Conheci muitos homens e muitas mulheres — continuou — e não compreendi nenhum deles. É melhor ficar aqui, deitada, em paz, com apenas o céu acima de mim —como o cigano me disse anos atrás, na Turquia. — E olhou diretamente para a maravilhosa espuma dourada em que as nuvens se transformaram, e nela viu, no momento seguinte, um caminho por onde camelos passavam em fila indiana, através do deserto rochoso, em meio a nuvens de poeira vermelha; e então, passados os camelos, só viu as enormes montanhas, cheias de fendas e cumes rochosos, e imaginou ouvir o som dos sinos das cabras nas passagens e nos vales, tomados de campos de íris e gencianas. O céu então mudou, e os olhos dela se abaixaram lentamente, até se fixar na terra escurecida pela chuva e avistar a grande colina das South Downs, fluindo como uma onda ao longo da costa; e, onde a terra se dividia, ali estava o mar, com seus navios; e ela imaginou ouvir um tiro de canhão distante, pensando de início, "É a Armada", e depois, "Não, é Nelson[33]", lembrando-se então de que aquelas guerras tinham acabado e se tratava de navios mercantes em operação, enquanto as velas no rio caudaloso pertenciam a barcos de passeio. Viu também o gado espalhado pelos campos escuros, ovelhas e vacas, assim como as luzes que começavam a brilhar, aqui e ali, nas janelas das casas de fazenda, e as lanternas se movendo entre os rebanhos enquanto os pastores e vaqueiros faziam suas rondas; em seguida, as luzes se apagaram e as estrelas se embaralharam no céu. Na verdade, estava caindo no sono, com as penas molhadas sobre o rosto e o ouvido colado ao chão, quando ouviu, vindo do fundo do seu ser, um martelo golpeando uma bigorna — ou seria um coração batendo? Martelo na bigorna ou coração no centro da terra, algo batia, até que, conforme ouvia, pensou que o som se transformara no trote de um cavalo; contou um, dois, três, quatro; ouviu depois um tropeção e, quando os sons

33 Horatio Nelson (1758-1805), oficial da Marinha Real Britânica famoso pelas intervenções nas Guerras Napoleônicas. (N. do T.)

se aproximaram ainda mais, o estalido de um graveto e o chapinhar dos cascos no solo encharcado. O cavalo estava agora muito perto. Sentou-se, com as costas eretas. Viu uma silhueta negra e alta contra o céu amarelado do amanhecer, com tordos esvoaçando ao seu redor: tratava-se de um homem a cavalo. Ele teve um sobressalto. O cavalo parou.

— Minha senhora! — gritou o homem, saltando para o chão — Está machucada!

— Estou morta, meu senhor! — respondeu ela.

Alguns minutos depois, tinham ficado noivos.

Na manhã seguinte, enquanto tomavam o café da manhã, ele disse seu nome, Marmaduke Bonthrop Shelmerdine.

— Eu sabia! — disse ela, pois havia nele algo romântico e cavalheiresco, apaixonado e melancólico — embora determinado — que combinava com o nome incomum e ornamentado — um nome que, na mente dela, tinha o brilho azul-acinzentado das asas dos corvos, o riso rouco de seus grasnidos, a queda sinuosa de suas penas em um lago prateado e mil outras coisas que serão descritas em breve.

— O meu é Orlando — disse ela. Ele adivinhara. Pois, explicou ele, quando se vê um navio com as velas cheias a favor do sol, orgulhosamente varrendo o Mediterrâneo a partir dos Mares do Sul, diz-se imediatamente: "Orlando".

Na verdade, embora se conhecessem há pouco tempo, haviam adivinhado, como sempre acontece entre amantes, tudo o que era importante acerca do outro em dois segundos, no máximo, e agora só lhes restava preencher os detalhes sem importância, como nome, onde moravam e se eram mendigos ou pessoas de posses. Ele contou que tinha um castelo nas Hébridas, mas estava arruinado. As gaivotas se alimentavam no salão de banquetes. Fora soldado e marinheiro, e fizera explorações no Oriente. Agora, estava indo se juntar à sua brigada em Falmouth, mas o vento caíra e, somente quando soprasse do Sudoeste, é que ele poderia zarpar. Orlando olhou rapidamente da janela da sala de jantar para o leopardo dourado na rosa dos ventos. Felizmente, a cauda apontava para o Leste e estava firme como uma rocha. — Ah! Shel, não me deixe! — gritou. — Estou apaixonada por você — disse. Mal as palavras saíram da boca dela, uma terrível suspeita surgiu simultaneamente na mente de ambos.

— Você é mulher, Shel! — ela exclamou.

— Você é homem, Orlando! — ele gritou.

Nunca houvera uma cena de protestos e demonstrações como aquela desde o início dos tempos. Quando acabou e eles se sentaram novamente, ela perguntou o que era aquela história de vento Sudoeste. Para onde ele estava indo?

— Para o Cabo Horn — disse ele brevemente, e corou. (Porque um homem tinha que corar como uma mulher, mas por coisas bem diferentes.) Foi apenas com grande insistência da parte dela e o uso de muita intuição que ela descobriu que ele dedicara toda a vida à mais desesperada e esplêndida aventura — contornar o Cabo Horn durante um vendaval. Mastros costumavam quebrar, velas se esfarrapavam (ela teve que arrancar dele essa confissão). Algumas vezes, o navio afundara, e ele fora o único sobrevivente, em uma jangada, com apenas um biscoito.

— É praticamente a única coisa que um homem pode fazer hoje — disse ele timidamente, e se serviu de grandes colheradas de geleia de morango. A visão que ela teve então daquele menino (pois ele não era muito mais do que isso) chupando balas de menta — pelas quais era apaixonado — enquanto os mastros se partiam, as estrelas vacilavam e ele gritava ordens para cortar isto, jogar aquilo ao mar, fez com que lágrimas rolassem de seus olhos, lágrimas, ela notou, de um sabor mais refinado do que qualquer outra que já derramara antes: "Sou mulher", pensou ela, "uma mulher de verdade, por fim". Agradeceu a Bonthrop do fundo do coração por ter lhe proporcionado esse raro e inesperado prazer. Se não estivesse mancando do pé esquerdo, ela teria se sentado no colo dele.

— Shel, meu querido — ela começou novamente — conte-me... — e assim conversaram por duas horas ou mais, talvez sobre o Cabo Horn, talvez não, e realmente não adianta muito escrever o que disseram, pois se conheciam tão bem que podiam dizer qualquer coisa, o que equivale a não dizer nada, ou a dizer coisas tão estúpidas e prosaicas quanto como fazer uma omelete, ou onde comprar as melhores botas em Londres, coisas que não têm o menor brilho fora de contexto, mas que podem ser de uma beleza surpreendente em meio à conversa apropriada. Afinal, graças a uma sábia economia da natureza, nosso espírito moderno quase pode dispensar a linguagem; bastam as expressões mais comuns e, como nenhuma delas é completamente satisfatória, muitas vezes a conversa mais ordinária é a mais poética, e a mais poética é precisamente aquela que não pode ser registrada. Por essas razões, deixamos um grande espaço em branco aqui, que deve ser tomado como indicação de que está completamente preenchido.

Depois de mais alguns dias desse tipo de conversa, Shel começava a dizer "Orlando, minha querida...", quando se ouviu um arrastar de pés do lado de fora, e o mordomo Basket entrou com a informação de que havia dois policiais lá embaixo com um mandado da rainha.

— Faça-os subir — disse Shelmerdine secamente, como se estivesse no próprio convés, assumindo, por instinto, uma posição com as mãos atrás de si, diante da lareira. Dois oficiais em uniformes verde-garrafa e cassetetes na cintura entraram na sala e ficaram em posição de sentido. Terminadas as formalidades, entregaram a Orlando, conforme as ordens recebidas, um documento legal de aspecto muito impressionante; julgando pela quantidade de lacres de cera, fitas, juramentos e assinaturas, tudo da maior importância.

Orlando passou os olhos por ele e, então, usando o dedo indicador da mão direita como ponteiro, leu os seguintes fatos como sendo os mais pertinentes para o momento.

— As ações judiciais estão resolvidas — leu — ...algumas a meu favor, por exemplo... outras não. Casamento turco anulado (fui embaixadora em Constantinopla, Shel). Filhos pronunciados ilegítimos (disseram que eu tinha três filhos com Pepita, uma dançarina espanhola). Então, eles não herdam nada, o que é bom... Sexo? Ah, e quanto ao sexo? O meu sexo — ela leu com certa solenidade — é declarado indiscutivelmente, e sem sombra de dúvida (o que eu estava lhe dizendo há um momento, Shel?), feminino. As propriedades, que não estão mais confiscadas, caberão em perpetuidade aos herdeiros masculinos que saírem do meu corpo ou, na falta de casamento... — mas, nesse ponto, ela demonstrou impaciência com toda a verborragia legal, e disse — mas não haverá falta de casamento, nem de herdeiros, por isso o resto pode ser dado como lido. — Ao que ela dispôs a própria assinatura logo abaixo da de lorde Palmerston e, a partir desse momento, retomou a posse indiscutível de seus títulos, casa e fortuna — que agora se encontrava bastante reduzida, já que o custo das ações judiciais fora considerável, de modo que, embora fosse mais uma vez infinitamente nobre, também estava excessivamente pobre.

Quando o resultado do processo foi conhecido (e os boatos voavam muito mais rápido do que o telégrafo que veio substituí-los), toda a cidade se regozijou.

Cavalos foram atrelados a carruagens com o único propósito de sair às ruas. Caleças e landaus vazios subiam e desciam sem parar a High Street. Pronunciaram discursos na taverna Bull. Réplicas foram proferidas na Stag. A cidade foi iluminada. Porta-joias de ouro foram selados de modo seguro em caixas de vidro. Moedas foram devidamente postas debaixo de pedras. Hospitais foram fundados. Os fazendeiros formaram clubes para matar ratos e pardais. Dezenas de mulheres turcas foram queimadas em efígie na praça do mercado, com outras dezenas de garotos camponeses com um letreiro pendurado na boca que dizia: "Eu sou um vil embusteiro". Os pôneis cor creme da rainha foram logo vistos trotando pela alameda com ordens para que Orlando viesse jantar e dormir no castelo naquela mesma noite. A mesa dela, como da última vez, ficou empilhada de convites da condessa de R., da *lady* Q., da *lady* Palmerston, da marquesa de P., da sra. W. E. Gladstone e de muitas outras, rogando o prazer de sua companhia e relembrando as antigas alianças entre suas famílias e a dela etc.] — tudo isso colocado corretamente entre colchetes, como acima, simplesmente porque os parênteses não tinham a menor significância na vida de Orlando. Ela passou por cima disso tudo, permitindo que voltemos ao texto. Pois, enquanto as fogueiras ardiam na praça do mercado, ela se encontrava nos bosques escuros a sós com Shelmerdine. O tempo estava tão bom que as árvores estendiam os galhos imóveis sobre eles e as folhas manchadas de vermelho e dourado caíam tão lentamente que sua trajetória sinuosa podia ser seguida durante meia hora até que, por fim, pousassem nos pés de Orlando.

— Conte-me, Mar — ela costumava dizer (e aqui precisa ser explicado que, quando o chamava pela primeira sílaba do primeiro nome é porque estava em um estado de espírito sonhador, amoroso, aquiescente, doméstico e um pouco lânguido, como se houvessem queimado lenha aromatizada com especiarias e fosse fim de tarde, cedo ainda para se vestir, e talvez suficientemente úmido lá fora para fazer as folhas brilharem, mesmo que um rouxinol pudesse estar cantando em meio às azaleias, dois ou três cães latindo nas fazendas distantes e um galo cacarejando — tudo o que o leitor for capaz de imaginar em sua voz) — conte-me, Mar, sobre o Cabo Horn. — E, então, Shelmerdine construía um pequeno modelo do Cabo Horn no chão, com gravetos, folhas mortas e uma ou duas conchas de caracol vazias.

— Aqui é o Norte — diria ele. — Ali o Sul. O vento vem desta região. O brigue está velejando para Oeste, e acabamos de baixar a verga superior da mezena: aqui, onde está essa folha de grama, entra a corrente que você vai ver marcada... onde estão o meu mapa e os compassos, contramestre? Ah, obrigado, está bem, ali onde pus o caracol. Como a corrente nos pega por estibordo, temos de subir a verga da bujarrona, ou vamos ser arrastados para bombordo, que é onde está a folha da faia — porque você precisa entender, minha querida... — e assim continuava enquanto ela prestava atenção a cada palavra e as interpretava corretamente, a fim de visualizar, sem que ele precisasse descrever, a fosforescência das ondas; os pingentes de gelo retinindo no convés; como ele subia até o topo do mastro numa ventania, e lá refletia sobre o destino do homem; descia de novo; tomava um uísque com soda; desembarcava; era seduzido por uma negra; arrependia-se; racionalizava; lia Pascal; resolvia escrever sobre filosofia; comprava um macaco; debatia o verdadeiro propósito da vida; decidia em favor do Cabo Horn; e assim por diante. Orlando entendia que ele dizia isso e mil outras coisas e, quando contava que o suprimento de biscoitos se esgotara, Shelmerdine ficava agradavelmente surpreso ao verificar a capacidade de compreensão dela por responder: — Sim, as mulheres negras são muito atraentes, não é mesmo?

— Tem certeza de que você não é homem? — ele perguntava, ansioso, e ela respondia como um eco:

— Tem certeza de que você não é mulher? — e, então, tinham de colocar a questão em pratos limpos sem mais delongas, já que ambos estavam muito surpresos pela rapidez com que se entendiam, e foi uma revelação para cada um deles que uma mulher pudesse ser tão tolerante e sincera quanto um homem, e um homem, tão estranho e sutil quanto uma mulher — o que exigia pronta comprovação.

E assim ficavam conversando ou, melhor dizendo, compreendendo-se mutuamente, o que se tornou a principal arte da fala em uma época em que as palavras se revelavam a cada dia mais escassas em comparação com as ideias, a tal ponto que "os biscoitos acabaram" significavam, na verdade, beijar uma mulher negra no escuro depois de ler a filosofia do Bispo Berkeley pela décima vez. (Daí segue-se que apenas os mais refinados mestres do estilo podiam dizer a verdade e que, quando se encontrava um escritor simples e monossilábico, podia-se concluir, sem qualquer sombra de dúvida, que o pobre coitado estava mentindo.)

Assim conversavam; e então, quando os pés dela ficavam bem cobertos de folhas manchadas de outono, Orlando se levantava e penetrava sozinha no coração do bosque, deixando Bonthrop sentado ali, entre os caracóis, fazendo maquetes do Cabo Horn. — Bonthrop — dizia ela — vou dar uma volta — e, quando o chamava pelo segundo nome, "Bonthrop", deveria indicar ao leitor que ela estava se sentindo sozinha, que via os dois como grãos de areia num deserto, que desejava apenas encontrar a morte a sós, pois pessoas morrem todo dia, à mesa de jantar ou assim, ao ar livre em um bosque outonal; e, com as fogueiras acesas e *lady* Palmerston ou *lady* Derby a convidando todas as noites para jantar, ao dizer "Bonthrop", ela dizia, efetivamente, "estou morta", e avançava feito um espírito em meio às faias pálidas como espectros, remando rumo ao cerne da solidão como se o ligeiro surto de ruído e movimento tivesse acabado, e ela agora estivesse livre para seguir seu caminho — tudo isso o leitor deve captar na voz dela quando dizia "Bonthrop", devendo acrescentar que essa palavra — a fim de melhor iluminá-la — também significava para ele, misticamente, separação e isolamento, os fantasmas que caminham pelo convés do seu brigue em mares insondáveis.

Depois de algumas horas de morte, um gaio subitamente trilou "Shelmerdine" e, curvando-se, ela pegou um daqueles açafrões de outono que, para algumas pessoas, representam justamente essa estação do ano, e o colocou junto ao peito junto com a pena azul do gaio que caíra por entre os galhos das faias. Então, ela chamou — Shelmerdine — e a palavra saiu ricocheteando pelo bosque, para cá e para lá, até atingi-lo onde, sentado na grama, ele erigia maquetes com as conchas de caracol. Ele a viu e a escutou vindo na sua direção com o açafrão e a pena do gaio no peito, e gritou — Orlando — o que, de início, significou (e devemos lembrar que, quando cores vivas como o azul e o amarelo se misturam em nossos olhos, algo delas é transferido para nossos pensamentos) a agitação das samambaias, como se alguma coisa estivesse abrindo caminho entre elas — mas provou ser simplesmente um barco a todo pano, jogando para cima e para baixo de modo um tanto quanto sonolento, como se tivesse um ano inteiro de dias de verão para completar sua viagem; e assim o barco se aproxima, balançando para cá, balançando para lá, com nobreza e indolência, subindo a crista de uma onda para mergulhar no vale da seguinte, e então, de repente, já está em cima de você (que o enxerga do interior de uma pequena embarcação) com todas as velas tremulando e que, então, caem de uma só vez no convés —como também Orlando se deixou cair na grama ao lado dele.

Oito ou nove dias se passaram assim, porém no décimo, um 26 de outubro, Orlando estava deitada em meio às samambaias enquanto Shelmerdine recitava Shelley (cuja obra inteira ele sabia de cor) quando uma folha, que começara a cair lentamente de uma árvore, atingiu o pé de Orlando com força. Outra seguiu a primeira e, depois, uma terceira. Orlando estremeceu e ficou pálida. Era o vento. Shelmerdine — mas agora seria mais adequado chamá-lo de Bonthrop — se pôs de pé com um salto.

— O vento! — ele gritou.

Correram juntos pelo bosque, o vento os cobrindo de folhas enquanto se dirigiam ao grande pátio e, dali, aos pequenos pátios, com os criados assustados largando as vassouras e panelas para segui-los até a capela, onde várias luzes foram acesas tão rápido quanto possível, derrubando ali um banco, apagando acolá uma vela. Sinos repicaram convocando as pessoas. Por fim, o sr. Dupper, agarrando as pontas da sua gravata branca, perguntou onde estava o livro de orações. Alguém lhe entregou o da Rainha Maria, e ele, procurando alguma passagem folheando apressadamente as páginas, disse: — Marmaduke Bonthrop Shelmerdine e *lady* Orlando, ajoelhem-se — eles assim fizeram e ficavam ora iluminados, ora no escuro, à medida que a luz e a sombra se revezavam em confusão através dos vitrais; e, em meio ao bater de inúmeras portas e do estrondo semelhante ao de panelas de cobre se chocando, soou o órgão, seu rugido aumentando e diminuindo, e o sr. Dupper, já bastante velho, tentou sem sucesso erguer a voz acima do tumulto quando houve, então, um momento de silêncio e algumas poucas palavras — talvez "as mandíbulas da morte" — foram claramente ouvidas, enquanto todos os criados da propriedade continuavam a entrar, para ouvir melhor, ainda com rastelos e chicotes na mão, alguns cantando em voz alta e outros rezando, e um pássaro se chocou contra o vitral e, depois, ouviu-se o estrondo de um trovão, de tal modo que ninguém escutou a palavra "obedecer" ser pronunciada ou viu, exceto como um relâmpago dourado, a aliança passar de uma mão para a outra. Tudo era movimento e confusão. Em seguida, eles se levantaram com o órgão roncando, os relâmpagos brilhando e a chuva caindo, e *lady* Orlando, com a aliança no dedo, foi até o pátio em seu vestido fino e segurou o estribo balouçante — pois já tinham posto o freio e as rédeas no cavalo, cujos flancos ainda estavam cobertos de espuma — para seu marido montar, o que ele fez de um salto, e o cavalo pulou para a frente, e Orlando, ali parada, gritou — Marmaduke Bonthrop Shelmerdine! — e ele respondeu — Orlando! — e as palavras, como falcões selvagens, partiram velozes, dando voltas por entre os campanários, cada vez mais alto, cada vez mais longe, girando cada vez mais rápido, até se chocar e tombar no solo em uma chuva de fragmentos. Então, ela entrou.

Capítulo 6

Orlando entrou em casa. Tudo quieto. Silêncio absoluto. Eis ali o tinteiro, a pena, o manuscrito do seu poema, suspenso no meio de um tributo à eternidade. Ela estava prestes a dizer, quando Basket e Bartholomew a interromperam com as coisas do chá, que nada muda. E então, no espaço de três segundos e meio, tudo mudara — ela quebrara o tornozelo, havia se apaixonado, casado com Shelmerdine.

Eis ali a aliança no dedo para prová-lo. Era verdade que ela mesma a colocara lá antes de conhecer Shelmerdine, mas isso se mostrara completamente inútil. Agora, ela girava a aliança sem parar, com supersticiosa reverência, tomando cuidado para que não escorregasse pelo nó do dedo.

— A aliança deve ser colocada no terceiro dedo da mão esquerda — ela disse, como uma criança repetindo cautelosamente a lição — para ter algum valor.

Ela assim falou, em voz alta e de forma um pouco mais pomposa do que de costume, como se quisesse que alguém, cuja boa opinião desejava, ouvisse-a. De fato, agora que finalmente conseguia organizar os pensamentos, estava extremamente ansiosa para saber se as decisões que tomara no que se referia ao noivado com Shelmerdine e ao casamento com ele tinham a aprovação do espírito da época. Ela certamente estava se sentindo melhor. Seu dedo não tinha formigado nenhuma vez, ou nenhuma que contasse, desde aquela noite na charneca. No entanto, não podia negar que tinha suas dúvidas. Estava casada, é verdade; mas se o marido está sempre navegando ao redor do Cabo Horn, isso por acaso é casamento? Se ela gostava dele, era isso um casamento? Se gostava de outras pessoas, era isso um casamento? E por fim, se ainda desejava, mais do que qualquer outra coisa no mundo, escrever poesia, era isso um casamento? Ela tinha suas dúvidas.

Mas ela decidira fazer um teste. Olhou para a aliança. Olhou para o tinteiro. Ousaria? Não, ela não ousaria. Mas devia. Não, não podia. O que deveria fazer então? Desmaiar, se possível. Mas ela nunca se sentira tão bem em toda a vida.

— Puxa vida! — exclamou, com um toque de seu antigo espírito. — Lá vamos nós!

E mergulhou a pena até o fundo do tinteiro. Para sua enorme surpresa, não houve nenhuma explosão. Retirou a ponta da pena. Estava molhada, mas não gotejando. Escreveu. As palavras demoraram um pouco a vir, contudo vieram. Ah, mas será que faziam sentido?, perguntou-se, um pânico tomando conta dela, temendo que a pena tivesse feito algumas de suas travessuras involuntárias novamente. Leu:

Cheguei então a um campo onde a grama que brotava
Ofuscada pelos copos suspensos das fritilárias,
Sombrias e de aspecto exótico, as flores sinuosas,
Recoberta de um violeta opaco, como as moças do Egito...

Enquanto escrevia, sentiu que algum poder (lembre-se de que estamos lidando com as manifestações mais obscuras do espírito humano) lia sobre seu ombro e, quando escreveu "as moças do Egito", o poder lhe disse para parar. A grama, parecia dizer o poder, voltando para o início com uma régua como as governantas costumavam fazer, está certo; os copos suspensos das fritilárias — admirável; as flores sinuosas — talvez um pensamento forte demais para a pena de uma mulher, mas Wordsworth[34], sem dúvida, o sancionaria, mas... moças? São realmente necessárias essas moças? Você tem um marido no Cabo Horn, não é o que diz? Ah, bom, isso basta.

E, assim, o espírito se foi.

A alma de Orlando fez então (pois nada disso aconteceu no plano material) uma profunda reverência ao espírito da época, tal como — comparando grandes coisas com pequenas — um viajante, consciente de que tem um pacote de charutos no canto da mala, faz ao oficial de alfândega que por cortesia libera sua bagagem, rabiscando-a com giz branco. Pois ela tinha muitas dúvidas se, caso o espírito tivesse examinado cuidadosamente o conteúdo da mente dela, não teria encontrado algum contrabando pelo qual ela teria que pagar uma multa substancial. Escapara por um triz. Havia conseguido — graças a uma deferência hábil ao espírito da época, ao colocar uma aliança e encontrar um homem numa charneca, ao amar a natureza e não ser nem satirista, nem cínica, nem psicóloga (qualquer um desses artigos teria sido imediatamente descoberto) — passar com sucesso no exame. E ela soltou um suspiro profundo de alívio, como, de fato deveria, já que a transação entre um escritor e o espírito da época é de uma infinita delicadeza, dependendo de um cuidadoso arranjo entre ambos o sucesso da obra. Orlando havia ordenado seu poema de tal maneira que se encontrava em uma posição extremamente feliz; não precisava nem lutar contra a época, nem se submeter a ela; pertencia a ela, mas permanecia a mesma. Agora, portanto, podia escrever, e foi o que fez. Escreveu. Escreveu. Escreveu.

Era agora novembro. Depois de novembro, vem dezembro. Então janeiro, fevereiro, março e abril. Depois de abril, vem maio. Seguem-se junho, julho, agosto. Então vem setembro.

---

34 William Wordsworth (1770-1850) foi um dos poetas ingleses que ajudou a lançar o romantismo na literatura de seu país. (N. do T.)

Então outubro, e eis que estamos de volta a novembro, com um ano inteiro cumprido.

Esse método de escrever biografias, embora tenha seus méritos, talvez seja um pouco árido, e o leitor, se continuarmos com ele, pode reclamar que ele mesmo poderia recitar o calendário e economizar o que quer que a Hogarth Press ache apropriado cobrar por este livro. Mas o que pode fazer o biógrafo quando seu sujeito o coloca na situação em que Orlando agora nos colocou? A vida, e concordam todos aqueles cujas opiniões vale a pena consultar, é o único assunto adequado para o romancista ou o biógrafo; a vida, os mesmos autores decidiram, não tem nada a ver com se sentar imóvel em uma cadeira e pensar. Pensamento e vida são como polos opostos. Por isso — já que se sentar em uma cadeira e pensar é precisamente o que Orlando está fazendo agora — não há o que fazer a não ser recitar o calendário, desfiar as contas do rosário, assoar o nariz, atiçar o fogo e olhar pela janela, até que ela termine. Orlando estava tão imóvel que seria possível ouvir um alfinete cair. Ah, se ao menos um alfinete tivesse caído! Isso teria sido um sinal de vida, de algum gênero. Ou se uma borboleta tivesse voado pela janela e pousado em sua cadeira, poderíamos escrever sobre isso. Ou suponhamos que ela tivesse se levantado e matado uma vespa. Então, imediatamente, poderíamos pegar nossa pena e escrever. Pois haveria sangue derramado, mesmo que fosse apenas o sangue de uma vespa. Onde há sangue, há vida. E se matar uma vespa é uma bobagem comparado com matar um homem, ainda assim é um assunto mais apropriado para romancistas ou biógrafos do que esse mero devaneio; esse pensar; esse sentar-se em uma cadeira dia após dia, com um cigarro, uma folha de papel, uma pena e um tinteiro. Se ao menos os retratados — poderíamos reclamar (pois nossa paciência está se esgotando) — tivessem mais consideração por seu biógrafo! O que é mais irritante do que ver o sujeito em quem investimos tanto tempo e esforço escapando de nosso alcance completamente e se entregando — como podemos testemunhar por seus suspiros e arquejos, rubores e empalidecimentos, seus olhos ora brilhando como lâmpadas, ora apagados como um amanhecer — o que é mais humilhante do que ver toda essa pantomima de emoção e excitação passando diante de nossos olhos quando sabemos que a causa — pensamento e imaginação — não tem a menor importância?

Mas Orlando era uma mulher — lorde Palmerston acabara de prová-lo. E, quando estamos escrevendo a vida de uma mulher, podemos — todos concordam — dispensar nossa exigência por ação e substituí-la por amor. O amor, como disse o poeta, representa toda a existência da mulher. E, se olharmos por um momento para Orlando escrevendo na escrivaninha, devemos admitir que nunca houve uma mulher mais adequada para esse ofício. Certamente, já que ela é uma mulher, e uma bela mulher, no auge da vida, ela logo deixará essa pretensão de escrever e refletir e começará ao menos a pensar em um guarda-caças (e enquanto ela pensar em um homem, ninguém se opõe a que uma mulher pense). E, então, haverá de lhe escrever um bilhetinho (e enquanto ela escrever bilhetinhos, também ninguém se opõe a que uma mulher escreva) e marcará um encontro para o entardecer de domingo, e o entardecer de domingo chegará; e o guarda-caças assobiará sob a janela — tudo isso, é claro, é a própria substância da vida e o único assunto possível da ficção. Com certeza Orlando terá feito uma dessas coisas, não? Ah, se isso fosse verdade... Orlando não fez nada disso. Então, teremos que admitir que Orlando era um desses monstros de iniquidade que não amam? Ela era bondosa com os cães, fiel aos amigos, generosa até mesmo com uma dúzia de poetas famintos, tinha paixão pela poesia. Mas o amor — tal como os romancistas homens o define — e quem, afinal de contas, fala com maior autoridade? — nada tem a ver com bondade, fidelidade, generosidade ou poesia. O amor significa tirar a saia e — mas todos sabemos o que é o amor. Será que Orlando fazia isso? A verdade nos obriga a dizer não, não fazia. Se então, a pessoa retratada não ama nem mata, e apenas pensa e devaneia, podemos concluir que ela não é mais do que um cadáver e, por isso, devemos abandoná-la.

O único recurso que agora que nos resta é olhar pela janela. Havia pardais; havia estorninhos; havia vários pombos; e um ou dois corvos — todos ocupados à sua maneira. Um encontra uma minhoca, outro uma lesma. Um se agita até um galho, outro dá uma pequena corrida na grama. Então, um empregado atravessa o pátio, vestindo um avental verde. Presumivelmente, está envolvido em alguma intriga com uma das criadas da despensa, mas como não nos oferecem nenhuma prova visível, no pátio, podemos apenas esperar pelo melhor e deixá-lo. Nuvens passam, finas ou espessas, perturbando ligeiramente a cor da grama sob elas. O relógio solar marca a hora de sua maneira críptica usual. A mente começa a lançar uma pergunta ou duas, de forma ociosa e vã, sobre essa mesma vida. A vida, ela canta, ou melhor, murmura, como uma chaleira no fogo. A vida, a vida, o que é? Luz ou escuridão, o avental de baeta do lacaio ou a sombra do estorninho na grama?

Vamos, então, fazer uma excursão nesta manhã de verão, quando todos adoram a flor de ameixeira e a abelha. E, cantarolando e hesitando, perguntemos ao estorninho (que é um pássaro mais sociável do que a cotovia) o que ele pensa ao pousar na beirada da lixeira, de onde recolhe, entre os gravetos, os fios de cabelo que caíram da cabeça do ajudante de cozinha. O que é a vida, perguntamos, apoiados na cerca do pátio. Vida, vida, vida!, grita o pássaro, como se tivesse ouvido, e soubesse exatamente o que queríamos dizer com esse hábito irritante de fazer perguntas dentro e fora de casa, examinando e colhendo margaridas, como fazem todos os escritores quando não sabem o que dizer a seguir. Então vêm até aqui, afirma o pássaro, e me perguntam o que é a vida. Vida, vida, vida!

Seguimos então pela trilha da charneca, até o alto da colina escura pintada de roxo, e ali nos atiramos no chão, divagando, e vemos um grilo, carregando uma palha de volta para sua casa no vale. E ele diz (se é que podemos considerar como palavras tão sagradas e ternas o chilrear e os ruídos que ele produz) "a Vida é trabalho", ou assim interpretamos o zumbido de sua garganta cheia de poeira. E a formiga concorda, e as abelhas também, mas, se ficarmos aqui tempo suficiente para perguntar o mesmo às mariposas, quando chegarem à noite, furtivas entre as campânulas mais pálidas de urze, elas sussurrarão em nossos ouvidos disparates tão sem sentido quanto os que se ouve dos fios de telégrafo nas tempestades de neve, hi, hi, ha, ha. — Risos! Risos! — dizem as mariposas.

Tendo perguntado, em seguida, aos homens, aos pássaros e aos insetos (pois os peixes, segundo nos dizem aqueles que viveram a sós durante anos em grutas verdes para ouvi-los, eles nunca, nunca falam, e por isso talvez saibam o que é a vida) — tendo perguntado a todos e não obtendo resposta satisfatória, ficando apenas mais velhos e mais frios (pois acaso não tínhamos implorado certa vez para capturar em um livro algo tão difícil e tão raro que se poderia jurar ser o significado da vida?), é melhor voltar e dizer diretamente para o leitor, que espera, ansioso, saber o que é a vida, que, infelizmente, não o sabemos.

Nesse momento, justo a tempo de salvar este livro da extinção, Orlando empurrou a cadeira para longe, esticou os braços, largou a pena, foi até a janela e exclamou: — Pronto!

Ela quase caiu no chão em virtude do extraordinário espetáculo que agora se abria diante de seus olhos. Lá estavam o jardim e alguns pássaros. O mundo continuava como sempre. Todo o tempo em que ela estivera escrevendo, o mundo continuara seu curso normal.

— E, se eu estivesse morta, seria exatamente a mesma coisa! — exclamou.

Tamanha era a intensidade de seus sentimentos, que ela até conseguiu imaginar que tivesse morrido, e talvez de fato tenha sofrido certa tontura. Por um momento, ficou olhando para o belo e indiferente espetáculo com os olhos arregalados. Finalmente, voltou a si de um modo singular. O manuscrito que repousava sobre o peito dela começou a se agitar e bater, como se fosse algo vivo e, o que era ainda mais estranho — mostrando como era forte a relação entre eles — Orlando, inclinando a cabeça, foi capaz de perceber o que ele estava dizendo. Queria ser lido. Precisava ser lido. Morreria no seio dela se não o fosse. Pela primeira vez na vida, ela se voltou violentamente contra a natureza. Caçadores de alces e roseiras estavam por toda parte. Mas nem caçadores de alces nem roseiras sabiam ler. Tratava-se de um lamentável descuido da Providência, que nunca lhe havia ocorrido antes. Apenas os seres humanos têm esse dom. Os seres humanos haviam se tornado necessários. Ela tocou a sineta. Mandou prepararem a carruagem para levá-la a Londres imediatamente.

— Ainda temos tempo para pegar o trem das onze e quarenta e cinco, minha senhora — disse Basket. Orlando ainda não havia se dado conta da invenção da máquina a vapor, porém, tão absorta nos sofrimentos de um ser que, embora não fosse ela mesma, ainda dependia totalmente dela, viu um trem de ferro pela primeira vez, tomou seu assento no vagão e permitiu que cobrissem seus joelhos com a manta sem dar a menor atenção àquela estupenda invenção que (dizem os historiadores) havia mudado completamente a face da Europa nos últimos vinte anos (como, de fato, acontece com muito mais frequência do que imaginam os historiadores). Notou somente que se encontrava extremamente sujo, fazia um barulho horrível e as janelas estavam emperradas. Perdida em pensamentos, foi levada até Londres em menos de uma hora e ficou na plataforma da estação de Charing Cross, sem saber para onde ir.

A antiga casa em Blackfriars, onde passara tantos dias agradáveis no século 18, fora agora vendida, parte para o Exército da Salvação, parte para uma fábrica de guarda-chuvas. Ela havia comprado outra em Mayfair, que era bastante arejada, conveniente e no coração do bairro da moda, mas seria em Mayfair que os desejos de seu poema seriam realizados? Deus queira — pensou ela, lembrando-se do brilho nos olhos das damas e da simetria das pernas de seus lordes — que eles não tivessem começado o hábito da leitura por lá. Pois isso seria lastimável. Então havia o salão de *lady* R. O mesmo tipo de conversa ainda estaria acontecendo por lá, ela não tinha dúvida. A gota do general poderia ter mudado da perna esquerda para a direita, talvez. O sr. L. poderia ter ficado dez dias com R., e não com T., então o sr. Pope entraria. Ah, mas o sr. Pope estava morto! Quem eram os intelectuais agora, ela se perguntou — mas essa não era uma questão que se pudesse fazer a um carregador e, por isso, ela seguiu em frente. Os ouvidos dela agora estavam distraídos pelo tilintar de inúmeros sinos na cabeça dos inúmeros cavalos. Frotas das mais estranhas caixinhas com rodas estavam estacionadas na calçada. Ela caminhou até Strand. Lá, o barulho era ainda pior. Veículos de todos os tamanhos, puxados por cavalos de corrida e cavalos de carga, transportando uma viúva solitária ou abarrotados de homens com bigodes e cartolas, misturavam-se de maneira inextricável. Carruagens, carroças e ônibus pareciam, aos olhos dela — tão acostumados ao aspecto de uma folha simples de papel — alarmantemente agressivos; e, aos seus ouvidos, acostumados ao som de uma pena arranhando o papel, o tumulto da rua soava violenta e horrivelmente dissonante. Cada centímetro da calçada estava lotado. Rios de pessoas, movendo-se com agilidade entre si, e o tráfego cambaleante e desajeitado desaguavam incessantemente para leste e oeste. Ao longo da calçada, homens gritavam com tabuleiros de brinquedos nas mãos. Nas esquinas, mulheres se sentavam ao lado de grandes cestas de flores de primavera, e berravam. Meninos, escapando por pouco dos cavalos, seguravam folhas impressas contra o corpo — e também gritavam — Desastre! Desastre! — A princípio, Orlando supôs que tivesse chegado a algum momento de crise nacional, mas não sabia dizer se tratava-se de um acontecimento feliz ou trágico. Olhou ansiosamente o rosto das pessoas. Mas isso a confundiu ainda mais. Aqui passava um homem mergulhado em desespero, murmurando para si mesmo como se tivesse descoberto algum terrível mal. Ao lado dele passava um sujeito gordo, de rosto jovial, abrindo caminho como se estivesse em uma festa para a qual todos haviam sido convidados. De fato, ela chegou à conclusão de que nada daquilo tinha sentido. Cada homem e cada mulher estava focado apenas na própria vida. E ela, para onde deveria ir?

Continuou andando sem pensar, subindo uma rua e descendo outra, diante de grandes vitrines, empilhadas de bolsas, espelhos, roupões, flores, varas de pescar e cestas de piquenique, enquanto tecidos de todas as cores e padrões, grossos ou finos, eram exibidos com laços, grinaldas e balões. Às vezes, passava por avenidas de mansões sóbrias, numeradas discreta e sequencialmente "um", "dois", "três", e assim por diante, até duzentos ou trezentos, cada uma a cópia da outra, com dois pilares, seis degraus e um par de cortinas perfeitamente abertas, deixando vislumbrar almoços familiares à mesa, um papagaio olhando por uma janela e um criado por outra, até a mente dela ficar tonta com tamanha monotonia. Então, ela chegou a grandes praças abertas, com estátuas negras e brilhantes de homens gordos com o casaco abotoado no centro, e cavalos de guerra relinchando, e colunas se erguendo, e fontes jorrando, e pombos batendo as asas. E assim caminhou pelas calçadas ladeadas de casas até sentir muita fome, e algo que se agitava no peito dela a repreendeu por ter se esquecido completamente dele. Era o seu manuscrito, "O Carvalho".

Ela ficou atônita com a própria negligência. Parou abruptamente onde estava. Nenhuma carruagem à vista. A rua, larga e elegante, estava estranhamente vazia. Apenas um cavalheiro idoso se aproximava. Havia algo vagamente familiar no seu caminhar. À medida que ele chegava mais perto, ela teve certeza de que já o tinha encontrado antes. Mas onde? Seria possível que esse cavalheiro, tão elegante, tão corpulento, tão próspero, com uma bengala na mão e uma flor na lapela, com um rosto corado e rechonchudo, e bigodes brancos penteados, seria ele, sim, por Júpiter! Era... seu velho, velhíssimo amigo, Nick Greene!

Ele olhou para ela ao mesmo tempo, recordou quem era, reconheceu-a. — *Lady* Orlando! — exclamou, curvando-se tanto que quase fez com que sua cartola de seda tocasse no chão.

— *Sir* Nicholas! — ela exclamou de volta. Pois havia percebido intuitivamente, por algo na postura dele, que o escandaloso jornalista de tabloides, que zombara dela e de muitos outros na época da Rainha Elizabeth, agora estava em ascensão no mundo, certamente se tornara um cavaleiro e, talvez, algo ainda mais grandioso.

Com outra reverência, ele confirmou ser correta a conclusão de Orlando: era de fato um cavaleiro, um doutor em Letras e professor. Publicara mais de vinte livros. Tratava-se, em resumo, do crítico mais influente da era vitoriana.

Uma onda violenta de emoções tomou conta dela ao encontrar o homem que, anos atrás, havia lhe causado tanta dor. Seria possível que ali estivesse o sujeito irritante e inquieto que queimava seus tapetes, tostava queijo na lareira italiana, contava histórias tão engraçadas sobre Marlowe e os outros escritores e a fizera ver o sol nascer em sua companhia nove noites em cada dez? Estava agora elegantemente vestido com um fraque cinza, trazia uma flor rosada na lapela e luvas de camurça cinza para combinar. Mas, enquanto Orlando se admirava, ele fez uma nova reverência e lhe perguntou se teria a honra de almoçar em sua companhia. A reverência talvez tivesse sido um tanto quanto exagerada, porém a imitação de uma educação aristocrática era louvável. Intrigada, ela o seguiu até um esplêndido restaurante, com forros de veludo vermelho, toalhas brancas nas mesas e galheteiros de prata, tudo tão diferente das velhas tavernas ou cafés com chão de areia, bancos de madeira, jarras de ponche e chocolate, jornais e escarradeiras. Ele pousou as luvas cuidadosamente no seu lado na mesa. Ainda assim, ela continuava a ter dificuldade em acreditar que se tratava do mesmo homem. As unhas dele estavam limpas, e antes eram enormes. O queixo era bem escanhoado, onde antes brotava uma barba preta. Usava abotoaduras de ouro, onde antes os punhos puídos mergulhavam na sopa. Na verdade, só quando pediu o vinho, o que fez com um cuidado que a fez se lembrar de seu gosto por Malmsey no passado, ela se convenceu de que era o mesmo homem. — Ah, minha cara senhora — disse ele, soltando um leve suspiro, embora bastante confortável — ah, minha cara senhora, os grandes dias da literatura pertencem ao passado. Marlowe, Shakespeare, Ben Jonson — estes eram os gigantes. Dryden, Pope, Addison — estes eram os heróis. Todos, todos mortos agora. E quem eles nos deixaram? Tennyson, Browning, Carlyle! — imprimiu boa dose de desprezo à voz. — A verdade é que — continuou, servindo-se de uma taça de vinho — todos os nossos jovens escritores estão a serviço dos editores. Produzem qualquer lixo que sirva para pagar a conta do alfaiate. Estamos em uma era — disse, avançando nos aperitivos — marcada por caprichos e experimentos extravagantes — nada que os elisabetanos houvessem de tolerar nem mesmo por um instante.

— Não, minha cara senhora — ele continuou, aprovando o *turbot au gratin* que o garçom submeteu à sua apreciação — os grandes dias se foram. Vivemos em tempos degenerados. Devemos valorizar o passado, honrar aqueles escritores — ainda há alguns deles — que tomam a Antiguidade como modelo e escrevem, não por dinheiro, e sim... — Nesse ponto, Orlando quase gritou "glór!". Na verdade, ela poderia jurar que o tinha ouvido dizer exatamente a mesma coisa trezentos anos atrás. Os nomes eram diferentes, é claro, mas o espírito era o mesmo. Nick Greene não havia mudado, apesar do título de cavaleiro. E, ainda assim, havia alguma mudança. Pois, enquanto ele falava sobre seguir Addison como modelo (antes era Cícero, pensou ela) e ficar na cama pela manhã (o que ela se orgulhava de pensar que a pensão trimestral que lhe pagava permitia que o fizesse), saboreando as melhores obras dos melhores autores por uma hora, pelo menos, antes de pegar a pena para escrever, para que a vulgaridade do presente e o deplorável estado da nossa língua materna (ele havia morado muito tempo nos Estados Unidos, imaginava ela) fossem purificados — enquanto ele falava mais ou menos da mesma forma que Greene falara trezentos anos atrás, ela teve tempo para se perguntar: como, então, havia ele mudado? Engordara, mas era um homem prestes a completar setenta anos. Estava mais bem-apessoado: a literatura era, evidentemente, uma profissão próspera; mas, de certo modo, sua antiga vivacidade inquieta e agitada havia sumido. Suas histórias, mesmo brilhantes, não eram mais tão livres e descomplicadas. Ele mencionava, é verdade, "meu querido amigo Pope" ou "meu ilustre amigo Addison" a cada segundo, contudo havia algo respeitável nele que era deprimente, e ele parecia preferir instruir Orlando acerca dos feitos e ditos dos parentes dela do que lhe relatar, como costumava fazer, escândalos envolvendo os grandes poetas.

Orlando ficou inexplicavelmente desapontada. Ela havia meditado sobre a literatura todos esses anos (sua reclusão, sua posição e seu sexo devem servir de desculpa) como algo selvagem como o vento, quente como o fogo, rápido como o relâmpago; algo errante, incalculável, abrupto, e eis que, agora, a literatura não passava de um velho cavalheiro de terno cinza falando sobre duquesas. A intensidade de sua desilusão foi tanta que algum botão ou fecho prendendo a parte superior do vestido se rompeu, e sobre a mesa caiu "O Carvalho", um poema.

— Um manuscrito! — disse *sir* Nicholas, colocando seu pincenê de ouro. — Que interessante, que interessantíssimo! Permita-me dar uma olhada nele. — E, mais uma vez, depois de um intervalo de cerca de trezentos anos, Nicholas Greene pegou o poema de Orlando e, colocando-o entre as xícaras de café e os copos de licor, começou a lê-lo. Mas, agora, seu veredito foi muito diferente do que fora antes. Lembrava-lhe, disse ele, virando as páginas, de *Cato*, de Addison[35]. Comparava-se favoravelmente com "The Seasons", de Thomson[36]. Não havia nele nenhum vestígio — e ele agradecia por isso — do espírito moderno. Estava composto com respeito pela verdade, pela natureza, pelos ditames do coração humano — o que, de fato, era raro, nestes dias de excentricidades inescrupulosas. Devia, é claro, ser publicado imediatamente.

Orlando realmente não entendeu o que ele quis dizer. Sempre carregara seus manuscritos junto ao peito, debaixo do vestido. A ideia divertiu muito *sir* Nicholas.

— Mas, e quanto aos *royalties*? — ele perguntou.

A mente de Orlando voou para o Palácio de Buckingham e alguns potentados sombrios que estavam lá hospedados.

Sir Nicholas achou muita graça. Explicou que se referia ao fato de que a firma... (mencionou uma editora bastante conhecida) ficaria encantada, caso lhes escrevesse uma linha, de incluir a obra no catálogo. Ele provavelmente poderia conseguir um *royalty* de dez por cento sobre todos os exemplares até duas mil cópias, passando então, a partir daí, para quinze por cento. Quanto aos críticos, ele mesmo enviaria um bilhete ao senhor... — que era o mais influente de todos; depois, um elogio dirigido à esposa do editor do... — digamos, um elogiozinho aos poemas compostos por ela, o que não faria mal nenhum. Ele visitaria... — E assim continuou. Orlando não entendeu nada daquilo e,

35 *Cato, a Tragedy* ("Cato, uma Tragédia", em inglês) é uma peça escrita por Joseph Addison, em 1712, e encenada pela primeira vez em 14 de abril de 1713. (N. do T.)

36 "As Estações" é um poema escrito pelo poeta e dramaturgo inglês James Thomson (1700-1748). (N. do T.)

dada sua experiência anterior, não confiava nem um pouco no caráter dele, mas não havia nada a fazer além de se submeter ao que era evidentemente seu desejo e o fervoroso desejo do próprio poema. Então, *sir* Nicholas embrulhou cuidadosamente o maço de páginas manchadas de sangue, enfiou-o no bolso interno do paletó, achatando-o para que não desarrumasse o caimento do casaco; e, com muitos elogios de ambos os lados, eles se despediram.

Orlando subiu a rua. Agora que o poema se fora — e ela sentiu um vazio no peito, onde costumava carregá-lo — não lhe restava nada além de refletir sobre o que quisesse — sobre as extraordinárias possibilidades que a vida humana poderia ter. Lá estava ela, na Saint James's Street; uma mulher casada; com uma aliança no dedo; onde antes havia um café agora havia um restaurante; eram cerca de três e meia da tarde; o sol brilhava; via três pombos; um cão terrier mestiço; dois táxis e um landau. E então, o que era a Vida? O pensamento apareceu com violência na cabeça dela, à toa (a menos que o velho Greene fosse de alguma forma a causa). E pode se tomar como um comentário, favorável ou desfavorável, conforme o leitor queira, sobre suas relações com o marido (que estava no Horn), que sempre que algo lhe vinha violentamente à cabeça, ela ia diretamente à agência de telégrafos mais próxima e lhe enviava um telegrama. Por acaso, havia uma ali perto. "Meu Deus Shel", telegrafou ela; "vida literatura Greene bajulador" — e, nesse ponto, adotou uma linguagem cifrada que eles haviam inventado para que um estado espiritual de extrema complexidade pudesse ser transmitido em uma ou duas palavras sem que o operador de telégrafo percebesse do que se tratava, e acrescentou as palavras "Rattigan Glumphoboo", que resumiam tudo com precisão. Pois não apenas os eventos da manhã haviam exercido uma impressão profunda sobre ela, como tampouco escapou à atenção do leitor que Orlando estava amadurecendo — o que não significa necessariamente melhorar — e "Rattigan Glumphoboo" descrevia um estado de espírito muito complicado — que, se o leitor colocar toda a sua inteligência à nossa disposição, poderá descobrir por si mesmo.

Não haveria resposta ao telegrama por algumas horas; na verdade, era provável, pensou ela, olhando para o céu, pelo qual as nuvens altas passavam rapidamente, que se houvesse um vendaval no Cabo Horn, fazendo com que, muito provavelmente, seu marido estivesse no mastro ou cortando alguma verga em pedaços, ou até mesmo sozinho em um bote com um biscoito. E assim, deixando o correio, ela se virou para passar o tempo na loja ao lado, uma loja tão comum em nossos dias que não precisa de descrição, mas, aos olhos dela, absolutamente estranha — uma loja em que vendiam livros. Durante toda a vida, Orlando conhecera manuscritos; segurara nas mãos as ásperas folhas marrons em que Spenser escrevera, com sua pequena caligrafia tortuosa; vira os manuscritos de Shakespeare e Milton. Possuía, de fato, um número considerável de quartos e fólios, frequentemente com um soneto em sua homenagem e, às vezes, uma mecha de cabelo. Mas aqueles inúmeros livrinhos, brilhantes, idênticos e efêmeros (pois pareciam ter sido encadernados com papelão e impressos em papel de seda), surpreenderam-na tremendamente. As obras completas de Shakespeare custavam meia coroa e cabiam no bolso. De fato, mal se podia lê-las de tão pequena a letra, mas, mesmo assim, era uma maravilha. "Obras" — os trabalhos de todos os escritores que tinha conhecido ou de quem ouvira falar e muitos outros ocupavam as longas estantes de uma ponta a outra. Em cima das mesas e cadeiras, empilhavam-se mais "obras", esparramando-se no chão, e essas, ela viu ao folhear algumas das páginas, versavam muitas vezes sobre outras obras, como era o caso dos livros de autoria de *sir* Nicholas e outros tantos, que, em sua ignorância — e por estar encadernados e impressos — ela supôs serem também de grandes escritores. Por isso, fez ao livreiro uma encomenda assombrosa, dizendo-lhe que enviasse tudo o que havia de importante na loja, e saiu.

Foi então para o Hyde Park, que conhecia desde antes (debaixo daquela árvore rachada, lembrava-se ela, o duque de Hamilton perfurou o corpo de lorde Mohun), e seus lábios, que muitas vezes são culpados nesse tipo de ocorrência, começaram a moldar as palavras de seu telegrama em um canto sem sentido — vida literatura Greene bajulador Rattigan Glumphoboo — de modo que vários guardas do parque olharam para ela com desconfiança, e só foram levados a emitir uma opinião favorável acerca de sua sanidade ao notar o colar de pérolas que ela usava. Como carregava uma pilha de jornais e suplementos literários comprados na livraria, por fim se deitou sobre o cotovelo debaixo de uma árvore, espalhando os papéis ao redor e fazendo o possível para compreender a nobre arte da composição em prosa que aqueles mestres praticavam. Pois a velha credulidade continuava viva dentro dela; até mesmo a impressão borrada de um periódico tinha certa santidade aos seus olhos. Então ela leu, deitada sobre o cotovelo, um artigo de *sir* Nicholas sobre as obras completas de um homem que ela conhecera certa vez, John Donne. Mas, sem saber, ela havia deitado próximo do lago Serpentine. O latido de mil cães soava em seus ouvidos. Carruagens rodavam sem cessar por ela, em círculos. As folhas suspiravam acima de sua cabeça. De vez em quando, uma saia trançada e uma calça apertada e vermelha cruzavam a grama a poucos passos dela. Em determinado momento, uma gigantesca bola de borracha quicou sobre o jornal. Tons violeta, cor de laranja, vermelho e azuis irrompiam pelos interstícios das folhas e reluziam na esmeralda do seu dedo. Ela leu uma frase e olhou para o céu; olhou para o céu e olhou para baixo, para o jornal. Vida? Literatura? Uma se transformando na outra? Mas como isso era monstruosamente difícil! Ora — e passou uma calça vermelha apertada — como Addison escreveria tal coisa? Nesse momento, surgiram dois cães dançando sobre as patas traseiras. Como Lamb teria descrito aquilo? Porque, ao ler *sir* Nicholas e seus amigos (como fazia quando não estava olhando à sua volta), ela de certo modo teve a impressão — e, então, pôs-se de pé e começou a andar — de que eles suscitavam no leitor o sentimento — um sentimento extremamente desconfortável — de que não se deveria jamais dizer o que se pensava. (Postou-se às margens do Serpentine. Na água cor de bronze, barquinhos de casco muito fino deslizavam de um lado para o outro.) Faziam a gente sentir, continuou, que era sempre, sempre obrigatório escrever como outro autor. (Seus olhos ficaram marejados de lágrimas.) Porque realmente, pensou, empurrando um barquinho com o pé, eu não creio que poderia (nesse ponto, o artigo de *sir* Nicholas apareceu por inteiro diante dela, como acontece com esse tipo de texto dez minutos depois de ser lido, com a visão de seu quarto, sua cabeça, seu gato, sua escrivaninha, e até mesmo a hora do dia), eu não creio que poderia, continuou, considerando o artigo desse ponto de vista, sentar o dia inteiro em um estúdio, não, não é um estúdio, e sim uma espécie de sala de estar mofada, e conversar com belos jovens, segredando-lhes fofocas que eles não deviam repetir acerca do que Tupper disse sobre Smiles; e, então, prosseguiu, chorando amargamente, eles são tão viris, e eu detesto duquesas; não gosto de bolo; e, embora seja bastante maliciosa, não conseguiria nunca aprender a ser tão maliciosa quanto eles. Nesse caso, como posso me tornar uma crítica e escrever a melhor prosa em inglês de minha época? — Que se dane! — exclamou, impulsionando com tanta força um barquinho a vapor, que ele quase afundou nas ondinhas cor de bronze.

Agora, a verdade é que, quando alguém está nesse estado de nervos (como dizem as enfermeiras) — e as lágrimas ainda rolavam dos olhos de Orlando — a coisa que se vê se torna não ela mesma, e sim algo distinto, algo maior e muito mais importante, permanecendo, ainda assim, a mesma coisa. Se alguém olhar para o Serpentine nesse estado de espírito, as ondas logo se tornam tão grandes quanto as ondas do Atlântico; os barquinhos se tornam indistinguíveis de transatlânticos. Então Orlando confundiu o barquinho com a brigada de seu marido;

e a onda que ela fizera com o dedo do pé com uma montanha de água no Cabo Horn; e, enquanto ela assistia ao barquinho subir pela ondulação, pensou ter visto o navio de Bonthrop subir sem parar uma muralha líquida; subia e subia, e uma crista branca com mil mortes no topo se arqueava sobre ele; e, em meio às mil mortes, a embarcação desapareceu — Afundou! — gritou ela, em agonia – e então, eis que ela estava de volta, navegando, em segurança, entre os patos no outro lado do Atlântico.

— Êxtase! — exclamou ela. — Êxtase! Onde é a agência de correios? — perguntou-se. — Tenho de mandar um telegrama imediatamente a Shel e lhe contar... — E, repetindo "um barquinho no Serpentine" e "êxtase", alternadamente, pois os pensamentos eram intercambiáveis e queriam dizer exatamente a mesma coisa, ela correu em direção a Park Lane.

— Um barquinho, um barquinho, um barquinho — repetia, reforçando para si mesma o fato de que não se tratava de artigos de Nick Greene sobre John Donne, nem dos projetos de lei das oito horas, nem dos pactos, nem das leis sobre segurança nas fábricas que importam, e sim algo inútil, repentino, violento; algo que custa uma vida; vermelho, azul, roxo; um espírito, um jorrar d'água; como aqueles jacintos (passava por um belo canteiro); livre de máculas, de dependência, da sujeira da humanidade ou da preocupação com o próximo; algo temerário, ridículo, como meu jacinto, quer dizer, meu marido, Bonthrop: isso é o que vale — um barquinho no Serpentine, êxtase. — É o êxtase que importa — disse isso em voz alta, esperando as carruagens passarem pela Stanhope Gate, pois a consequência de não se viver com o marido — a não ser quando não há vento — é poder dizer bobagens em Park Lane. Sem dúvida seria diferente caso vivessem juntos o ano todo, como havia recomendado a Rainha Vitória. Na realidade, a lembrança dele surgia de repente. Ela sentia uma necessidade absoluta e instantânea de falar com ele. Não ligava nem um pouco para o fato de não fazer sentido ou para toda a desorganização que aquilo infligia à narrativa. O artigo de Nick Greene a atirara nas profundezas do desespero, o barquinho a erguera às alturas da alegria. Por isso ela repetia: — Êxtase, êxtase — enquanto esperava para atravessar a rua.

Mas o tráfego estava pesado naquela tarde de primavera, e a manteve ali parada, repetindo, êxtase, êxtase, ou um barquinho no Serpentine, enquanto a riqueza e o poder da Inglaterra desfilavam sentados, como se esculpidos, de chapéu e capa, em carruagens de dois lugares puxadas por quatro cavalos, com capota removível e caleças duplas. Era como se um rio dourado tivesse coagulado e se agrupado em blocos reluzentes ao longo de Park Lane. As senhoras carregavam cartões de papelão entre os dedos, os cavalheiros equilibravam bengalas com castão de ouro entre os joelhos. Ela ficou ali, olhando, admirando, estupefata. Apenas um pensamento a perturbava, um pensamento familiar a todos que contemplam elefantes ou baleias de magnitude inacreditável, e este pensamento era: como é que esses leviatãs, a quem claramente o estresse, a mudança e a atividade são repugnantes, propagam sua espécie? Talvez, pensou Orlando, olhando para os rostos estáticos e majestosos, o tempo de propagação deles tenha acabado; este é o fruto; esta é a consumação. O que ela agora observava era o triunfo de uma era. Sentados ali, corpulentos e esplêndidos. Mas, nesse momento, o guarda baixou a mão; o fluxo se tornou líquido; o massivo conglomerado de esplêndidos objetos se moveu, dispersando-se e desaparecendo na direção do Piccadilly.

Então, ela cruzou Park Lane e foi para sua casa na Curzon Street, onde, quando as ulmárias estavam em flor, ela podia se lembrar do cantar dos maçaricos e de um homem muito idoso com uma arma.

Podia se lembrar, pensou ao entrar em casa, como lorde Chesterfield havia dito — mas sua recordação foi interrompida. O discreto saguão de entrada do século 18, onde podia ver lorde Chesterfield pousando o chapéu aqui e o casaco acolá com uma elegância de gestos que dava prazer observar, estava agora completamente entulhado de pacotes. Enquanto ficara sentada no Hyde Park, o livreiro havia entregado sua encomenda, e a casa se encontrava abarrotada — havia pacotes escorregando pelas escadas — com toda a literatura vitoriana embalada em papel cinza e cuidadosamente amarrada com barbante. Carregou tantos pacotes quantos pôde até o quarto, mandou os criados trazerem os restantes e, cortando rapidamente inúmeros barbantes, logo se viu cercada de um sem-número de livros.

Acostumada com a pouca literatura dos séculos 16, 17 e 18, Orlando ficou consternada com as consequências de sua encomenda. Já que, é claro, para os próprios vitorianos, a literatura do período significava não apenas quatro nomes distintos, como também quatro grandes nomes engolfados e enterrados sob uma massa de vários Alexander Smith, Dixon, Black, Milman, Buckle, Taine, Payne, Tupper, Jameson — todos eloquentes, clamorosos, proeminentes e exigindo tanta atenção como qualquer outro. A reverência de Orlando pela palavra impressa enfrentava uma tarefa árdua, mas, levando a cadeira até a janela, a fim de aproveitar a luz que conseguia se infiltrar entre as altas casas de Mayfair, ela tentou chegar a uma conclusão.

E agora estava claro que há apenas duas maneiras de chegar a uma conclusão sobre a literatura vitoriana — uma é analisá-la em sessenta volumes *in-octavo*, a outra é resumi-la em seis linhas do mesmo tamanho. Das duas formas, a economia, visto que o tempo é curto, leva-nos a escolher a segunda — e com ela seguimos. Orlando chegou então à conclusão (abrindo meia dúzia de livros) de que era muito estranho que não houvesse neles uma única dedicatória a um nobre; em seguida (folheando uma pilha imensa de memórias), que vários desses escritores tivessem árvores genealógicas tão extensas quanto a dela; em seguida, que seria de extrema imprudência enrolar uma nota de dez libras na pinça de açúcar quando a Srta. Christina Rossetti viesse para o chá; em seguida (tendo recebido um punhado de convites para jantares em homenagem a autores que completavam cem anos), de que a literatura, já que comia todos aqueles banquetes, devia estar ficando bastante corpulenta; em seguida (tendo sido convidada para uma série de palestras sobre a influência disto sobre aquilo; o renascimento clássico; a sobrevivência romântica; e outros títulos igualmente envolventes), de que a literatura, já que ouvia todas aquelas palestras, devia estar se tornando muito árida; em seguida (tendo estado presente a uma recepção oferecida pela esposa de um *peer* do reino), de que a literatura, já que estava usando todas aquelas estolas de pele, devia estar se tornando muito respeitável; em seguida (tendo visitado o quarto à prova de som de Carlyle, em Chelsea), de que o gênio, visto precisar de todos aqueles mimos, devia estar se tornando muito delicado; e, por fim, chegou à sua conclusão final, que era de extrema importância, mas que, por já haver ultrapassado em muito nosso limite de seis linhas, devemos omitir.

Tendo chegado a essa conclusão, Orlando ficou olhando pela janela por um bom tempo. Pois, quando alguém chega a uma conclusão, é como se tivesse lançado uma bola por cima da rede e tivesse que esperar para que o adversário invisível a devolvesse. O que lhe seria enviado agora, ela se perguntou, do céu incolor sobre Chesterfield House? E, com as mãos cruzadas, ali ficou, indagando-se por um bom tempo. Subitamente, assustou-se — e, nesse ponto, só poderíamos desejar que, como em uma ocasião anterior, a Pureza, a Castidade e a Modéstia empurrassem ligeiramente a porta e propiciassem ao menos um respiro, para que pudéssemos refletir sobre como narrar o que agora necessita ser contado com delicadeza, como deve fazer o biógrafo. Mas não! Tendo atirado o manto branco na direção de Orlando quando estava nu, e não conseguindo alcançá-lo por alguns centímetros, aquelas senhoras tinham desistido de se relacionar com ela há muitos anos, e agora estavam ocupadas com outros afazeres. Nada vai acontecer então nessa pálida manhã de março para mitigar, velar, cobrir, ocultar, envolver esse evento inegável, qualquer que ele seja? Porque, depois daquele susto violento e repentino, Orlando — mas, Deus seja louvado, nesse exato momento, começou a ressoar do lado de fora um desses frágeis realejos, estridentes, canoros, espasmódicos e antiquados, que, às vezes, ainda são tocados por algum italiano nas ruas afastadas. Aceitemos sua intervenção, mesmo que humilde, como se fosse a música das esferas, permitindo, com todos os seus arquejos e gemidos, que o som preencha esta página, até que se torne impossível negar a chegada do instante, que o lacaio viu chegando, e a criada também, assim como o leitor haverá de ver, já que mesmo Orlando é claramente incapaz de continuar a ignorá-lo. Deixemos o realejo tocar e nos transportar em pensamento, que, ao soar a música, nada mais é que um barquinho sacudido pelas ondas; voando em pensamento (que é, de todos os meios, o mais canhestro e o mais errático) acima dos telhados e quintais em que as roupas pendem dos varais para... que lugar é este? Você reconhece o Green e no meio o campanário, e o portão com um leão deitado de cada lado? Ah, sim, é Kew! Bem, Kew há de servir. Portanto, aqui estamos em Kew, e hoje (dia 2 de março) vou lhe mostrar sob a ameixeira um muscari e um açafrão, além de um broto na amendoeira; porque andar por lá significa pensar em bulbos cerdosos e vermelhos plantados na terra em outubro e que agora florescem; e sonhar sobre coisas que nem se pode dizer; e retirar do estojo um cigarro ou mesmo um charuto; e jogar um agasalho debaixo do carvalho (como manda a rima), sentando-se ali, à espera do martim-pescador, que, segundo dizem, foi visto certa tarde cruzando de uma margem à outra.

Espere! Espere! O martim-pescador vem; o martim-pescador não vem.

Olhem, enquanto isso, as chaminés das fábricas e sua fumaça; vejam os escriturários da cidade passando apressados em seu barco a remo. Vejam a senhora idosa levando o cachorro para passear e a criada usando o chapéu novo pela primeira vez, em um ângulo errado. Olhem todos eles. Embora o Céu tenha misericordiosamente decretado que os segredos de todos os corações sejam ocultos, para que sejamos constantemente levados a suspeitar de algo, talvez, que não exista; ainda assim, através da fumaça do nosso cigarro, vemos brilhar e saudar a esplêndida concretização dos desejos naturais por um chapéu, por um barco, por um rato na vala; como determinada vez vimos brilhar — pois a mente dá esses pulos e saltos tolos quando se derrama sobre o pires e o realejo toca — vimos arder um fogo no campo sobre um fundo de minaretes, perto de Constantinopla.

Salve, desejo natural! Salve, felicidade! Divina felicidade! E prazeres de todos os gêneros, flores e vinho, embora um feneça e o outro, embriague; e passagens de meia coroa para sair de Londres aos domingos, e cantar em uma capela escura hinos sobre a morte, e qualquer coisa, qualquer coisa que interrompa e confunda o martelar das máquinas de escrever, o arquivamento de cartas e a forja de elos e correntes que mantêm o Império unido. Salve até mesmo os laços vermelhos e grosseiros nos lábios das vendedoras de lojas (como se Cupido, muito desajeitado, mergulhasse o polegar na tinta vermelha e rabiscasse um sinal ao passar). Salve, felicidade! O martim-pescador atravessando célere de uma margem à outra, e toda concretização do desejo natural, mesmo que seja o que o romancista homem diz que é; ou a oração; ou o ascetismo. Salve! Na forma que vier, porque pode haver mais formas, e formas mais estranhas. Pois o rio corre bisonho — quem me dera fosse verdade, como sugere a rima, "como um sonho" — mas mais obscuro e pior do que isso é o nosso destino; sem sonhos, porém vivo, presunçoso, fluente, rotineiro, sob árvores cuja sombra verde-oliva destrói o azul da asa do pássaro desaparecendo quando subitamente dispara de uma margem à outra.

Viva, então, a felicidade — e, depois da felicidade, não saudemos aqueles sonhos que deformam a imagem nítida, como os espelhos manchados de uma estalagem no campo fazem com o rosto; sonhos que fragmentam o todo, despedaçam-nos, ferem-nos e nos separam na noite quando desejamos dormir; mas o sono, o sono, sono tão profundo que todas as formas se transformam em um pó infinitamente fino, água de turbidez incompreensível, e ali, dobrados, envoltos em uma mortalha, como uma múmia, como uma mariposa, fiquemos deitados de bruços sobre a areia, no fundo do sono.

Mas espere! Espere! Desta vez não vamos visitar a terra cega. Azul, como um fósforo aceso no globo ocular mais profundo, o martim-pescador voa, queima, arrebenta o selo do sono; de modo a voltar a inundar, como uma maré, o fluxo caudaloso e vermelho da vida; borbulhando, gotejando; e nós nos erguemos e vemos... (pois uma rima nos ajuda a vencer com segurança a incômoda transição da morte para a vida — nesse momento, o realejo para de tocar subitamente.)

— É um menino muito bonito, minha senhora — disse a Sra. Banting, a parteira, colocando nos braços de Orlando seu filho primogênito. Em outras palavras, Orlando se tornou devidamente mãe na quinta-feira, 20 de março, às três horas da manhã.

Mais uma vez, Orlando estava à janela, mas deixemos o leitor criar coragem; nada parecido vai acontecer hoje, que não é, de modo algum, o mesmo dia. Não — pois se olharmos pela janela, como Orlando fazia naquele momento, veremos que a própria Park Lane havia mudado consideravelmente. De fato, alguém poderia ficar ali dez minutos ou mais, como Orlando, agora, sem ver um único landau. — Olhe só aquilo! — exclamou ela, alguns dias depois, quando uma absurda carruagem truncada, sem cavalos, começou a deslizar sozinha. Uma carruagem sem cavalos, ora essa! Ela foi chamada no instante em que disse isso, mas voltou depois de algum tempo e deu outra olhada pela janela. Fazia um clima estranho atualmente. O céu, ela não pôde deixar de pensar, havia mudado. Não estava mais tão espesso, tão úmido, tão prismático agora que o Rei Eduardo — veja, lá estava ele, saindo de seu elegante coche para visitar certa dama do outro lado da rua — sucedera a Rainha Vitória. As nuvens haviam se reduzido a uma fina gaze; o céu parecia feito de metal, que no calor ganhava tons de um verde azulado, cobre ou alaranjado, como acontece com o metal em meio à névoa. Esse encolhimento era um pouco alarmante. Tudo parecia ter encolhido. Ao passar diante do Palácio de Buckingham na noite anterior, não havia nenhum vestígio daquela vasta edificação que ela acreditava eterna; cartolas, viúvas enlutadas, trombetas, telescópios, coroas de flores, todas haviam desaparecido, sem deixar nenhum vestígio, nem uma poça sequer na calçada. Mas agora — depois de mais um intervalo, ela havia voltado ao seu lugar favorito na janela — agora, à noite, a mudança era mais notável. Veja as luzes nas casas! Com um toque, todo um cômodo se iluminava; centenas de cômodos se iluminavam; e um era exatamente igual ao outro. Podia-se ver tudo nas caixinhas quadradas; não havia privacidade; nenhum daqueles cantos sombrios e estranhos que costumavam existir; nenhuma daquelas mulheres de avental carregando lampiões trêmulos que depositavam com cuidado sobre esta ou aquela mesa. Com um toque, todo o quarto ficava iluminado. E o céu continuava claro durante toda a noite; e os pavimentos continuavam iluminados; tudo continuava iluminado. Ela voltou novamente ao meio-dia. Ultimamente, como as mulheres estavam magras! Pareciam espigas de milho, retas, reluzentes, idênticas. E o rosto dos homens era tão liso quanto a palma da mão. A secura do ambiente realçava as cores de todas as coisas e parecia endurecer os músculos das faces. Era mais difícil chorar agora. A água esquentava em dois segundos. As heras haviam morrido ou sido raspadas das casas. As plantas eram menos férteis, as famílias, muito menores. Cortinas e tapeçarias foram eliminadas, e as paredes estavam nuas, de modo que os novos quadros, cheios de cores brilhantes, representando coisas reais como ruas, guarda-chuvas e maçãs, eram pendurados, emoldurados ou pintados diretamente nos lambris. Havia algo definido e distinto nessa época, que a fazia se lembrar do século 18, exceto por persistir certa distração, um desespero — enquanto pensava nisso, o imenso túnel em que parecia ter viajado por centenas de anos se alargava; a luz nele penetrava; os pensamentos dela se tornaram misteriosamente comprimidos e tensos, como se um afinador de pianos tivesse colocado a chave em suas costas e esticado os nervos até ficarem bem retesados; ao mesmo tempo, a audição dela se aguçou; podia ouvir cada sussurro e estalo na sala, de maneira que o tique-taque do relógio sobre a lareira soava como um martelo. E assim, por alguns segundos, a luz continuou a ficar cada vez mais brilhante, e ela via tudo com mais clareza e o relógio tiquetaqueava cada vez mais alto, até que houve uma explosão terrível, bem no ouvido dela. Orlando deu um salto, como se tivesse sido atingida violentamente na cabeça. Atingida dez vezes. Na verdade, eram dez horas da manhã. Do dia 11 de outubro. Do ano de 1928. Era o momento presente.

Ninguém precisa se espantar por Orlando ter se assustado, levando a mão ao peito e empalidecendo. Pois qual revelação pode ser mais aterradora do que saber que se está no momento presente? Sobreviver ao choque é possível apenas porque o passado nos protege, de um lado, e o futuro, do outro. Mas não temos tempo agora para reflexões; Orlando já estava terrivelmente atrasada. Ela correu escada abaixo, entrou no seu automóvel, apertou o botão de arranque e partiu. Imensos blocos azuis de edifícios se erguiam no ar; as chaminés vermelhas apontavam irregularmente para o céu; a estrada brilhava como pregos de cabeça prateada; os ônibus se aproximavam dela com motoristas de rosto pálido e esculpido; ela percebeu esponjas, gaiolas de pássaros, caixas de tecido americano verde. Mas não deixou que essas imagens penetrassem em sua mente, nem mesmo um milímetro, enquanto cruzava a estreita via do presente, para não cair na furiosa torrente sob seus pés. — Por que você não olha para onde está indo?... Estenda a mão para fora! Ou nem isso é capaz de fazer? — era tudo o que ela dizia, com firmeza, como se as palavras fossem arrancadas dela. Porque as ruas estavam absurdamente lotadas; as pessoas cruzavam sem olhar para onde iam. Todos zumbiam e murmuravam ao redor das vitrines, de onde se via um brilho vermelho, um clarão amarelo, como enxames de abelhas, pensou Orlando — mas o pensamento de que fossem abelhas foi violentamente interrompido, e ela viu, retomando a perspectiva com um movimento dos olhos, que eram corpos humanos. — Por que não olha para onde vai? — ela vociferou.

Por fim, no entanto, ela parou na Marshall & Snelgrove e entrou na loja. Sombra e cheiro a envolveram. O presente se desprendeu dela como gotas de água fervente. A luz balançava para cima e para baixo, como finos tecidos soprados por uma brisa de verão. Ela pegou uma lista na bolsa e começou a ler em uma voz no começo curiosamente rígida, como se estivesse retendo as palavras — sapatos de menino, sais de banho, sardinhas — sob uma torneira de água multicolorida. Ela as observou mudando de cor conforme a luz recaía sobre elas. Banho e sapatos ficaram despedaçados, obtusos; as sardinhas foram separadas com uma serra. Ela continuou no térreo da Marshall & Snelgrove; olhou para um lado e para o outro; sentiu este cheiro e aquele, perdendo assim alguns segundos. Então, entrou no elevador, simplesmente porque a porta estava aberta; e foi suavemente projetada para cima. Agora, o próprio tecido da vida, pensou ela enquanto subia, é mágico. No século 18, sabíamos como tudo era feito; mas cá estou eu, subindo pelo ar; ouço vozes vindo dos Estados Unidos; vejo homens voando — no entanto, de como tudo isso é feito não faço ideia. E, assim, minha crença na magia retorna. Agora o elevador deu uma pequena sacudida ao parar no primeiro andar; e ela avistou um sem-número de tecidos coloridos esvoaçando em uma brisa que depreendia cheiros distintos e estranhos; e, cada vez que o elevador parava e as portas se abriam, outra fatia do mundo era exposta, com todos os cheiros daquele mundo a tiracolo. Lembrou-se do rio em frente a Wapping na época de Elizabeth, em que os navios do tesouro e os navios mercantes ancoravam. Que cheiros ricos e curiosos exalavam! Recordava-se da sensação dos rubis em estado bruto correndo por entre seus dedos quando mergulhava a mão em um saco de tesouro! E depois ia se deitar com Sukey — ou qualquer que fosse o nome dela — até serem iluminados pela lanterna de Cumberland! Os Cumberland tinham agora uma casa em Portland Place, onde ela almoçara outro dia e se atrevera a fazer uma piadinha com o velho sobre os asilos na Sheen Road. Ele havia piscado o olho. Mas, então, como o elevador não podia subir mais, ela precisou descer — só Deus sabe em qual "departamento", como costumavam chamá-los. Parou para consultar a lista de compras, mas não conseguiu ver sais de banho ou sapatos de menino em lugar nenhum. Na verdade, já estava prestes a sair sem comprar nada, porém foi salva de tamanho ultraje ao ler automaticamente em voz alta o último item da lista, que por acaso era "lençóis para cama de casal".

— Lençóis para cama de casal — disse ela a um homem no balcão e, por um ato da Providência divina, eram lençóis que o sujeito naquele balcão específico vendia. Por causa de Grimsditch, não, Grimsditch estava morta; Bartholomew, não, Bartholomew estava morta; Louise, então — Louise a procurara, muito agitada, outro dia, pois tinha encontrado um buraco no lençol da cama real. Muitos reis e rainhas haviam dormido ali — Elizabeth, Jaime, Carlos, Jorge, Vitória, Eduardo, não era de se admirar que o lençol tivesse um buraco. Mas Louise tinha certeza de que sabia quem o havia feito. Fora o Príncipe Consorte.

— Sale bosch! — disse ela (pois tinha havido outra guerra, dessa vez contra os alemães).

— Lençóis para uma cama de casal — Orlando repetiu, sonhadora, para uma cama de casal com uma colcha prateada em um quarto decorado de um jeito que lhe parecia agora um tanto quanto vulgar — todo em prata; mas ela o havia decorado quando estava absolutamente apaixonada por aquele metal. Enquanto o homem foi pegar os lençóis para uma cama de casal, ela tirou um pequeno espelho de bolso e um estojo de pó de arroz. As mulheres não eram mais tão complicadas em seus modos, pensou ela, maquiando-se com o maior desinteresse, não como eram quando ela mesma se tornou mulher e repousava no convés do Enamoured Lady. Deu o tom de cor certo ao nariz, deliberadamente. Nunca tocava nas faces. Honestamente, embora agora tivesse trinta e seis anos, não aparentava nem um dia mais velha. Parecia tão amuada, tão mal-humorada, tão bonita, tão rosada (como uma árvore de Natal com um milhão de velas, Sasha teria dito) como naquele dia sobre o gelo, quando o Tâmisa estava congelado e eles haviam saído para patinar...

— O melhor linho irlandês, senhora — disse o balconista, espalhando os lençóis sobre o balcão — e eles haviam encontrado uma mulher velha recolhendo gravetos. Nesse instante, enquanto ela manuseava o linho distraidamente, uma das portas de vaivém entre os departamentos se abriu e deixou passar, vindo talvez do departamento de artigos de luxo, um leve odor de cera, como de velas cor-de-rosa, e o perfume envolvia como uma concha certa figura — de um rapaz ou de uma moça — jovem, esguia, sedutora — uma moça, por Deus! Coberta de peles, pérolas, vestindo calças russas. Mas infiel, infiel!

— Infiel! — exclamou Orlando (o homem já tinha ido), e toda a loja pareceu balançar e se mover sobre a água amarelada e, de longe, ela viu os mastros do navio russo se erguendo no mar, e então, milagrosamente (talvez a porta tenha se aberto novamente) a concha que o perfume havia formado se transformou em uma plataforma, em um altar, do qual desceu uma mulher gorda, envolta em peles, maravilhosamente bem conservada, sedutora, com um diadema na cabeça, amante de um grão-duque. Ela que, debruçada sobre as margens do Volga, comendo sanduíches, assistira a homens se afogar, começou a andar pela loja na sua direção.

— Ah, Sasha! — gritou Orlando. Estava verdadeiramente chocada ao ver a que ponto ela chegara, tão gorda, tão letárgica; e abaixou a cabeça sobre o linho para que a aparição daquela mulher grisalha, envolta em peles, e daquela moça em calças russas, com todos aqueles cheiros de velas de cera, flores brancas e navios antigos que a acompanhavam, passassem por trás dela sem que a vissem.

— A senhora desejaria alguma toalha, guardanapos, um guarda-pó, minha senhora? — insistiu o balconista. E é enormemente digno de crédito da lista de compras, que Orlando agora consultava, que ela fosse capaz de responder com total compostura, que havia apenas uma coisa no mundo que ela queria — sais de banho — que se encontravam em outro departamento.

Entretanto, ao descer no elevador — tão insidiosa é a repetição de qualquer cena — ela se viu mais uma vez submersa muito abaixo do momento presente; e, quando o elevador deu um tranco ao parar no térreo, pensou ter ouvido um pote se quebrar contra a margem do rio. Em vez de procurar o departamento correto, fosse qual fosse, continuou absorta em meio às bolsas, surda às sugestões de todos os vendedores corteses, vestidos de preto, bem penteados e joviais, que, tanto quanto ela, vinham das profundezas do passado, talvez até com o mesmo orgulho, mas haviam preferido deixar baixar a impenetrável tela do presente, apresentando-se apenas como funcionários da Marshall & Snelgrove. Orlando lá ficou, hesitante. Pelas grandes portas de vidro podia ver o tráfego na Oxford Street. Os ônibus pareciam se amontoar uns sobre os outros, separando-se em seguida. Assim tinham se sacudido e chocado os blocos de gelo naquele dia no Tâmisa. Um velho nobre calçando pantufas de pele vinha montado em um deles. Lá ia ele — podia vê-lo agora — praguejando contra os rebeldes irlandeses. Havia afundado ali, onde o carro dela se encontrava.

"O tempo me alcançou", pensou, tentando se recompor, "essa é a chegada da meia-idade. Que estranho! Nada é mais uma coisa só. Pego uma bolsa de mão e penso na velha que vendia maçãs num bote e ficou congelada dentro do rio. Alguém acende uma vela cor-de-rosa, e vejo uma moça em calças russas. Ao sair para a rua, como faço agora", e nesse instante, pisou na calçada da Oxford Street, "que gosto sinto? De pequenas ervas. Ouço o sininho das cabras. Vejo montanhas. Turquia? Índia? Pérsia?" Seus olhos se encheram de lágrimas.

Que Orlando havia se distanciado um pouco demais do momento presente talvez fique claro para o leitor, que a vê agora se preparando para entrar no carro com os olhos cheios de lágrimas e visões das montanhas persas. E, de fato, não se pode negar que os mais bem-sucedidos praticantes da arte de viver — por sinal, muitas vezes pessoas desconhecidas — de algum modo conseguem sincronizar os sessenta ou setenta tempos diferentes que operam simultaneamente em qualquer sistema humano normal, de modo que, quando soam as onze horas, todo o restante repica em uníssono, e o presente não é uma disrupção violenta nem algo completamente esquecido no passado. Deles se pode dizer com justiça que vivem precisamente os sessenta e oito ou setenta e dois anos a eles atribuídos na lápide. Dos demais, alguns sabemos estar mortos, embora andem entre nós; alguns não nasceram ainda, embora assumam todas as formas de vida; outros têm centenas de anos, embora admitam ter apenas trinta e seis. A verdadeira duração da vida de uma pessoa, conste o que constar no *Dicionário da Biografia Nacional*, é sempre discutível. Pois esse negócio de marcar o tempo é uma tarefa bem difícil, e nada o tira da ordem com mais rapidez do que o contato com qualquer das artes; e talvez tenha sido o amor pela poesia o culpado por fazer Orlando perder a lista de compras e voltar para casa sem as sardinhas, os sais de banho ou os sapatos. Agora, enquanto ela segurava a maçaneta da porta do carro, o presente voltou a golpeá-la na cabeça. Foi atingida violentamente onze vezes.

— Maldição! — ela gritou, pois é um grande choque para o sistema nervoso ouvir um relógio bater — tanto que, por algum tempo, não há nada a dizer a seu respeito, salvo que ela franziu ligeiramente a testa, trocou as marchas admiravelmente e gritou, como antes — Olhe para onde está indo! Você não sabe o que quer? Por que não disse isso antes? — enquanto o carro disparava, mudava de pista, espremia-se e deslizava — pois ela era uma motorista experiente — pela Regent Street, Haymarket, Northumberland Avenue, cruzando a Ponte de Westminster, à esquerda, em frente, à direita, em frente mais uma vez...

A Old Kent Road estava muito lotada naquela quinta-feira, 11 de outubro de 1928. As pessoas caíam para fora das calçadas. Havia mulheres com sacolas de compras. Crianças correndo. Liquidações nas lojas de tecidos. As ruas se alargavam e se estreitavam. Longas perspectivas iam se estreitando. Aqui, este via um mercado. Ali, um funeral. Acolá, um cortejo com bandeiras em que se lia "Ra... Um...", e que mais? A carne era muito vermelha. Os açougueiros se postavam à porta. As mulheres quase não usavam saltos altos. "Amor Vin..." escrito sobre um pórtico. Uma mulher olhava da janela de um quarto, imóvel, profundamente contemplativa. Applejohn e Applebed, Casa Fun... Não se podia ver nada por inteiro ou ler as placas do começo ao fim. O que se começava a observar — como dois amigos se encontrando em lados opostos da rua — nunca se via terminado. Depois de vinte minutos, o corpo e a mente eram como pedaços de papel rasgado caídos de um saco, pois, de fato, o processo de sair de Londres dirigindo a toda velocidade é tão semelhante à fragmentação da identidade que precede a inconsciência, e talvez à própria morte, que é debatível em que sentido se pode dizer que Orlando de fato existia naquele momento. Com efeito, poderíamos considerá-la uma pessoa totalmente desintegrada se, por fim, uma tela verde não tivesse sido erguida à direita, contra a qual os pedacinhos de papel caíam mais devagar; e, em seguida, outra foi levantada à esquerda, de maneira que era possível ver os papeizinhos dando voltas pelo ar por conta própria; e mais adiante as telas verdes se tornaram contínuas em ambos os lados da estrada, fazendo com que a mente dela readquirisse a ilusão de ter as coisas sob controle, e ela viu um chalé, um pasto e quatro vacas, todas exatamente em tamanho natural.

Quando isso aconteceu, Orlando soltou um suspiro de alívio, acendeu um cigarro e ficou fumando por um minuto ou dois em silêncio. Então, chamou, hesitante, como se a pessoa que queria talvez não estivesse ali: — Orlando? — Pois, se há (ao acaso) setenta e seis tempos diferentes batendo simultaneamente na mente, quantas pessoas diferentes, em uma ou outra ocasião, não haverá — que Deus nos proteja — no espírito humano? Alguns dizem chegar a duas mil e cinquenta e duas. Por isso, acaso é a coisa mais comum do mundo que uma pessoa chame, tão logo se veja sozinha, Orlando? (caso seja este seu nome), querendo dizer com isso: — Vamos lá! Estou farta deste eu em específico. Quero outro. — Daí as mudanças surpreendentes que vemos em nossos amigos. Mas também não é nada fácil porque, ainda que alguém possa dizer, como disse Orlando (estando no campo e precisando de outro eu, presumivelmente) — Orlando? — apesar disso, o Orlando de que ela precisa pode não aparecer; esses eus de que somos feitos, um em cima do outro, como pratos empilhados na mão de um garçom, têm relações em outros lugares, simpatias, pequenas constituições e direitos próprios, chame-os como quiser (e para muitas dessas coisas não há nome), de modo que um deles só virá se estiver chovendo, outro se estiver em um quarto com cortinas verdes, outro ainda quando a sra. Jones não estiver presente e mais outro se você lhe prometer um copo de vinho — e assim por diante, pois todo mundo pode reproduzir, com base na própria experiência, os diferentes termos que seus diferentes eus estabeleceram — e alguns são tão ridículos que não devem ser publicados.

Então, Orlando, na curva perto do celeiro, chamou — Orlando? — com uma nota de interrogação na voz e esperou. Orlando não veio.

— Está bem, então — disse Orlando, com o bom humor que as pessoas têm nessas ocasiões, e tentou outro. Pois ela tinha uma grande variedade de eus a quem podia recorrer, muito mais do que conseguimos encontrar espaço para relatar, já que uma biografia é considerada completa se dispõe apenas de seis ou sete eus, mesmo que uma pessoa possa ter milhares deles. Escolhendo então apenas os eus de quem encontramos espaço para tratar, Orlando poderia ter chamado agora o menino que cortou a cabeça do negro; o menino que a pendurou de novo; o menino que sentou na colina; o menino que viu o poeta; o menino que entregou à rainha a tigela com água de rosas; ou poderia ter chamado o jovem que se apaixonou por Sasha; ou o cortesão; ou o embaixador; ou o soldado; ou o viajante; ou poderia ter desejado que a mulher fosse até ela; a cigana; a fina dama; a eremita; a garota apaixonada pela vida; a patrona das letras; a mulher que convocava Mar (significando banhos quentes e fogueiras à noite) ou Shelmerdine (significando açafrões nas florestas outonais) ou Bonthrop (significando a morte que morremos todos os dias) ou todos os três juntos — o que significava mais coisas do que conseguimos escrever aqui — e todos eram diferentes, e ela poderia ter chamado qualquer um deles.

Talvez; mas o que parecia certo (pois agora estamos na região do "talvez" e do "parece") é que o eu de que ela mais precisava continuava distante, pois a julgar pelo que dizia, ela vinha trocando de eus tão rapidamente quanto dirigia — havia um novo em cada esquina — como acontece quando, por alguma razão inexplicável, o eu consciente, que está acima dos demais e tem o poder de desejar, quer ser apenas um. É isso que algumas pessoas chamam de verdadeiro eu, e dizem que ele é composto por todos os eus que temos a capacidade de ser; comandados e aprisionados pelo eu-capitão, o eu-chave, que amalgama e controla todos os outros. Orlando certamente estava buscando esse eu, como o leitor pode julgar ao ouvir sua conversa enquanto dirigia (e se for uma conversa desconexa, trivial, chata e, às vezes, incompreensível, a culpa é do leitor, que está ouvindo uma dama falando consigo mesma; nós apenas copiamos suas palavras como ela as disse, acrescentando entre parênteses qual eu, em nossa opinião, está falando, mas nisso podemos estar errados).

— O quê, então? Então quem? — disse ela. — Trinta e seis anos; em um carro; uma mulher. Sim, mas um milhão de outras coisas também. Sou uma esnobe? A jarreteira no saguão? Os leopardos? Meus ancestrais? Orgulhosa deles? Sim! Ávida, sensual, maliciosa? Será? (aqui um novo eu apareceu). Não me importo nada se sou realmente. Sincera? Acho que sim. Generosa? Ah, mas isso não conta (aqui outro eu entrou). Deitada na cama de manhã, ouvindo os pombos sobre o linho fino; baixelas de prata; vinho; criadas; mordomos. Mimada? Talvez. Coisas demais para nada. Daí meus livros (aqui ela mencionou cinquenta títulos clássicos, que representavam, assim acreditamos, as primeiras obras românticas que rasgara). Fácil, superficial, romântica. Mas (aqui outro eu apareceu) uma tonta, uma desajeitada. Não poderia ser mais desajeitada. E... e... (aqui ela hesitou, à procura de uma palavra e, se sugerirmos "Amor", podemos estar errados, mas certamente ela riu e corou, exclamando depois...) Uma rã com esmeraldas! Harry, o arquiduque! Varejeiras no teto! (aqui outro eu entrou) Mas Nell, Kit, Sasha? (estava mergulhada em melancolia: lágrimas realmente começaram a se formar, embora já tivesse desistido de chorar). Árvores (aqui outro eu apareceu) Amo as árvores (ela estava passando por um arbusto) que crescem ali há mil anos. E celeiros (passou por um celeiro caindo aos pedaços na beira da estrada). E cães pastores (um atravessava a estrada. Ela o evitou cuidadosamente). E a noite. Mas gente (aqui entra um novo eu)... Gente? (Repetiu em forma de pergunta.) Sei lá. Tagarelas, rancorosos, sempre contando mentiras. (Nesse momento entrou na rua mais importante de sua cidade natal, que estava apinhada porque era dia de feira, com fazendeiros, pastores e velhas carregando galinhas em cestas.) Gosto de camponeses. Entendo de plantações. Mas... (aqui outro eu entra saltitando por cima do topo de sua mente como o feixe de luz de um farol) Fama! (Ela riu.) Fama! Sete edições. Um prêmio. Fotografias nos jornais da tarde (aqui faz alusão a "O Carvalho" e ao prêmio Burdett-Coutts que ganhara; e devemos roubar algum espaço a fim de observar como é perturbador para seu biógrafo que o clímax ao qual todo o livro se encaminhou, esta peroração com que o livro deveria terminar, possa ser destruído por um riso casual como este; mas a verdade é que, quando escrevemos sobre uma mulher, tudo fica fora de lugar — o clímax e as perorações, o acento nunca cai onde cairia no caso de um homem). Fama! (Ela repetiu.) Um poeta — um charlatão, ambos todas as manhãs, de maneira tão regular quanto a chegada do carteiro. Jantar, encontrar-se; encontrar-se, jantar; fama... fama! (Teve de reduzir a velocidade para passar em meio à multidão na feira. Mas ninguém reparou nela. Um boto em uma peixaria atrairia mais a atenção do que uma mulher que ganhou um prêmio e poderia, caso assim quisesse, usar na cabeça três pequenas coroas, uma em cima da outra.) Dirigindo agora bem devagar, cantarolou baixinho como se fosse parte de uma velha canção: — Com os guinéus que ganhei vou comprar árvores floridas, árvores floridas, árvores floridas, e vou passear entre as minhas árvores floridas e dizer a meus filhos o que é a fama. — Cantou assim, e todas as palavras começaram a afundar aqui e ali, como o colar de um selvagem com contas muito pesadas. — E vou caminhar entre as minhas árvores floridas — cantou, enfatizando as palavras — e verei a lua se levantar sem pressa, as carroças partirem... — Parou nesse momento e olhou com grande atenção para o capô do carro, em profunda meditação.

"Ele se sentou à mesa de Twitchett", refletiu, "com o colarinho sujo... Seria o velho sr. Baker vindo medir a lenha? Ou seria Sh...p...re?" (pois quando falamos de nomes que reverenciamos profundamente, nunca os falamos inteiros.) Ela ficou olhando por dez minutos diante de si, deixando o carro quase parar completamente.

— Sortilégio! — ela exclamou, pisando subitamente no acelerador. — Sortilégio! Desde que eu era criança. Lá vai o ganso selvagem. Passa voando pela janela em direção ao mar. Eu pulei (agarra o volante com mais força) e me estiquei para alcançá-lo. Mas os gansos voam rápido demais. Eu o vi aqui... ali... acolá... Inglaterra, Pérsia, Itália. Sempre voa rápido na direção do mar, e eu sempre atiro palavras atrás dele, como se fossem redes (nesse momento, estendeu a mão para fora) que murcham como as que chegam ao convés trazendo apenas algas; e, às vezes, há um pouco de prata — seis palavras — no fundo da rede. Mas nunca o grande peixe que vive nos bosques de corais. — Nesse instante, ela curvou a cabeça, pensativa.

E foi nesse momento, quando deixou de chamar "Orlando" e estava imersa em pensamentos sobre outra coisa, que o Orlando que ela havia chamado veio por conta própria; como comprovado pela mudança que se operou nela (havia passado pelos portões da casa e estava entrando no parque).

Todo o seu ser se tornou mais sombrio e se assentou, como quando se cobre uma superfície com uma lâmina para torná-la mais lisa e sólida, e o que é raso se torna profundo, o que está perto, distante; como a água contida pelas paredes de um poço. Assim, agora mais sombria e tranquila, ela se tornara, com a adição daquele Orlando, o que é chamado, certo ou errado, de um único eu, um eu real. E caiu no silêncio. Pois é provável que, quando as pessoas falam em voz alta, os eus (cujo número pode ultrapassar dois mil) se conscientizem da separação e tentem se comunicar, calando-se quando a comunicação volta a ser estabelecida.

Hábil e rapidamente, ela percorreu o caminho sinuoso entre os olmos e carvalhos, passando pela grama do parque, cujo declive era tão suave que, se fosse feito de água, teria recoberto a praia com uma maré verde suave. Plantadas aqui e ali, em grupos solenes, estavam as faias e os carvalhos. Os cervos andavam entre eles, um branco como a neve, outro com a cabeça de lado, porque os chifres haviam se enroscado em alguma cerca de arame. Tudo aquilo, as árvores, os cervos e a grama, ela observou com a maior satisfação, como se sua mente tivesse se tornado um fluido que corria ao redor das coisas e as envolvia completamente. No minuto seguinte, ela parou no pátio onde, por tantos e tantos anos, viera, a cavalo ou em uma carruagem com seis cavalos, com homens cavalgando à frente ou seguindo atrás; onde plumas haviam se agitado, tochas haviam brilhado, e as mesmas árvores floridas, cujas folhas agora caíam, já haviam balançado suas flores. Agora, estava sozinha. As folhas de outono caíam. O porteiro abriu os grandes portões. — Bom dia, James — disse ela — há algumas coisas no carro. Pode trazê-las? — palavras sem beleza, interesse ou significado em si mesmas, devemos admitir, mas, agora, tão recheadas de significado que caíam como nozes maduras de uma árvore, provando que, quando a pele ressecada da normalidade é preenchida com significado, satisfaz os sentidos de forma surpreendente. Isso era agora verdadeiro com respeito a todas as ações e gestos, por mais corriqueiros que fossem, de modo que ver Orlando trocar a saia por calças de veludo cotelê e uma jaqueta de couro, o que fez em menos de três minutos, era se encantar com a beleza dos movimentos, como se madame Lopokova estivesse exibindo seus magníficos dons artísticos. Entrou então na sala de jantar, onde os velhos amigos Dryden, Pope, Swift e Addison a olharam, de início timidamente, sem saber quem deveria dizer "Eis aqui a vencedora do prêmio!", mas, quando refletiram que estavam em jogo duzentos guinéus, sacudiram a cabeça em aprovação. Duzentos guinéus, pareciam dizer, duzentos guinéus não é coisa com que se brinque. Ela cortou uma fatia de pão e outra de presunto, juntou as duas e começou a comer, caminhando a passos largos de uma ponta a outra da sala e, assim, ignorou em um segundo, sem se dar conta, suas boas maneiras de anfitriã. Depois de cinco ou seis voltas, bebeu de um só gole uma taça de vinho tinto espanhol e, enchendo outra que carregou consigo, atravessou o longo corredor e uma dúzia de salas de estar, iniciando uma procissão pela casa na companhia de tantos caçadores de alce e spaniels quantos quiseram segui-la.

Isso também fazia parte de sua rotina diária. Assim como poderia voltar para casa e não dar um beijo na própria avó, também haveria de visitar a residência sem percorrer todos os aposentos. Tinha a impressão de que os cômodos se iluminavam quando neles entrava, eles despertavam e abriam os olhos como se estivessem cochilando em sua ausência. Imaginava também que, por mais que os tivesse visto centenas ou mesmo milhares de vezes, eles nunca pareciam iguais, como se em uma vida tão longa tivessem armazenado uma miríade de humores, que mudavam com o inverno ou o verão, o tempo bom ou fechado, os altos e baixos da vida dela e até o temperamento das pessoas que os visitavam. Sempre educados com estranhos, mas um pouco cansados: com ela, eram totalmente francos e ficavam à vontade. Na verdade, por que não? Já se conheciam há quase quatro séculos. Nada tinham a esconder. Ela conhecia suas tristezas e alegrias. Sabia a idade de cada parte deles e seus pequenos segredos — uma gaveta oculta, um armário escondido, talvez algum defeito, tal como um reparo ou acréscimo mais recente. Eles também conheciam todos os seus humores e transformações. Nada escondera deles; lá estivera como menino e mulher, chorando e dançando, pensativa e alegre. Naquela janela, escrevera os primeiros versos; naquela capela se casara. E ali seria enterrada, refletiu, ajoelhando-se no peitoril da janela da longa galeria e bebericando o vinho espanhol. Embora não pudesse imaginar tal coisa, o corpo do leopardo heráldico fazia manchas amarelas no chão no dia em que a deitariam ao lado de seus antepassados. Ela, que não acreditava na imortalidade, não podia deixar de sentir que sua alma vagaria para sempre em meio ao vermelho dos painéis e o verde dos sofás. Pois aquele cômodo — acabara de entrar no quarto do embaixador — brilhava como uma concha que, tendo permanecido por séculos no fundo do mar, havia sido incrustada de sal e pintada pela água com um milhão de tons. O quarto era rosa, amarelo, verde e cor de areia. Frágil, iridescente e vazio como uma concha. Nenhum embaixador voltaria a dormir ali. Ah, mas ela sabia onde ainda batia o coração da casa. Abrindo suavemente uma porta, parou no limiar para que (assim imaginava) o cômodo não pudesse vê-la, e contemplou a tapeçaria arfando sob a brisa suave e eterna que nunca deixava de agitá-la. O caçador cavalgava ainda, Dafne voava ainda. O coração não cessara de bater, pensou, embora debilmente, tão longínquo — o frágil e indomável coração da enorme construção.

Agora, chamando seu bando de cães, ela passou pela galeria cujo chão era revestido com troncos inteiros de carvalho serrados. Fileiras de cadeiras, com o forro de veludo desbotado, estavam alinhadas contra as paredes, estendendo seus braços para Elizabeth, para Jaime, talvez para Shakespeare, para Cecil — que nunca vieram. A visão a entristeceu. Ela desenganchou a corda que as cercava. Sentou-se na cadeira da rainha; abriu um livro manuscrito que estava sobre a mesa de *lady* Betty; passou os dedos nas velhas pétalas de rosas; escovou o cabelo curto com as escovas de prata do Rei Jaime; saltou sobre sua cama (mas nenhum rei jamais dormiria ali novamente, apesar dos lençóis novos de Louise) e pressionou a face contra a colcha prateada gasta que estava sobre ela. Mas, por toda parte, havia saquinhos de lavanda para manter as traças afastadas e avisos impressos,

"Favor não tocar", que, embora ela mesma os tivesse colocado ali, pareciam repreendê-la. A casa não era mais inteiramente dela, suspirou. Agora pertencia ao tempo; à história; estava além do toque e controle dos vivos. Nunca mais derramariam cerveja ali, pensou ela (estava no quarto ocupado por Nick Greene), ou queimariam buracos no carpete. Nunca mais duzentos criados correriam e brigariam pelos corredores com braseiros e grandes toras para as enormes lareiras. Nunca mais fermentariam cerveja, fariam velas, costurariam selas e talhariam pedras nas oficinas de fora da casa. Martelos e marretas estavam em silêncio agora. Cadeiras e camas estavam vazias; canecas de prata e ouro estavam trancadas em caixas de vidro. As grandes asas do silêncio batiam para cima e para baixo pela casa vazia.

Ela se sentou no fim da galeria, com os cães ao redor, na dura poltrona da Rainha Elizabeth. A galeria se estendia até um ponto em que a luz quase não alcançava. Era como um túnel cavado profundamente no passado. Enquanto seus olhos vasculhavam o longo caminho, ela podia ver pessoas rindo e conversando; os grandes homens que conhecera; Dryden, Swift e Pope; estadistas em colóquio; amantes flertando nos bancos das janelas; pessoas comendo e bebendo nas grandes mesas; a fumaça da lenha subindo ao redor da cabeça delas, fazendo-as espirrar e tossir. Mais adiante, via grupos de esplêndidos dançarinos preparados para a quadrilha. Uma música suave, frágil, mas, ainda assim, majestosa, começava a tocar. Um órgão retumbava. Um caixão era levado até a capela. Um cortejo de casamento saía dela. Homens armados com elmos partiam para as guerras. Trouxeram estandartes de Flodden e Poitiers e os fixaram na parede. A longa galeria ficou lotada e, olhando ainda mais ao longe, ela pensava poder distinguir, bem na ponta, atrás dos elisabetanos e dos Tudor, alguém mais velho, mais distante, mais sombrio, uma figura encapuzada, monástica, severa, um monge, que seguia com as mãos postas segurando um livro, murmurando...

Como um trovão, o relógio da estrebaria deu quatro horas. Nunca um terremoto destruiu com tanta rapidez uma cidade inteira. A galeria e todos os ocupantes viraram pó. Seu próprio rosto, que permanecera sombrio e sério enquanto ela contemplava a cena, iluminou-se como se por uma explosão de pólvora. Com essa mesma luz, tudo o que havia por perto ganhou extrema nitidez. Viu duas moscas voando em círculos e notou o brilho azul do corpo delas; viu um nó na madeira em que seu pé repousava, e a orelha de seu cachorro se mexendo. Ao mesmo tempo, ouviu um galho ranger no jardim, uma ovelha tossir no parque, uma andorinha piar na janela. O próprio corpo dela estremeceu e formigou como se subitamente ela se encontrasse nua em uma nevasca. No entanto, ao contrário do que ocorrera em Londres quando o relógio bateu as dez horas, dessa vez ela manteve a compostura (pois agora era uma só e inteira, talvez apresentando uma superfície maior ao choque do tempo). Levantou-se, porém sem precipitação, chamou os cachorros e desceu a escadaria com firmeza e movimentos ágeis, saindo para o jardim. Ali, as sombras das plantas estavam miraculosamente nítidas. Ela notou os grãos de terra nos canteiros de flores como se estivesse usando um microscópio. Viu a complexidade dos galhos de cada árvore. Cada lâmina de grama era diferente, assim como as marcas das nervuras e das pétalas. Viu Stubbs, o jardineiro, vindo pela alameda, e cada botão de suas polainas era visível; viu Betty e Prince, os cavalos da carruagem, e nunca tinha reparado tão claramente na estrela branca na testa de Betty ou nos três pelos mais longos do que os demais na cauda de Prince. No pátio, as velhas paredes cinzentas da casa lembravam uma fotografia recente, mas arranhada; ouviu o gramofone reproduzindo no terraço uma música que era ouvida na ópera forrada de veludo vermelho, em Viena. Revigorada e estimulada pelo momento presente, ela também se sentia estranhamente assustada, como se, quando o abismo do tempo se abrisse e deixasse passar um segundo que fosse, com ele entraria algum perigo desconhecido.

A tensão era implacável e rigorosa demais para ser suportada por muito tempo sem causar desconforto. Caminhou mais depressa do que gostaria, como se suas pernas tivessem o comando do corpo, através do jardim, saindo para o parque. Lá chegando, obrigou-se, com grande esforço, a parar perto da oficina do carpinteiro e se postar ali, imóvel, observando Joe Stubbs fazer uma roda de carroça. Estava de pé, com o olhar fixo na mão dele, quando o quarto de hora bateu. Aquilo a atravessou como um meteoro, tão quente que as mãos não poderiam segurá-lo. Viu com repugnante nitidez que faltava a unha no polegar da mão direita de Stubbs e, no lugar, havia uma rodela inflamada de carne rosada. A visão foi tão repulsiva que ela sentiu por um momento que ia desmaiar, contudo, nesse brevíssimo momento de obscuridade, quando suas pálpebras se abriram e fecharam, viu-se aliviada da pressão do presente. Havia algo de estranho na sombra feita por seu piscar de olhos, algo que (como qualquer pessoa pode testar olhando agora mesmo para o céu) está sempre ausente do presente — daí seu terror, seu caráter indescritível — algo que tememos furar com um alfinete ao lhe dar um nome e chamar de beleza, pois não tem corpo, é como uma sombra sem substância ou qualidades próprias, embora tenha o poder de mudar tudo a que se junte. Enquanto em sua tontura ela piscava os olhos na carpintaria, a tal sombra saiu furtivamente e, juntando-se às inúmeras visões que ela vinha tendo, transformou-as em algo tolerável, compreensível. A mente dela começou a se agitar como o mar. Sim, pensou, soltando um profundo suspiro de alívio ao sair da oficina para subir a colina, posso começar a viver de novo. Estou na margem do Serpentine, pensou, o barquinho está subindo através do arco branco de mil mortes. Estou prestes a compreender...

Essas foram suas palavras, ditas com clareza, mas não podemos esconder o fato de que ela era agora uma testemunha muito indiferente à verdade do que estava diante dela e facilmente poderia ter confundido uma ovelha com uma vaca, ou um velho chamado Smith com alguém chamado Jones, sem qualquer parentesco um com o outro. Pois, agora, a sombra da fraqueza que o polegar sem unha havia lançado sobre ela se aprofundava, no fundo do seu cérebro (que é a parte mais distante da visão), um poço no qual coisas vivem em uma escuridão tão profunda que mal sabemos o que são. Contemplou então esse poço ou mar em que tudo se reflete — e, na verdade, alguns dizem que nossas paixões mais violentas, e a arte e a religião, são os reflexos do que vemos naquele tenebroso vazio no fundo de nossa mente quando o mundo visível fica temporariamente obscurecido. Contemplou-o por um longo tempo, fixa e profundamente, e logo a trilha ladeada de samambaias pela qual subia a colina se tornou em parte o Serpentine; os arbustos de pilriteiros eram em parte senhoras e cavalheiros sentados, com estojos de cartões e bengalas de castão de ouro; as ovelhas eram em parte casas altas de Mayfair; tudo era, em parte, outra coisa, como se sua mente tivesse se transformado em uma floresta com clareiras aqui e ali; algumas coisas ficavam mais próximas, outras, mais distantes, unindo-se e se separando, formando as mais estranhas alianças e combinações em um incessante xadrez de luz e sombra. Exceto quando Canute, o caçador de alces, correu atrás de um coelho, fazendo-a se lembrar de que devia ser quatro e meia — na verdade, faltavam vinte e três minutos para as seis — ela havia esquecido do tempo.

A trilha de samambaias levava, com muitas curvas e voltas, cada vez mais alto, até o carvalho no topo. A árvore tinha crescido, ficando mais forte e mais retorcida desde que ela a conhecera, por volta de 1588, mas ainda estava em sua melhor forma. As pequenas folhas finamente frisadas ainda tremulavam bastante nos galhos. Jogando-se no chão, ela sentiu os ossos da árvore se espalharem como as vértebras de uma espinha de um lado para o outro por baixo do seu corpo. Ela gostava de pensar que estava cavalgando o dorso do mundo. Gostava de se prender a algo duro. Quando se jogou no chão, um livrinho quadrado, encadernado em tecido vermelho, caiu do peito da jaqueta de couro — seu poema "O Carvalho". "Deveria ter trazido uma pá", pensou. A terra era tão rasa acima das raízes que parecia duvidoso que ela conseguisse fazer o que pretendia, enterrar o livro ali. Além disso, os cães iriam desenterrá-lo. A sorte não costuma acompanhar essas celebrações simbólicas, ela pensou. Talvez fosse melhor então não fazer nada. Ela tinha um pequeno discurso sobre o livro na ponta da língua, que pretendia dizer ao enterrá-lo. (Era uma cópia da primeira edição, assinada pela autora e artista.) — Enterro isso como uma homenagem — diria — um retorno à terra daquilo que a terra me deu — mas, por Deus, uma vez que começamos a falar palavras em voz alta, como soam tolas! Lembrou-se de Greene subindo em um palco outro dia, comparando-a com Milton[37] (exceto pela sua cegueira), e lhe entregando um cheque de duzentos guinéus. Ela havia pensado então, no carvalho ali na colina, e o que uma coisa tem a ver com a outra, ela se perguntara. O que os elogios e a fama têm a ver com a poesia? O que sete edições (pois já havia alcançado esse número) têm a ver com o valor do livro? Escrever poesia não é uma transação secreta, uma voz respondendo a outra? Por isso, toda aquela tagarelice, elogios e críticas, encontrar gente que a admirava e gente que não a admirava eram incompatíveis com a essência da coisa — uma voz respondendo a outra. O que poderia ser mais sigiloso, pensou ela, mais lento e mais semelhante às carícias dos amantes do que a resposta balbuciante dada por ela ao longo de todos aqueles anos às velhas cantigas sussurradas pelos bosques, pelas fazendas, pelos cavalos castanhos parados na porteira, pescoço contra pescoço, assim como pela oficina do ferreiro, pela cozinha e pelos campos, que tão laboriosamente produziam trigo, nabos, grama, e pelo jardim em que floresciam os íris e lilases?

37 John Milton (1608-1674) foi um poeta, polemista, intelectual e funcionário público inglês, famoso pelo poema épico *Paraíso Perdido*. (N. do T.)

Então, desistindo de enterrar o livro e o deixando caído de qualquer jeito no chão, ela contemplou a vasta paisagem, tão variada quanto o fundo do oceano, naquela tarde em que o sol o iluminava e as sombras o escureciam. Havia uma aldeia com uma torre de igreja entre os olmos; a cúpula cinzenta de uma mansão no parque; uma centelha de luz brilhando em alguma estufa; um pátio de fazenda com pilhas de milho amarelo. Os campos eram marcados com manchas negras de árvores e, além deles, estendiam-se vastas florestas, o brilho de um rio e, mais além, mais montanhas. A distância, os penhascos brancos de Snowdon perfuravam as nuvens; ela viu as distantes colinas escocesas e as marés selvagens que giram em torno das Hébridas. Escutou o som de canhões no mar. Não — era apenas o vento soprando. Não havia guerra naquele dia. Drake se fora, Nelson partira. "E ali", pensou ela, deixando os olhos, que contemplavam aquelas vistas distantes, caírem novamente para a terra sob seus pés, "um dia, essa terra foi minha: aquele castelo entre as colinas era meu, e todo aquele brejo que se estendia quase até o mar era meu". Nesse momento, a paisagem (provavelmente, em virtude de algum efeito da luz, que diminuía) se sacudiu, ergueu-se, fazendo com que todo aquele amontoado de casas, castelos e florestas escorregasse por suas laterais inclinadas. As montanhas nuas da Turquia estavam diante dela. Era meio-dia, um sol escaldante. Ela olhou diretamente para a encosta ardente. Cabras roíam os tufos de areia aos seus pés. Uma águia planava acima. A voz rouca do velho Rustum, o cigano, grasnou em seus ouvidos — O que são a sua antiguidade, a sua raça e as suas posses comparadas a isto? Para que você precisa de quatrocentos quartos e tampas de prata em todas as baixelas de prata e criadas tirando o pó?

Nesse momento, algum relógio de igreja soou no vale. A paisagem em formato de tenda estremeceu e caiu. O presente desabou sobre a cabeça dela mais uma vez, mas agora, com a luz se apagando, mais suave do que antes, sem trazer à vista nada com mais detalhes, nada pequeno demais, apenas campos enevoados, chalés com as janelas iluminadas, a massa adormecida de uma floresta e um feixe de luz em forma de leque empurrando a escuridão à sua frente por alguma estradinha. Se havia soado nove, dez ou onze, ela não podia dizer. A noite havia chegado — a noite que ela sempre amara, a noite em que os reflexos no poço escuro da mente brilham mais claramente do que durante o dia. Agora não era necessário desmaiar a fim de olhar bem no âmago das trevas em que as coisas tomam forma, e ver no poço da mente ora Shakespeare, ora uma moça vestindo calças russas, ora um barquinho no Serpentine, e depois o próprio Atlântico, onde as procelas impelem enormes ondas ao largo do Cabo Horn. Ela olhou para o fundo da escuridão. Lá estava o brigue do marido, galgando o topo da onda! Foi subindo, mais e mais. O arco branco de mil mortes se ergueu diante dela. Ah, que homem mais temerário, ah, que homem ridículo, sempre velejando inutilmente ao redor do Cabo Horn e arrostando o vendaval! Mas, vencido o arco, o brigue surgiu do outro lado, enfim a salvo!

— Êxtase! — ela exclamou. — Êxtase! — E, então, o vento diminuiu, as águas se acalmaram; e ela viu as ondas, pacíficas, sob o luar.

— Marmaduke Bonthrop Shelmerdine! — ela gritou, postando-se próximo ao carvalho.

O belo e cintilante nome caiu do céu como uma pena de um azul metálico. Ela o observou cair, girando como uma flecha que tomba lentamente, cortando o ar denso lindamente. Ele estava vindo, como sempre vinha, em momentos de calmaria total, quando a onda sossegava e as folhas manchadas caíam lentamente sobre seus pés nas florestas outonais; quando o leopardo ficava imóvel, a lua se refletia nas águas e nada se movia entre o céu e o mar. Então, ele vinha.

Agora, tudo estava quieto. Era quase meia-noite. A lua subia lentamente sobre a planície. Sua luz erguia um castelo fantasmagórico sobre a terra. Ali estava a grande mansão, com todas as janelas vestidas de prata. Não havia parede, nada substancial. Tudo era espectro. Tudo estava quieto. Tudo iluminado como para a chegada de uma rainha morta. Olhando para baixo, Orlando viu penas negras se agitando no pátio, tochas bruxuleantes e sombras se ajoelhando. Mais uma vez, uma rainha descia da carruagem.

— A casa está à sua disposição, minha senhora — ela exclamou, fazendo uma profunda reverência. — Nada foi alterado. Meu pai, o falecido lorde, vai conduzi-la.

Enquanto falava, a primeira badalada da meia-noite soou. A brisa fria do presente roçou seu rosto com o frágil sopro de medo. Ela olhou ansiosamente para o céu. Estava escuro e cheio de nuvens agora. O vento rugia em seus ouvidos. Mas, em meio ao rugido do vento, ela ouviu o ronco de um avião se aproximando cada vez mais.

— Aqui! Shel, aqui! — ela gritou, expondo o peito para a lua (que agora mostrava todo o seu brilho) para que suas pérolas reluzissem — como os ovos de alguma enorme aranha lunar. O avião surgiu entre as nuvens e parou sobre sua cabeça. Pairou sobre ela. Suas pérolas brilhavam como um clarão fosforescente na escuridão.

E quando Shelmerdine, agora um excelente capitão de mar, com o rosto corado e a pele saudável e alerta, saltou para o chão, sobre sua cabeça surgiu uma única ave selvagem.

— É o ganso! — exclamou Orlando. — O ganso selvagem...

E a décima segunda badalada da meia-noite soou; a décima segunda badalada da meia-noite, quinta-feira, 11 de outubro de mil novecentos e vinte e oito.